btb

Shams Hussein ist ein normaler Junge mit ganz normalen Träumen. In der Hoffnung auf ein friedlicheres Leben ziehen seine Eltern mit ihm und seiner Schwester aus dem Süden des Irak nach Bagdad. Doch aus dem Streben nach einer besseren Zukunft wird in dem von Saddam Hussein beherrschten Land schnell ein Leben in existenzieller Not. Die Familie wohnt neben einem riesigen Müllberg, Shams arbeitet als Plastiktütenverkäufer, als Busfahrergehilfe, als Lastenträger. Und er liebt Bücher. In einer Zeit jedoch, in der ein falsches Wort den Tod bedeuten kann, begibt er sich damit in eine Welt, deren Gefahren er nicht kommen sieht. Ein persönlicher, höchst lebendiger Roman voll unvergesslicher Figuren.

Abbas Khider wurde 1973 in Bagdad geboren. Mit 19 Jahren wurde er wegen seiner politischen Aktivitäten verhaftet. Nach der Entlassung floh er 1996 aus dem Irak und hielt sich als »illegaler« Flüchtling in verschiedenen Ländern auf, seit 2000 lebt er in Deutschland. 2008 erschien sein Debütroman Der falsche Inder, es folgten die Romane »Die Orangen des Präsidenten« (2011), »Brief in die Auberginenrepublik« (2013), »Ohrfeige« (2016) sowie »Deutsch für alle. Das endgültige Lehrbuch« (2019). Zuletzt wurde er mit dem Nelly-Sachs-Preis, dem Hilde-Domin-Preis und dem Adelbert-von-Chamisso-Preis geehrt. Abbas Khider lebt in Berlin.

Abbas Khider

Palast der Miserablen

Roman

btb

Die Arbeit des Autors am vorliegenden Buch wurde vom Deutschen Literaturfonds e. V. gefördert.

MIX
Papier aus verantwortungsvollen Quellen
FSC® C014496

Penguin Random House Verlagsgruppe FSC® N001967

1. Auflage
Genehmigte Taschenbuchausgabe Januar 2022
btb Literaturverlag in der Penguin Random House Verlagsgruppe GmbH,
Neumarkter Straße 28, 81673 München

Lizenzausgabe mit freundlicher Genehmigung der
Carl Hanser Verlag GmbH & Co. KG, München
Umschlaggestaltung: semper smile, München,
nach einem Entwurf von Peter-Andreas Hassiepen, München,
unter Verwendung eines Fotos von © Richard Wayman / Alamy Stock Foto
Druck und Einband: GGP Media GmbH, Pößneck
cb · Herstellung: sc
Printed in Germany
ISBN 978-3-442-77117-2

www.btb-verlag.de
www.facebook.com/btbverlag

»Die Götter nur wohnen dort ewig bei Šamaš.«

GILGAMESCH-EPOS

MEIN AUFSEHER IST in einen tiefen Schlaf gefallen. Ich habe ihn beobachtet, wie er die Augen schloss, sie dann öffnete, mich kurz anschaute und sie wieder schloss. Sein Kopf kippte nach vorne. Es sah so aus, als trüge eine Welle den Kerl immer wieder vom Wachsein in den Schlaf und zurück. Er hob die Schulter, sein Körper geriet in Schräglage. Dann fand er eine bequemere Position, legte einen Arm auf die Stuhllehne, drückte seine Waffe mit der rechten Hand an den Oberkörper, sodass der Gewehrlauf ihn stützte. Die linke Hand schaukelt jetzt vor den Stuhlbeinen. Sein Mund steht offen, er schnarcht ganz leise.

Er ist noch relativ jung, vielleicht ein paar Jahre älter als ich. Sein Schnurrbart ist schwarz wie die Haare auf seinem Kopf, keine Falten im Gesicht. Friedlich, fast niedlich sieht er gerade aus. Heute Morgen noch war er weit davon entfernt. Wie ein Hirtenhund hat er meine Schritte beobachtet, mich mit sich gezogen, mich durch die Türen des Krankenhauses geschoben, aus seinem Mund war immer wieder derselbe Befehl zu hören: »Beweg dich, Dummkopf!«

Die Handschelle sitzt nicht besonders fest an der rechten Hand. Meine Linke ist frei. Und genau auf dieser Seite schläft er auf seinem Stuhl. Was soll ich jetzt tun? Soll ich abwarten, bis er in den Tiefschlaf sinkt – und dann? Was dann? Fliehen. Aber wie? Zuerst muss ich meine rechte Hand befreien. Das würde ich hinbekommen. Ich würde sie mit Spucke nass machen, sie dann langsam aus der Schelle ziehen. Ein paar Kratzer, ein bisschen Blut, kein Drama. Dann? Die Waffe muss ich ergattern, meinem Aufseher mit dem Kolben auf den Kopf schlagen. Ist das machbar? Es muss machbar sein, denke ich, sonst verbringe ich mein restliches Leben in diesem unendlichen Schatten.

Das ist meine Chance. Ich muss es hinter mich bringen und möglichst schnell abhauen. Aber wohin? Mit einem grauweiß gestreiften Häftlingspyjama. Mit einem blassen, kadmiumgelben Gesicht, mit einem schwachen, ausgehungerten Körper. Wie soll ich es aus dem Krankenhaus schaffen? Und selbst wenn mir das gelingt, wie soll ich ohne Ausweis den Kontrollen in der Stadt entgehen?

Und die wichtigste Frage: Wohin soll ich? Zu meinen Eltern? Zu meiner Schwester? Zu gefährlich. Das wären die ersten Orte, an denen die Polizei nach mir suchen würde. Das wäre Selbstmord. Zu meinen Freunden? Zu welchen? Ich habe sie alle verraten. Vermutlich sind sie auf der Flucht, in einem Kerker oder im Jenseits. Und wenn sie noch da wären und ich sie finden würde, wer von ihnen wäre bereit, mich zu verstecken? Keiner. Hundertprozentig keiner. Alle haben Angst in diesem Land der unterirdischen Kerker.

EINS

Lufternte

In meiner Familie war keiner von uns Jüngeren ein wilder Kerl. Der Einzige, der diese Bezeichnung verdiente, war unser Großvater. Er besaß die unschöne Eigenschaft, einfach jedem ohne Zögern und geradeheraus seine Meinung ins Gesicht zu speien. Es war ihm absolut gleichgültig, ob die Leute seine Worte zur Kenntnis nahmen, was sie über ihn dachten oder wie sie sich im Nachhinein fühlten. Er hatte mit seinen ätzenden Kommentaren und bösartigen Bemerkungen gestandene Männer zum Brüllen gebracht und wütende Witwen ihre Teppiche so hart ausschlagen lassen, dass diese Löcher bekamen. Nach jeder neuen Hasstirade ließ er sich gern selbstzufrieden auf seine Matratze im Wohnzimmer fallen und starrte stur die Decke oder Wand an.

Wenn sein einziger Sohn, mein Vater, erfuhr, dass Großvater erneut die Leute beleidigt hatte, versuchte er sich bei den Betroffenen für das »unangemessene Verhalten« des Greises zu entschuldigen. Normalerweise übernehmen Eltern die Verantwortung, wenn ihre Kinder ungezogen sind, aber in unserer Familie war es umgekehrt. Notgedrungen schob Vater es auf das fortschreitende Alter, dabei war Großvater schon als Kind ein Schreihals und so unberechenbar gewesen, dass er seine ganze Familie und die Nachbarschaft zur Verzweiflung gebracht hatte. Darüber kursierten auch achtzig Jahre später noch immer Anekdoten in unserem Dorf. Es hieß, selbst die Wildhunde hätten vor Schmerzen geheult und Großvater habe eigenhändig die Engländer aus den Stammesgebieten vertrieben, die sie zu einem Land vereinigt hatten, dem Irak. Manche behaupteten, die Zunge meines Großvaters sei so giftig und aggressiv wie die Zähne der Schwarzen Kobra, die nachts in den Büschen, Felsspalten und Erdhöhlen des Irak lauert.

Großvater galt bei den Leuten tatsächlich als heimtückische Giftnatter. Sobald man sein Zischen hörte, musste man die Flucht ergreifen. Leider konnte man meinen Großvater nicht einfach mit einem Säbel köpfen und das Problem auf diese Weise leicht beseitigen. Er war ein gebrechlicher, dürrer Mann, den die Last der Jahre tief gebeugt hatte. Sein Gesicht war so voller Falten wie die uralte Decke, die er ständig um die spitzen Schultern trug. Wenn ich Geschichten über seine Kindheit hörte, konnte ich mir nicht vorstellen, dass er einmal ein junger Mensch gewesen war. Ich kannte ihn nur faltig und grauhaarig. Wenn ich im Radio das Lied der libanesischen Sängerin Fairuz hörte, in dem sie das Antlitz der Stadt Beirut als »altes Matrosengesicht« bezeichnet, dachte ich immer, das würde auch sehr gut Großvater beschreiben.

Ihre Lieder hörten wir im Radio, sie gehörte zu jedem Morgen wie die ersten Sonnenstrahlen oder das Waschen des Gesichts. In anderen Gegenden gab es Hähne, welche mit ihrem Ruf die Menschen weckten. Bei uns war es Fairuz' Lerchengesang. Das Morgenprogramm des staatlichen Radiosenders fing immer mit einigen Versen aus dem Koran an. Fünfzehn lange Minuten, dann endlich sang Fairuz für eine halbe Stunde, bis wieder die allgegenwärtigen Nachrichten über unseren Präsidenten dran waren. Die Stimme von Fairuz war so zauberhaft, dass man ihr einen Platz zwischen den Worten Allahs und denjenigen Saddams gewährte.

Großvater liebte ihre Lieder über alles. Im Teehaus des Dorfes spielte der Wirt immer eine Fairuz-Kassette ab, sobald er meinen Großvater sah. Er tat das nicht, weil er seinen Stammgast besonders mochte, sondern, weil der alte Quälgeist zumeist selig schwieg, solange er der libanesischen Schönheit lauschen konnte. Sie hatte auf ihn dieselbe hypnotische Wirkung wie die Flöte eines Schlangenbeschwörers auf seine Tiere. »Wenn Fairuz singt, schweigt Marzoq«, scherzte einst auch meine Mutter. »Nur sie bekommt das hin.«

Großvater Marzoq war so steif wie die Holzpuppen meiner Schwester und benutzte immer seinen Spazierstock oder einen Menschen als Stütze. Er ging langsam und wackelig wie ein Kind, das gerade erst gehen gelernt hat. Die meiste Zeit verbrachte er draußen auf dem Boden vor der Haustür oder im Teehaus. Sonst saß er auf seiner Matratze im Wohnzimmer und freute sich riesig, wenn meine Schwester und ich mit ihm spielen wollten. Denn für uns Enkelkinder war er ein Held. Qamer und ich hielten ihn wirklich für den besten Großvater der Welt, wir kannten nun einmal keinen anderen. So biestig er sich sonst auch gab, uns gegenüber war er handzahm. Wir tollten auf ihm herum, zogen an seinem langen Bart oder seinen riesigen Ohrläppchen und boxten ihn in den Bauch. Lange konnte er bei unserem wilden Treiben nicht mithalten, denn er war schnell erschöpft. Selbst bei ruhigen Spielen kam es vor, dass er mittendrin und urplötzlich einschlief. Sein Kopf sackte nach vorne auf die Brust, der Kiefer klappte runter und gab den Blick auf seine Zahnstummel frei. Dann schmatzte er noch mehrmals, seine Augäpfel bewegten sich unter den geschlossenen Lidern, und er begann, tief zu atmen. Gerade hatte er noch im Sand Bilder mit uns gemalt, eine mitreißende Geschichte erzählt oder mit einem Stock gegen mich gefochten, aber von jetzt auf gleich war er wie weggetreten.

Seine Lieblingsbeschäftigung blieb jedoch zweifelsohne das Reden. Wenn er einmal damit anfing, schien es, als wollte er sämtliche Wörter, die es im Arabischen gab, auf einen Schlag loswerden. Aus einer kleinen Anekdote machte er problemlos das *Gilgamesch-Epos*. Wir lauschten aufmerksam, und seine Stimme entführte uns ein ums andere Mal in magische Märchenwelten. Uns Kindern gefielen die Legenden sehr, aber mein Vater hasste sie regelrecht.

Die beiden sprachen kaum miteinander. Vater war es leid, ständig die Scherben aufkehren zu müssen, die der Alte in der Dorfgemeinschaft hinterließ. Und Großvater zerschlug reichlich Porzellan. Darüber hatten sie sich mehr und mehr entfremdet. Vater sah es nicht gerne, dass Großvater so viel Zeit mit uns verbrachte. Es fühlte sich für ihn wahrscheinlich wie Verrat an, dass Großvater sich uns gegenüber ganz anders verhielt, als mein Vater selbst es als Kind erlebt hatte. Er hatte bestimmt öfter die Faust gesehen als eine streichelnde Hand auf der Wange gespürt. Statt gemeinsam Fußball zu spielen, hatte es Tritte gegeben, wenn er ungezogen gewesen war. Außerdem hatte Vater unsägliche Angst, dass die Parteispitzel im Dorf Großvater irgendwann bei der Polizei anschwärzen würden, wenn er sein loses Mundwerk zu leichtsinnig gebrauchte. Denn es gab tatsächlich kaum einen Tag, an dem sich Großvater nicht über unseren Präsidenten und die Regierung lustig machte. Zum Glück hielten die meisten im Dorf meinen Großvater für einen Narren und nahmen ihn deshalb nie ernst. Vater war froh, wenn Großvater Marzoq schlief oder im Teehaus saß, dem Gesang von Fairuz lauschte und schwieg.

Die Stille zwischen beiden war für die restliche Familie oftmals unerträglich. Immer lag eine Anspannung in der Luft. Stumm saßen sie jeden Freitag zusammen auf dem Boden und aßen ihr Lieblingsgericht: gegrillten Fisch mit Brot aus Reismehl. Vater entfernte die Gräten und legte Großvater den Fisch auf den Teller, ohne ihn eines Blickes zu würdigen oder etwas zu sagen. Seit Jahren schon hatten sie kein einziges Wort mehr miteinander gewechselt.

Das alles änderte sich, als Großvater krank wurde. Das war im siebten Jahr des Irak-Iran-Krieges. Zu jener Zeit kam eines Tages unser Stammesführer, dessen Haus sich dicht an der Grenze zu Iran befand, mit einigen unserer Verwandten in unser Dorf und zu uns nach Hause. Großvater Marzoq sollte als der Stammesälteste seine Meinung äußern und seinen Rat geben.

Mein Vater war an jenem Morgen sehr aufgeregt. Die Männer hatten sich nicht angekündigt. Sie waren einfach da.

»Zahraa, koch bitte Tee für die Männer!«, sagte Vater in der Küche zu Mutter.

»Soll ich mich auch um das Mittagessen kümmern? Wie viele sind es?«

»Nur vier Männer.«

»Gut.«

Vater flüsterte nun: »Würden sie unsere Kinder nach ihrer Meinung fragen, bekämen sie vermutlich eine vernünftigere Antwort als von meinem Vater.«

»Sei nicht so! Auch wenn er schwierig ist, er hat viel erlebt. Marzoq ist weiser, als du denkst. Die Ältesten des Stammes wissen das.«

Bald darauf waren alle im Wohnzimmer versammelt. Die

Männer saßen in einem Kreis auf dem Boden um meinen Großvater. Ich kauerte draußen vor der offenen Tür, tat so, als würde ich mit Steinen spielen, und lauschte dem Gespräch. Drei der Männer kannte ich, sie waren die Cousins meiner Eltern. Der vierte Mann war unser Stammesführer. Er sah jung aus im Vergleich zum Rest der anwesenden Männer, trug einen dünnen schwarzen Schnurrbart. Ein edler brauner Turban war um seinen Kopf gebunden, kurz geschorenes Haar schaute an den Seiten hervor, seine weiße *Dishdasha*, unser traditionelles Männergewand, bestand ganz aus Seide. Er saß meinem Großvater gegenüber. Vor ihm auf dem Teppich lagen eine Schachtel Rothmans-Zigaretten und eine Packung Streichhölzer. Daneben befanden sich ein kleines Glas schwarzen Tees und ein überquellender Aschenbecher. Er rauchte nervös eine Zigarette nach der anderen und ließ dabei eine *Misbaha* aus Edelsteinen durch die freie Hand gleiten.

»Die Sicherheitspolizei will eine Liste aller Jungen des Stammes, die von der Front abgehauen sind.«

Jetzt herrschte eine schneidende Stille.

Der Stammesführer sprach nach einer kurzen Pause weiter in die Runde: »Das ist nicht das erste Mal, dass wir uns in einer solch ausweglosen Situation befinden. Die letzten Jahre haben einen hohen Blutzoll gefordert. Das wissen wir alle. Dieses Mal aber ist es anders. Es gibt momentan keine Amnestie für Fahnenflüchtige. Verraten wir ihre Namen, schicken wir sie in den sicheren Tod. Ich könnte damit leben, wenn die Jungs einfach zurück in den Krieg geschickt werden würden. Dann hätten sie wenigstens eine kleine Chance, zu überleben. Aber man wird sie töten.«

Wieder erfüllte Stille den Raum.

Mittlerweile hatte sich meine Schwester zu mir gesellt. Vor der Zimmertür hockten wir zwischen den Schuhen und Sandalen der Männer und versuchten zu verstehen, worüber sie sprachen. Ich konnte nicht allem folgen. Doch ich spürte die Besorgnis und Unruhe. Die Gesichter der Erwachsenen hatten denselben dunklen Ausdruck, den ich sonst nur an Trauertagen bemerkte, wenn die Menschen ihre Toten beklagten.

Die Männer schauten weiter in ihre Teegläser oder auf den Teppich, als versteckte sich dort die Antwort. Der Stammesführer wandte sich nun hilfesuchend an Großvater Marzoq.

»Abu Hussein, du bist unser Ältester. Hast du keinen Rat? Nach sieben Kriegsjahren sind alle müde, vielleicht haben wir auch Glück, und die Beamten der Staatsmacht sind nicht mehr so gewissenhaft. Was sollen wir tun?«

Großvater schwieg für einige Sekunden, als sammelte er sich. Seine halb weißen, schwachen Augen schauten seltsam entrückt in die Runde. Er hatte bislang nur das Webmuster im Teppich betrachtet. Jetzt hob er seinen Kopf und blickte zur Decke.

»Es war einmal ein mächtiger Sultan …«, setzte er an.

»Allah, steh uns bei!«, murmelte mein Vater für alle hörbar und verdrehte die Augen, aber keiner reagierte darauf. Auch Großvater ignorierte seinen Sohn. Er tat wie sehr oft einfach so, als hätte er nichts gehört, und redete weiter.

»Dieser Sultan bestrafte sein Volk, weil einige Mutige gegen ihn rebellierten. Der Herrscher ließ sie von seinen Soldaten verhaften und zwang diese Männer und Frauen daraufhin, eine Woche lang wie Tiere im Freien zu leben und für ihn zu arbeiten. Er befahl ihnen, Luft zu ernten. Jeder, der sich weigerte, wurde sofort geköpft. Die anderen wurden auf einen freien

Platz vor dem Palast geführt, und jeder bekam eine kleine Sichel in die Hand gedrückt. Dazu mussten alle einen Korb auf dem Rücken tragen. Die Gefangenen spielten beim grausamen Spiel des Sultans mit. Sie fuchtelten mit den Sicheln in der Luft, als schnitten sie Getreide auf dem Feld, griffen beidhändig ins Leere und taten so, als sammelten sie etwas Unsichtbares in ihren Behältern. Sieben lange Tage mussten die Männer und Frauen draußen arbeiten, ohne Ausnahme, ohne Pause. Am letzten Tag erschien der Sultan, um sich sein Werk anzuschauen.«

Die vier Männer hatten sich aufgeregt vorgebeugt und hingen an Großvaters Lippen. Nur Vater pulte sich gelangweilt den Dreck unter den Fingernägeln hervor und atmete immer wieder schnaubend aus, als strengte ihn das Zuhören ebenso an wie das Lufternten die Bestraften aus der Erzählung.

»Unter den Menschen sah der Sultan eine nackte Frau, die wie alle eine kleine Sichel trug und Luft erntete. Sie zeigte keinerlei Scham, als wäre sie allein. Der Sultan näherte sich ihr. Als sie ihn sah, versuchte sie schnell, sich mit den Händen zu bedecken. ›Oh, ein Mann hier!‹, sagte sie. Der Sultan war verblüfft, er fragte sie: ›Es gibt viele Menschen hier. Sie schämen sich nicht vor ihnen, aber vor mir schon?‹ Sie antwortete: ›Menschen?‹ Sie drehte sich um und schaute verächtlich in die Menge. ›Sie meinen diese Vogelscheuchen, die kein Spatz fürchtet? Das sind keine Menschen, mein verehrter Sultan, es sind nur Schatten von Menschen, sie tragen Sicheln in der Hand, tun damit nichts Vernünftiges, sondern ernten Luft. Sie sind, mein Herr, der einzig wirkliche Mensch im ganzen Land. Sie haben es geschafft, alle anderen dazu zu bringen, die Luft zu ernten.‹«

Großvater schwieg nun und machte eine lange Pause, um das Gesagte auf die Anwesenden wirken zu lassen.

»Irgendwann«, sagte Großvater nun, »werden uns unsere eigenen Kinder nicht mehr respektieren. Sie werden uns auslachen. Wir machen uns zum Gespött unserer Nachkommen. In hundert Jahren wird man über uns als die ›Fußabtreter Saddams‹ sprechen. Früher einmal waren wir eine Nation voller Stolz. Und nun seht euch an: ein Haufen ängstlicher Schlappschwänze, die bis in alle Ewigkeit Luft ernten. Wenn wir alles mitmachen, wird es immer schlimmer werden. Dieser aus dem Bauchnabel des Teufels genährte Saddam macht uns lächerlich. Der Tod ist besser als das hier, sein ewiges Gefängnis.«

»Du hast gut reden, wenn du schon mit einem Bein im Grab stehst«, warf der Stammesführer ein. Er sah ziemlich genervt aus.

Großvater hob sein Gewand an und zeigte eine zackige, blutrote Narbe auf seinem Bauch.

»Die hat mir ein englischer Soldat verpasst. Hat mir das Bajonett in den Wanst gestoßen. Mit bloßen Händen habe ich gegen ihn gekämpft. Habe so lange die Waffe heruntergedrückt, bis er müde wurde und ich ihm mit einem Faustschlag die Kehle zertrümmern konnte. Trotz meiner Verwundung. Ich habe dem englischen Soldaten beim Sterben zugesehen. Wir waren in der Unterzahl damals, mit schlechter Ausrüstung. Aber wir waren stolz und wir kannten keine Furcht. Wir haben den Tod begrüßt, weil er bedeutete, dass wir uns zur Wehr setzten, statt wie ein Hund getreten zu werden. Auch heute ist es eine Frage von Selbstverteidigung. Wie wir damals die Engländer verjagt haben, so können wir Saddam und die Baathisten verjagen. Mit dem größenwahnsinnigen Krieg gegen unsere Nachbarn hat es der Mistkerl übertrieben. Ein sinnloses Abschlachten, das keiner gewinnen wird. Jetzt greift er nach dem Rest unserer Kinder wie der leibhaftige Tod. Und wir sitzen hier wie Kaninchen in ihrem Bau und diskutieren über eine Frage, deren Antwort wir alle längst kennen. Es gibt keine Alternative – die Zukunft unseres Stammes ist ohnehin düster. Sei es, weil die nächste Generation an der Front stirbt, wir von den Soldaten hier vor Ort als Verräter hingerichtet werden oder wir so lange von Saddams Stiefel in den Sand gedrückt werden, bis wir sowieso ersticken. Jeder, der jetzt nicht kämpft, ist ein Feigling!«

Der Stammesführer sprang auf und sah aus, als wollte er Großvater Marzoq ins Gesicht spucken. »Du alter Narr, welche Chance haben wir denn? Du musst ja nicht mehr kämpfen, sondern wir, wenn es so weit kommt. Es ist leicht, General zu spielen, wenn man gemütlich im Schaukelstuhl sitzt. Dein Sohn war nie richtig an der Front, er dient hier in der Gegend als Soldat. Die Sorgen des Stammes um seine Kinder verstehst du nicht. Und du verstehst auch nicht, was es bedeutet, Waffen zu tragen, und was das alles für Folgen für unseren Stamm und unsere Familien haben könnte. Das wäre Selbstmord.«

Minutenlang ging es wild durcheinander. Kurz darauf verließen die Männer das Zimmer. Vater versuchte, sie davon abzuhalten und alles wieder in Ordnung zu bringen, aber er scheiterte. Auch Mutter, die vieles von der Küche aus mitbekommen hatte, rannte hinter dem Stammesführer und den Cousins her, konnte sie aber nicht davon überzeugen, doch wenigstens das Mittagessen zu probieren.

Als keiner der Gäste mehr da war, ging mein Vater zurück ins Wohnzimmer zu Großvater Marzoq und begann ihn anzuschreien. Es war nur Vaters Stimme zu hören, als ob er mit sich selbst reden würde. »Willst du mein Leben zerstören und mich im Stamm lächerlich machen? Du kannst den Stammesführer und deine Neffen doch nicht als Angsthasen hinstellen und irgendwelche Kriegsgeschichten von anno dazumal auspacken! Das ist keine leichte Sache und keine leichte Entscheidung. Die muss mit Vernunft gefällt werden.«

Das war das erste Mal seit sehr langer Zeit, dass mein Vater mit meinem Großvater sprach. Aber von Großvater Marzoq war nichts zu hören, er antwortete nicht und drückte die Lippen aufeinander.

Die Männer des Stammes kamen auch tatsächlich nicht mehr zu uns, bis Großvater starb. Das war im darauffolgenden Jahr, als der Iran-Krieg endete.

An seinen letzten Tagen litt Großvater sehr. Er konnte sich nicht mehr bewegen, nicht mehr alleine aufs Klo gehen. Auch das Essen, das Mutter in seinen Mund schob, spuckte er gleich wieder aus. Der Alte wurde trotz seiner Falten plötzlich zu einem hilfsbedürftigen Baby, das vor Schmerzen schrie. Seine Organe begannen eines nach dem anderen zu versagen.

Die letzten Minuten seines Lebens durfte Großvater mit seinem Sohn verbringen. Es war sein letzter, kraftloser Wunsch, noch einmal mit seinem Kind allein zu sein. Ob sie etwas miteinander geredet haben, wissen wir nicht, denn mein Vater hat nie darüber gesprochen. Wir sahen nur, wie er mit gesenktem Haupt aus dem Wohnzimmer zu uns in die Küche kam. Er weinte. Mutter stand sofort auf und nahm ihn in den Arm. Dann kamen meine Schwester und ich hinzu, und wir waren eine Vierergruppe aus Heulsusen. Meine Familie.

Qamer und ich durften uns nicht von unserem Großvater

verabschieden, nicht den Leichnam sehen. Meine Schwester sollte als die Ältere darauf Acht geben, dass ich nicht ins Totenzimmer ging. Sie sollte die Tür bewachen und auch selbst nicht hineinsehen. Während unsere Eltern das Haus verließen, um alles für die Bestattung zu organisieren, stand Qamer wie ein Soldat vor dem Durchgang. Ich durfte nicht an ihr vorbei.

»Kinder dürfen keine Leichen sehen.«

»Aber Opa ist keine Leiche. Es ist Opa.«

»Nein, Shams, nein!«

»Bitte!«

»Nein, habe ich gesagt!«

Sie packte mich unsanft am Arm und riss mich zurück. Es war nichts zu machen. Ich ging vor das Haus und wartete auf die Eltern. Ab und zu sah ich nach meiner Schwester, ob sie noch da war. Pflichtbewusst versperrte sie breitbeinig und mit verschränkten Armen den Weg zum Toten. Sie rührte sich keinen Millimeter. Irgendwann jedoch drehte sie die Füße leicht nach innen und stand x-beinig da. Sie verzog das Gesicht und hielt die Hände jetzt auf Höhe ihres Unterbauches. »Verdammt«, rief sie und huschte dann schnell ins Bad. Sobald sie die Tür geschlossen hatte, lief ich ins Wohnzimmer.

Großvater lag auf seiner Matratze, auf ihm mehrere Decken. Ich näherte mich und hatte überhaupt keine Angst. Ich zog die Decken von seinem Gesicht, sah ihn mir genau an. Seine Haut war sehr bleich, die Wangen wirkten noch eingefallener als sonst. Seine Augen waren geschlossen. Er wirkte friedlich, ja sogar zufrieden. Ich küsste ihn schnell auf die Wange, die ziemlich hart und fest wie Leder war. Aber seine Nase, an die ich ungewollt stieß, war ganz weich und gab nach. Vielleicht ist das so, vielleicht wird die Nase weich, wenn man stirbt, dachte ich und zog die Decken wieder über Großvaters Gesicht.

Unser Dorf trug früher den Namen *Helle*, was »herzlich« bedeutet. Diesen haben ihm, so erzählten es die Ältesten, die Osmanen während ihrer Herrschaft gegeben. Einst soll hier ein riesiges befestigtes Lager existiert haben, wo die Landesherren mit ihren Streitkräften logierten, wenn sie sich bei uns im Südirak aufhielten. Doch als die Engländer mit ihrer Armee aufmarschierten und die Türken verjagten, fanden sie unter dem Fort ein abscheuliches Gefängnis, in dem sich Hinrichtungsräume und Folterkammern befanden. In der Umgebung stießen sie auch auf mehrere Massengräber. Die Engländer tauften den Ort daraufhin auf den Namen *Hell*, »Hölle«, und das Verlies wurde in ein Heeresdepot umgewandelt. Später dann, nach der Gründung des Königreichs Irak, waren die Beamten uneinig darüber, welchen Ortsnamen man denn nun übernehmen sollte: »Herzlich« der Osmanen oder »Hölle« der Engländer? Die Iraker entschieden sich nach langem Kopfzerbrechen für eine Zwischenlösung, und so erhielt unser Dorf offiziell den Namen *Ahlan Dschahannam*, »Herzliche Hölle«.

Nach der Entscheidung stellte man ein grünes Schild an der Landstraße auf, auf dem dieser Name in weißer Schrift geschrieben stand. Zuletzt befestigte man einen Pfeil daran, welcher in unsere Richtung zeigte.

Vom ehemaligen Fort war in meiner Kindheit fast nichts mehr erhalten. Nur ein einzelner, frei stehender Raum aus brüchigen Mauern ohne Dach stand noch. Überall lag Schutt, und wir Kinder spielten oft zwischen den Steinen und Holzbalken. Der gruselige Keller war längst zugeschüttet worden und nicht mehr zu betreten. Dieser Spielplatz lag ungefähr einen Kilometer vom Dorf entfernt. Es stand sogar ein Schild vor der Ruine mit dem Hinweis, dass es sich um eine historische Stätte der Osmanen handle. Doch trotz ihrer geschichtlichen Bedeutung kümmerte sich niemand darum. Zwischenzeitlich hieß es sogar, man wolle direkt daneben eine Tankstelle errichten, aber daraus wurde offenbar nichts. Letztlich wurde das Zimmer von Reisenden oftmals als Scheißhaus verwendet. Ein Scheißhaus mit Blick in den Sternenhimmel.

Unser Dorf war relativ groß und bestand aus ungefähr zweihundert einstöckigen Häusern, die dicht an dicht gebaut waren. Einfache Bauten aus sonnengetrockneten Lehmziegeln mit Flachdächern. Das Nachbardorf Al-Hindi war doppelt so groß wie unseres. Es bildete jedoch keine wirkliche Einheit, da sich die Häuser ohne jede Ordnung im Umland verteilten. Zum Teil lag ein viertelstündiger Fußmarsch dazwischen. Früher hatten beide Dörfer sogar einmal zusammengehört. Während der englischen Besatzung wurden die Dorfgemeinschaften getrennt, und jede bekam ihren eigenen Namen. Unser Schwesterdorf wurde nach einem britischen Soldaten benannt, der ursprünglich aus Indien stammte. Deshalb hieß es Al-Hindi.

Die Engländer waren schon immer sehr fleißig beim Erobern und haben im Verlauf ihrer Geschichte viele Länder angegriffen. Unter diesen war auch Indien, dessen Einwohner fortan als Soldaten in der britischen Armee dienen mussten. So kam also ein Inder in unsere Gegend. Er blieb für einige Jahre, war ein Muslim und sprach sogar ein paar Brocken Arabisch.

Wie er tatsächlich mit vollem Namen hieß, wusste keiner – oder zumindest konnte sich niemand seinen komplizierten indischen Namen merken. Man nannte ihn deshalb einfach *Al-Hindi*, »den Inder«. Er war damals wohl so etwas wie ein Ortsvorsteher. Der Soldat kümmerte sich um alle Angelegenheiten zwischen den Engländern und uns Ureinwohnern. Sein geräumiges Wohnhaus wurde später mein Schulgebäude, in dem sich die »Al-Hindi-Schule« befand. Die Bewohner haben Al-Hindi angeblich geliebt und die Obrigkeit ihrerseits davon überzeugt, das Dorf nach ihm zu benennen. Er selbst kehrte nach seiner Dienstzeit in seine Heimat zurück und die Engländer ins Vereinigte Königreich. Der Name blieb.

All diese historischen Ereignisse schienen für die älteren Bewohner unserer Gegend sehr wichtig zu sein. Sie erzählten ihren Kindern und Kindeskindern wieder und wieder dieselben Anekdoten beim abendlichen Kerzenschein oder vor dem Lagerfeuer. Mit großen Gesten beschworen sie die alten Zeiten herauf, als lägen diese Ereignisse erst wenige Tage zurück.

Außer unserer Geschichte und diesen Erzählungen besaßen wir in Herzliche Hölle und im Inder-Dorf auch nicht wirklich viel. Die nächsten Städte waren kilometerweit entfernt, und im Vergleich zu uns schwelgten sie im Überfluss. Strom oder fließendes Wasser, wie im Städtchen Amara, das einen Zwei-Tages-Marsch entfernt in Richtung Osten lag, gab es bei uns nicht. Sobald es dunkel wurde, flackerten Fackeln und Kerzen in den Häusern. Zum Trinken und Waschen hatten wir einige Brunnen, die beide Dörfer versorgten. Täglich gingen die Frauen zu ihnen. Sie balancierten große Tontöpfe auf dem Kopf und wiegten zugleich ihre Säuglinge auf dem Arm. Außerdem gab es einen Mann, der für die besser verdienenden Familien der

Gegend das Wasser beschaffte und sich für die beschwerliche Arbeit bezahlen ließ. Der *Saqa*, »Wasserträger«. Jeder, der ihn sah, verstand sofort, wieso man bei uns, wenn man schlechtes Wetter beschrieb, gern sagte: »Es ist kalt und nass wie der Po eines Wasserträgers.« Das Wasser schwappte aus den Behältern, die der *Saqa* auf seinem Rücken schleppte, und floss an ihm hinab. Er hatte immer einen nassen Hintern.

Der unserem Haus am nächsten gelegene Brunnen lag zwischen beiden Dörfern in einem kleinen Palmenhain. Der Platz war wie eine winzige Oase. Nur Frauen und wir Kinder durften uns dort aufhalten. Für alle Männer, bis auf den *Saqa*, war dieser Ort verboten – ein ungeschriebenes Gesetz. Und der Wasserträger tauchte erst auf, wenn alle anderen weg waren. Denn keiner durfte die Frauen und Mädchen dabei stören, wenn sie dort mit den Kindern ihre Arbeit verrichteten. Geschirr und Kleidung wurde gewaschen, und der Nachwuchs spielte im Matsch oder tollte umher. Die Frauen wirkten an diesem Ort entspannt und frei. Sie plauderten stundenlang miteinander, redeten lautstark über die Vorzüge und Nachteile ihrer Ehemänner, träumten gemeinsam von einem besseren Leben und tauschten leckere Rezepte aus. Ich liebte es dort. Die Frauen wirkten so selbstbewusst, schön und charmant in diesen Stunden.

Ich hatte viele Freunde in den beiden Dörfern und kannte die Gegend wie meine Schultasche. Überall gab es Tiere, mit denen ich spielen konnte: blökende Schafe, meckernde Ziegen, gackernde Hühner, gurrende Tauben, muhende Kühe und bockige Esel. Die Frauen kümmerten sich beflissen um den Haushalt, erzogen die Kinder und versorgten zugleich die Tiere. Ein paar von ihnen gingen zusätzlich noch arbeiten, wie meine

Mutter. Sie putzte täglich die Moschee im Nachbardorf und verdiente so unseren Lebensunterhalt. Fast alle Männer hingegen waren wie mein Vater Soldaten, nur Staatsbeamte nicht, wie Lehrer, Ärzte oder Behördenmitarbeiter. Einzig die Senioren hatten halbwegs ihre Ruhe und verkauften irgendetwas Nützliches vor ihren Haustüren wie Süßigkeiten, Sandalen, Zigaretten, Batterien oder Puppen, die sie aus der Stadt mitbrachten und hier zu überhöhten Preisen anboten. Manche besaßen auch einen Eselskarren und chauffierten Menschen, Tiere oder Gegenstände zwischen den Dörfern hin und her. Doch ein Mann zu sein bedeutete bei uns, dass man jederzeit in den Einsatz berufen und an die Front geschickt werden konnte. Wer die Nachricht zum Ausrücken bekam und wer nicht, das folgte keiner Logik, sondern schien völlig willkürlich zu geschehen. Wenn unsere Armee Gebiete an der Grenze verlor, war klar: Bald würden einige einberufen werden. Die Männerwelt der Dörfer war so löchrig wie ausgetretene Kampfstiefel, niemals wurden alle zeitgleich eingezogen. Manche waren Veteranen und hatten bereits gedient, anderen hatte man im Grunde gerade erst das Khaki angelegt. Den Umgang mit Waffen und stramm zu stehen lernten wir kleinen Männer bereits in der Schule. Von der ersten bis zur sechsten Schulklasse hieß unser Trupp *Thlaa al-Baath*, die »Pioniere der Wiedererweckung«. Ab der siebten Klasse nannte man die mittelgroßen Männer dann »Jugend der Wiedererweckung«. Und alle weiteren Bürger, inklusive Frauen, Babys und Katzen, seien auch »Baathisten«, »Wiedererweckende«, wie unser Präsident mehrmals betont hatte, selbst dann, wenn sie keine Mitglieder der Partei waren.

Ich gehörte zu den Pionieren und freute mich jedes Mal, die

hellblaue Camouflage-Uniform tragen zu dürfen. Wir standen dann, Lehrkräfte in Khaki-Uniform gekleidet und Schüler in Camouflage-Uniform, geordnet in Reih und Glied. Drei Pioniere transportierten die Flagge im Gleichschritt über den Schulhof bis zum Mast. Wenn die Fahne wehte, feuerte unser Schuldirektor aus seinem Gewehr ein paar Schüsse in den Himmel ab, und wir sangen gemeinsam unsere Nationalhymne. Das Hissen der Flagge fand jeden Morgen statt, in Uniform jedoch nur zu irgendwelchen Feierlichkeiten und Festtagen. Unser Klassenlehrer fragte uns, und wir antworteten im Chor.

»Wer seid ihr?«

»Wir sind Pioniere Saddams und der Wiedererweckung.«

»Eure Parole?«

»Ehrenamtliches Engagement im Heimatdienst!«

»Eure Ziele?«

»Die Heimat, die Ordnung und die Arbeit!«

An solchen Tagen wurde in der Schule nur gefeiert. Später holten uns bewaffnete Mitglieder der Partei ab, und wir marschierten gemeinsam durch unsere Dörfer, riefen im Rhythmus: »Wir sind Pioniere. Gott, Heimat und Führer. Wir sind Pioniere. Mit ganzer Seele und unserem Blut opfern wir uns für dich, oh Saddam. Wir sind Pioniere.«

Herzliche Hölle war unser Zuhause, und ich hatte den Eindruck, dass wir im Grunde alle zufrieden waren mit dem wenigen, was wir hatten. Nur meine Schwester nicht, die bald dreizehn Jahre alt werden sollte. Sie begann, unaufhörlich zu jammern, fand plötzlich alles und jeden blöd und wollte gern in Amara oder irgendeiner anderen Stadt wohnen. Qamer fühlte sich eingeengt und wie in Ketten gelegt. Herzliche Hölle und Al-Hindi waren zu klein für die Träume eines pubertierenden Teenagers. Sie regte sich auf, wenn die Ältesten uns wieder einmal erklärten, wie viel Glück wir doch hätten, hier zu leben. In den letzten Jahrzehnten hatten die Menschen des Südens schließlich viele schreckliche Ereignisse überlebt, allen voran den achtjährigen Irak-Iran-Krieg. Obwohl die iranische Grenze und damit die Front gar nicht allzu weit von uns entfernt lagen, bemerkten wir hier kaum etwas vom Krieg.

Manchmal konnte ich entfernt Detonationen hören, die auch ein aufziehendes Gewitter hätten sein können, oder Kampfflugzeuge sehen, die über unsere Köpfe rasten. Ich stand dann draußen mit den anderen und schaute die Himmelsschlachten an. Aber nach einer Weile beachtete ich die Flugzeuge gar nicht mehr, als wären sie ein Schwarm Tauben. Wir gewöhnten uns an den fernen Krieg. Nur einmal in jenen Jahren wurde die Gegend von einigen Raketen getroffen. Absurderweise wurden sie nicht von iranischen Angreifern abgefeuert, sondern von unseren eigenen Leuten.

Immer wieder erzählten die Dorfbewohner davon, wie die Iraner es im ersten Kriegsjahr geschafft hatten, bis zu uns vorzudringen. An der Seite des persischen Trupps waren auch manche unserer Landsleute in unser Dorf einmarschiert, Oppositionelle, die sich gegen Saddam stellten und dem Feind gegen den Feind halfen. Die Soldaten behandelten die Bewohner damals sehr gut, verwöhnten die Kinder mit Schokolade und schenkten jeder Familie ein arabisches Buch mit Bittgebeten, das *Schlüssel zum Paradies* hieß. Eine seltsame Mischung. »Krieg wird normalerweise nicht mit Schokolade und Büchern, sondern mit Gewehren und Bomben geführt«, scherzte man im Nachhinein. Als es hieß, Fremde hätten die Grenze übertreten und näherten sich dem Dorf, brach Panik aus. Jeder verschanzte sich in seinem Haus, verbarrikadierte die Türen mit aufgetürmten Möbelstücken. Selbst die Frauen hielten Küchenmesser stoßbereit in Händen und die Männer, was immer sie finden konnten, von uralten Pistolen bis hin zu Knüppeln. Zu allem bereit, erwarteten beide Dörfer die Ankunft der Soldaten. Doch es gab kein Blutvergießen. Die Iraner gaben den Leuten schnell zu verstehen, dass sie in friedlicher Absicht kämen. Nur die wenigen Regierungstreuen wurden festgenommen und weggebracht.

Das Ganze dauerte keine zwei Tage. Denn die irakische Armee rückte schnell vor, sodass sich die Iraner direkt wieder zurückziehen mussten. Unser Präsident hatte befohlen, anzugreifen. Irakische Panzer rasten durch den Wüstensand und feuerten ihre Geschosse in Richtung mancher Siedlung, darauf folgten Bombardements der Flugstaffeln.

Einige Häuser in Al-Hindi wurden zerstört und mehrere Bewohner verletzt. In Herzliche Hölle löschte eine verirrte Rakete eine Familie aus. Von diesem einen Zwischenfall abgesehen bemerkten die Bewohner den Krieg fast gar nicht, und ohne die Durchhalteparolen im Radio und die aggressive Rhetorik hätten sie beinah vergessen, in welcher Situation sich das Land befand. Nur die leeren Plätze beim Essen machten einigen Familien jeden Morgen, Mittag und Abend bewusst, dass manche an der Front und andere verstorben waren.

Der Krieg zog sich acht lange Jahre hin, und irgendwann wurde er normal. Alle freuten sich dennoch unendlich über sein abruptes Ende. Wir gingen nach draußen und feierten stundenlang. Einige feuerten mit ihren Pistolen in den Himmel, denn keiner unserer Männer musste mehr an der Front dienen. Unsere gute Stimmung endete, als wir in den nächsten Tagen im Radio hörten, dass dies einer der verlustreichsten Kriege in der zweiten Hälfte des 20. Jahrhunderts gewesen sei, dass während des Krieges ungefähr eine Million Menschen ihr Leben verloren hätten. Trotz einzelner Verluste im Dorf erschien uns diese Zahl unglaublich, so hoch, als wäre der Irak um die Hälfte dezimiert worden.

Danach betonte mein Vater noch häufiger als sonst, wie viel Glück er doch als Soldat gehabt habe. Ich wusste nicht, ob er jemals als etwas anderes gearbeitet hatte. Denn ich war erst ein Jahr alt gewesen, als der Krieg begonnen hatte, und somit kannte ich meinen Vater nur in khakifarbener Uniform. Er hatte seine Waffe in den acht Jahren des Krieges jedoch kein einziges Mal benutzt. Das hatte er stets mit Stolz erzählt, wobei das wirklich pures Glück gewesen war. Normalerweise durfte ein Soldat nur für eine Woche im Monat nach Hause, aber Vater tauchte mehrmals wöchentlich bei uns auf und verbrachte die Nächte in den Armen meiner Mutter. Seine Stellung lag weniger als zwei Kilometer von unserem Dorf entfernt, und wenn er nicht Wache halten musste, rannte er einfach schnell nach Hause. Das hatte er mit seinem Kameraden Nasir ausgemacht. Einer blieb stets in der Stellung, und der andere ging zu seiner Familie. Niemand kontrollierte die beiden. Eigentlich hätten sie auch ganz zu Hause bleiben können, da der Außenposten winzig war und völlig unbedeutend für den Kriegsverlauf. Sie hatten einfach überhaupt nichts zu tun und mussten nur in ihrem Büro an der Landstraße sitzen, allenfalls hier und da etwas Schriftverkehr erledigen und sich vornehmlich selbst verwalten. Ihr Wachposten sah wie eine kleine Wohnung aus, bestand aus zwei Zimmern und einer kleinen Küche. Er lag nur einen Katzensprung von dem historischen Scheißhaus der Osmanen entfernt, in dem sie, genau wie die Reisenden, ihre Notdurft verrichteten. Einmal monatlich gab es etwas Abwechslung. Wachdienst und Schreibkram waren keineswegs die wichtigsten Aufgaben der beiden, sondern: der Transport. Sie hatten Lieferungen mit dem Lastwagen zu fahren. Dann übernahmen zwei Waffenbrüder aus der Volksarmee ihre Aufgaben in der Stellung. Ihre Reisen mit dem Lastwagen dauerten oft eine Woche oder sogar länger. Sie fuhren Waren nach Kuwait, in aller Regel Datteln, und kamen mit Säcken voller Mehl, Zucker und Reis zurück. Jedes Mal freuten wir uns riesig, wenn Vater auf große Reise ging. Wir wussten, dass er wieder etwas Spannendes mitbringen würde: Spielzeug oder »imperialistische Getränke« wie Pepsi und Coca-Cola, die eigentlich streng verboten waren.

Weil Vater diese Fahrten machte, kannte ich, anders als die anderen Jungs im Dorf, nicht nur unsere Grush-Cola. Bis ich das Original aus den USA kannte, hatte ich sie für lecker gehalten. Aber nun hatte ich die roten Cola- und blauen Pepsi-Dosen, die mit arabischen und lateinischen Buchstaben beschrieben waren. Stolz gab ich vor meinen Dorffreunden damit an und wurde von allen neidisch bewundert. Ich war so gierig nach diesem Getränk, dass ich nie etwas teilen mochte. Nicht mal einen Tropfen gönnte ich den durstigen Kehlen meiner Freunde. Ich stürzte die Dose zumeist so schnell herunter, dass ich selbst nicht viel davon hatte. Außer zahlreiche Rülpser. In Kuwait, erzählte Vater, gebe es überall Pepsi und Coca-Cola, aber Grush-Cola habe er dort nie gesehen. Im Irak gab es überall Grush-Cola, bei der man nicht wusste, woher sie stammte, aber sie war eine erlaubte Cola und somit nicht imperialistisch.

Seitdem der Krieg vorbei war, verbrachte Vater die meiste Zeit mit uns zu Hause. Er half sogar Mutter im Haushalt. Das war für uns ein höchst seltener Anblick und überhaupt nicht üblich. Es herrschte eine ausdauernde Ruhe und Gelassenheit. Auch meine immer leicht nervöse Mutter war mit einem Mal tiefenentspannt und wirkte regelrecht gelöst.

UM MICH HERUM sind nur weiße Wände und eine graue Eisentür, und durch das Gitter vor dem Fenster erkenne ich nichts, nur eine gähnende Leere, ein blauer Himmel und eine Dattelpalme blicken auf mich herab. Ich höre absolut nichts. Es ist ungeheuer schön, die Sonne zu sehen. In den letzten zwei Jahren im Kerker sah ich sie nur für eine halbe Stunde wöchentlich. Immer donnerstags gegen Mittag kamen die Wärter, um die Häftlinge aus den Zellen zu holen, dann ließen sie uns alle in einem Hof zusammenstehen. Nackte Männer. Um uns herum hohe, kahle, dicke Mauern. Die Sonne über uns wie eine mächtige Göttin. »Der Platz unter der Sonne« nannten die Wärter diesen Ort. Immer wieder sah ich, wie manche von ihnen uns beobachteten und grinsten. Einige ekelten sich vielleicht. Nicht jeder findet nackte Vogelscheuchen ansehnlich. Wir waren alle abgemagert, waren nur noch Haut und Knochen, ausgehungerte Zombies.

Diese verdammte Sonne! Am Morgen erst hatte ich gedacht, ich würde sie niemals wieder erblicken, ich hatte gezittert vor Kälte, meine Mitgefangenen hatten gedacht, ich würde die Augen tatsächlich für immer schließen. Die ganze Nacht über war ich am Ende meiner Kräfte gewesen. Ich hatte unendliche Bauchschmerzen. Zu Beginn war es, als würde ein Dolch tief in mich eindringen und als würde sich die Klinge im Kreis drehen; am Ende fühlte es sich an wie eine Bohrmaschine, die unkontrolliert durch meinen Bauch schlug. Die Muskeln meines

Körpers wurden hart. Ich war ein einziger Krampf. Mehrmals riefen meine Kameraden nach Hilfe. Irgendwann tauchte ein Wärter auf und fragte: »Was ist los?«

»Der hier stirbt gerade!«, antwortete jemand.

Dann wurde alles dunkel. Ich wachte erst wieder in diesem Krankenhaus auf, mit drei Wärtern in Khaki-Kluft, die auf mich aufpassten. Es war ein Operationsraum. Eine kleine, rundliche Ärztin meinte, dass ich an einer Blinddarmentzündung leide und schnellstens operiert werden müsse; es dauere nur noch wenige Minuten. Die Operationspfleger bereiteten die seltsamen, scharfen Geräte vor. Ich schloss die Augen und versuchte, an nichts zu denken. Noch bevor man mich betäubte und meinen Bauch mit dem Messer aufschnitt, kam jedoch ein weiterer Arzt hinzu und ließ die Operationsvorbereitungen abbrechen. »Die Bauchkrämpfe sind nicht körperlich«, sagte er, »sondern vermutlich Ausdruck einer psychischen Störung. Er muss im Krankenhaus bleiben, wir beobachten seinen Zustand.« Die Seele hat mehrere Erscheinungsformen, auch im Bauch ist sie spürbar, auch dort lauert sie, weint und schreit. Schließlich brachten die drei Wärter mich in dieses leere Zimmer, ließen mich mit dem nun Schlafenden allein zurück, nachdem sie meine rechte Hand mit der Schelle am Bettpfosten festgemacht hatten.

Ich vernehme jetzt Schritte auf dem Flur, die immer lauter werden.

»Hey du! Hey! Wach auf! Sie kommen!«

Der Wärter reißt die Augen auf, schaut mich überrascht an und springt auf.

Ein Mann in Zivil tritt ins Zimmer, gefolgt von einem bewaffneten Mann in Uniform.

»Alles gut?«, fragt er.

Der Wärter salutiert. »Ja, Herr. Alles gut!«

ZWEI

Ära der Bananen

Die Ruhe im Lande fand ihr jähes Ende, als die Männer in unserem Teehaus nicht mehr ununterbrochen Domino oder Backgammon spielten, sondern nur noch nervös Zigaretten rauchten und den Nachrichten lauschten. Niemand verstand, was genau passiert war. Die Ereignisse überschlugen sich. Vater war wieder seltener zu Hause und musste mit seinem Kameraden Nasir ständig zwischen dem Irak und Kuwait pendeln. Er hatte vermutlich Angst, uns die Wahrheit darüber zu erzählen, was genau im Land geschah. Vielleicht hatte er es auch selbst noch nicht wirklich begriffen.

Das, was man bald in Erfahrung brachte, war, dass wir anscheinend in Kuwait einmarschiert waren. Einfach so, von jetzt auf gleich und fast ohne Gegenwehr. Im Radio wurde behauptet, es gebe in unserem kleinen Nachbarstaat eine Revolution und das hungernde Volk habe sich gegen die Regierung gestellt und ihr schließlich einen Fußtritt verpasst. Der Widerstand habe daraufhin uns um Unterstützung gebeten. Die irakischen Soldaten seien also nur dort einmarschiert, um dem Land und den Revolutionären freundlicherweise bei einer Neuausrichtung zu helfen.

Der neue Anführer des befreiten Kuwait tauchte immer wieder in den irakischen Medien auf. Er hieß Alaa, und Vater hatte ihn sogar schon leibhaftig gesehen, an einem irakisch-kuwaitischen Grenzposten. Er habe ausgesehen wie ein kuwaitischer Prinz, behauptete mein Vater, er sei auch entsprechend angezogen gewesen, er habe ein wunderbares weißes Gewand aus Seide und einen schwarzen Turban getragen. Dieser Mann bedankte sich bei uns Irakern und unserem selbstlosen Präsidenten. »Klar«, sagte meine Mutter. »Ein guter Nachbar ist besser als viele böse Verwandte. Und die Kuwaiter standen in den letzten Jahren auf unserer Seite, gegen Iran. Jetzt brauchen sie uns, und wir helfen ihnen natürlich.« Kurz darauf verkündete der neue kuwaitische Premierminister Alaa: die neue Regierung werde sich freiwillig auflösen, und das kleine Land solle fortan zum neunzehnten irakischen Gouvernement erklärt werden. Diese Nachricht hörten wir mit unserem batteriebetriebenen Radio zu Hause. Meine Mutter war nun irritiert. »Ich stelle es mir doch sehr komisch vor, wenn die Wand zwischen unserem Haus und dem unseres Nachbarn einstürzen würde und wir dann im selben Haus zusammen wohnen und in derselben Küche kochen müssten.«

Vater hat Mutters Bemerkungen nie kommentiert. Er schüttelte jedes Mal nur wortlos den Kopf.

Nach und nach erfuhren wir, dass es sich in Wirklichkeit um eine Besatzung handelte. Einige hatten schon von Anfang an davon gewusst. Unser Dorf lag ja nicht weit von der Grenze entfernt, und man konnte bei uns viele ausländische Radiosender empfangen, auch wenn das eigentlich verboten war. Natürlich lieferten sie die Informationen, die uns unser irakischer Rundfunk vorenthielt. Radio Iran, Radio Monte-Carlo oder BBC waren unser Tor zur Welt.

Je mehr sich die Lage zuspitzte, desto weniger kommentierte meine Mutter diese Angelegenheiten. Stattdessen begann sie, viel zu beten und von Gott zu verlangen, uns ein Licht in solch dunklen Zeiten zu schicken.

Mir waren die Zusammenhänge nicht vollends klar. Dafür war ich zu jung und unerfahren. Ich verstand nur, dass etwas Schreckliches geschah, dass etwas nicht stimmte. Erst viel später begriff ich, was sich wirklich zu jener Zeit ereignet hatte, und bewunderte rückwirkend meinen Vater dafür, dass er trotz allem immer so ruhig geblieben war.

An einem Abend, nachdem er zuvor für etliche Wochen in Kuwait gewesen war, war er auffallend schweigsam und nachdenklich. Er schaute uns alle lange an, wie um sich unsere Gesichter einzuprägen, und er hörte gar nicht auf damit, Qamer und mich zu drücken und zu küssen. Doch meine Schwester wollte das nicht, denn sie sei jetzt mit dreizehn bereits eine Frau. Vater lachte von Herzen und war ihr nicht böse. Als meine Schwester und ich im Nebenzimmer auf der Matratze lagen und schlafen sollten, war er mit Mutter alleine im Wohnzimmer. Wir versuchten, ihrem Gespräch zu lauschen. Und tatsächlich hörten Qamer und ich an diesem Abend viele Dinge, über die wir nie laut sprechen durften.

»Wir haben das Land erobert. Wir haben sie abgeschlachtet.«

Mutters Stimme zitterte: »Ist das wahr?«

Vater antwortete erst nach einigen Sekunden: »Ich jedenfalls habe keinem wehgetan. Habe nur Waffen transportiert. Dasselbe wie immer, wie im letzten Krieg auch. Nur haben wir ihnen dieses Mal die Waffen einfach gestohlen.«

»Waffen? Ich dachte, du hättest Lebensmittel gefahren.«

»Es waren immer schon Waffen.« Kurze Stille. »Wir haben jetzt alles restlos geplündert. Wenn nun wieder ein neuer Krieg beginnt, werde ich vielleicht kämpfen müssen.«

Weil meine Mutter nichts mehr sagte, wussten wir, dass sie

unseren Vater in den Arm genommen hatte und sie sich gegenseitig trösteten.

Im ganzen Land kam es in jener Zeit zu einer Art Wirtschaftswunder, auch bei uns in Herzliche Hölle und im Hindi-Dorf. Es gab plötzlich alles auf dem Markt, was man sich nur wünschen konnte. Alles, was die Soldaten und Unternehmer aus dem reichen Kuwait geplündert und mitgebracht hatten, füllte nun unsere Geschäfte: Klamotten, Medizin, Spielzeug, Lebensmittel und Schmuck. Darunter waren viele Dinge, die wir noch nie zuvor gesehen hatten. Plötzlich waren all diese Luxusgüter sehr billig und in großen Mengen verfügbar. Sogar die Bananen, die zuvor immer als Obst der Reichen gegolten hatten und »Penis des Sultans« genannt wurden, waren wochenlang für jedermann bezahlbar, und es gab sie überall. Wir waren so gierig nach Bananen, dass wir sie sogar tranken. Denn Mutter fand eines Tages auf dem Basar in Al-Hindi eine Flasche mit Bananensirup. Danach gab es keinen bitteren schwarzen Tee mehr bei uns, sondern nur noch den zuckersüßen Bananensaft.

Die Zeit bis zum Beginn des nächsten Krieges nannten meine Eltern »die Ära der Bananen«. Es waren glückliche Monate, die wir erlebten, wenn auch auf Kosten der Kuwaiter. Doch bald schon wendete sich das Blatt. Es ging mal wieder alles sehr schnell. Denn mit einem Mal fühlten sich die Golfstaaten vom Irak bedroht. Ein ominöser Herr Bush wollte ihnen helfen, und Saddam sprach von der »Mutter aller Schlachten« und dem »Krieg aller Kriege«. Es klang aus seinem Mund, als würde Washington, D. C., bald das zwanzigste Gouvernement des Irak werden.

Wochenlang verfolgten wir die Nachrichten und fürchteten diesen Bush. Ausgerechnet ein Mann namens Bush wollte mit einer riesigen Armee zu uns kommen. Sein Name war plötzlich in aller Munde, ein Name, den wir schon gekannt hatten, lange bevor wir ihn in Zusammenhang mit den USA und diesem einen Mann brachten. Jeder von uns war in seinem Leben bereits mit »*Bala Bush*« beschimpft worden. Es war ein gängiger Fluch. *Bala* bedeutet auf Arabisch »Fluch«, aber *Bush* hat keine Bedeutung. Es stand einfach nur für irgendetwas Schlimmes. Nun schien es ganz so, als wäre unser Schicksal mit diesem Mr. Bush schon in lange zurückliegenden Zeiten besiegelt worden.

Alle behaupteten jedoch dasselbe: »Es ist nur Säbelrasseln in den Medien. Es wird niemals zu einer echten Schlacht kommen.« Vielleicht dachten sie, unser Präsident habe die Welt eingeschüchtert. Denn während seiner stundenlangen täglichen Ansprachen im Radio musste man ihm einfach glauben, dass er so stark sei, dass niemand auf der Welt es mit ihm aufnehmen könnte. Er redete stolz, mutig und selbstsicher, als wäre er Alexander der Große. Wir, mit der sechstgrößten Armee der Welt, würden die Amerikaner und ihre Verbündeten vernichtend schlagen.

Unser Präsident schimpfte hochmütig über alle anderen. Margaret Thatcher, die Premierministerin des Vereinigten Königreichs, nannte er »das Hutzelweib«. Der ägyptische Präsident Mubarak hieß bei ihm »der Leichtsinnige« oder »der treue Hund der Amerikaner«, und die Scheichs der Golfstaaten beschimpfte er als »die Schweine des Golfs«. Der Scheich der Saudis, der in anderen Gegenden als »der Beschützer des Gotteshauses Mekka« bekannt war, wurde von Saddam als »der Plünderer von Mekka« bezeichnet.

Wochenlang redeten wir uns ein, Bush sei nur eine Märchenfigur und die Amerikaner kämen niemals. Bis zu dem Tag, an dem im Radio ein Regierungssprecher alle Einwohner dazu aufforderte, sich sofort in Luftschutzbunkern zu verstecken, sobald die Sirenen losgingen. Nur konnte der besorgte Mann im Radio leider nicht wissen, dass es bei uns überhaupt keine Luftschutzbunker gab und dass wir in unserem Leben die sogenannten Sirenen noch nie gehört hatten. Kurz nach dieser Meldung brach Panik unter den Bewohnern von Al-Hindi und Herzliche Hölle aus, und man legte Matratzen vor die Fenster, hielt ständig am Himmel nach Fliegern Ausschau. Doch vorerst geschah nichts.

Vater musste jetzt tatsächlich richtig in den Krieg. Alle Männer über neunundvierzig hingegen durften zu Hause bleiben und mussten in den Dörfern und Städten helfen. Ihr Trupp hieß »die Volksarmee«. Es war eine staatlich geförderte Bürgerwehr aus alten Herren. Sie liefen in Uniform herum und schleppten ihre großen Bäuche mit ebenso viel Schweiß durch die Straßen wie ihre Gewehre. Mutter blieb allein mit uns zurück. Die ganze Zeit über redete sie von irgendwelchen Dämonen, die aus dem Iran oder aus Kuwait kommen und uns nun heimsuchen würden.

An jenem Tag, an dem unser Präsident das UN-Ultimatum für einen Rückzug aus Kuwait ignorierte, durften wir das Haus gar nicht verlassen. Ausgangssperre. So befahlen es die Volksarmee-Soldaten, die im Dorf alle Wege kontrollierten. Mutter war nervös und wirkte hilflos. Sie saß stocksteif auf dem Boden und wartete.

Es war Winter. Den Himmel bedeckten dicke graue Wolken. Alle Menschen kauerten im Schutze ihrer Häuser um ihre Öl-Kamine, saßen eng beieinander vor den Radios und warteten auf Neuigkeiten. Schließlich konnte unser Leben davon abhängen. Jeden Moment konnte die Apokalypse über uns hereinbrechen. Splittergranaten, Raketen, Giftgas, möglicherweise Atombomben. Wüstenstaub, nichts als unendlich feiner Wüstenstaub und eine Hand voll Hackfleisch würden von uns übrig bleiben.

Nach zwei Tagen befahl uns Mutter, die letzten Stücke Fladenbrot mit Tomatensoße zu essen. »Morgen muss ich uns etwas zu essen besorgen. Es wird bald nichts mehr da sein. Wir können ja schlecht unsere Sandalen mit Wasser aufbrühen und eine Suppe daraus kochen.«

Doch der nächste Morgen war weiter entfernt, als wir ahnen konnten. Der erste Luftschlag traf uns um Mitternacht. Das Haus erzitterte unter den Detonationen, als wäre nun dieser mythische Riese namens Bush aufmarschiert und schlüge mit seinen übergroßen Fäusten gegen die Mauern. Man hörte Explosionen aus jeder Himmelsrichtung und undefinierbaren Lärm von Menschengeschrei und Schüssen. Tränen verschleierten Mutter den Blick. Völlig außer sich, drückte sie uns an sich. Ihr Blick ging zur Zimmerdecke und sie rief: »Gott! Gnade für meine Familie! Allah, stehe uns bei!« Jede neue Explosion trieb sie wie ein gejagtes Tier von einer Ecke in die andere, bis sie uns alle in dem einzigen Möbelstück versteckte, das groß genug für uns drei war: im Kleiderschrank. Jede einzelne Detonation klang, als würden die Raketen direkt in unserem Wohnzimmer einschlagen. Auf wundersame Weise überlebten wir in unserem Kleiderschrank die Bomben des Bush.

Irgendwann hörte alles so plötzlich auf, dass wir es gar nicht bemerkten. Es dauerte einen Moment, bis wir die Stille wirklich wahrnahmen, da unsere Ohren noch immer klingelten. Mit einem Mal war nur noch das leise Knattern der Maschinengewehrsalven zu hören, als würde Mais in einer Pfanne poppen.

Wir krochen aus dem Schrank und blieben zitternd auf dem Boden liegen. Keiner hatte die Kraft, sich aufzurichten, und zugleich hatten wir das Gefühl, noch immer den Kopf einziehen zu müssen, um nicht von einem Querschläger oder Schrapnell getroffen zu werden. Nach draußen trauten wir uns nicht, da wir weitere Bomben fürchteten. Meine Schwester und ich klammerten uns aneinander und schliefen irgendwann vor Erschöpfung ein. Mutter saß hellwach bei uns.

Im Morgengrauen machte sie die Haustür auf, streckte vorsichtig ihren Kopf nach draußen und lugte nach links und rechts. Nichts Verdächtiges war zu sehen. Nur die Stille wirkte seltsam. Keine Vögel, kein Hundegebell, keines der üblichen Morgengeräusche, die sonst zu hören waren, wenn die Bewohner erwachten. Das Dorf glich einer Geisterstadt. Mutter schaute Qamer tief in die Augen: »Du bleibst mit deinem Bruder hier, verstanden?«

»Ja, Mama, aber wohin gehst du?«

»Ich besorge uns Essen für die nächsten Tage.«

»Nein, Mama, bitte lass uns nicht allein. Es ist Krieg da draußen, und du denkst an Essen!«

»Sei leise!«, brüllte Mutter und erschrak über sich selbst. Sie hatte nicht einfach nur geschimpft mit uns, sie hatte gerade wirklich wie von Sinnen geschrien.

»Kümmere dich um deinen Bruder, hörst du?«, sagte sie noch einmal nachdrücklich und zog leise und fest die Haustür hinter sich zu, als sollte man sie nie wieder öffnen können. Einige Augenblicke später hörten wir erneut Explosionen. Die Tür sprang direkt wieder auf und Mutter stürmte herein. Sie scheuchte uns zurück in den Kleiderschrank. Das Gleiche erlebten wir in den nächsten Stunden wieder und wieder. Ruhige Phasen verbrachten wir im Wohnzimmer oder direkt vor dem Haus, krachende Zeiten im Kleiderschrank. Gegen Nachmittag war es länger ruhig. Man hörte fast eine ganze Stunde lang gar nichts.

»Zieht euch an. Dieses Mal gehen wir zusammen«, befahl meine Mutter.

»Wohin denn?«, fragte Qamer.

»Frag nicht. Wir brauchen Essen. Anziehen!«

Qamer seufzte: »Essen, Essen, Essen, jawohl, Oberst Zahraa!«

Wir marschierten schweigend hintereinander her. Gingen dicht an den Hauswänden entlang. Unsere Schritte waren so vorsichtig, als würden wir ein Minenfeld durchqueren. Überraschenderweise war das Dorf gar nicht beschädigt. Es roch eher nach Regen als nach Schwarzpulver. In der Ferne sahen wir allerdings grauen und weißen Rauch in den Himmel steigen. Als wir im Al-Hindi-Dorf angekommen waren, blieben wir stehen und schauten uns um. Alles war unversehrt. Die Gassen lagen jedoch vor uns wie ausgetrocknete Kanäle, nichts bewegte sich. Wir gingen über leere Wege. Alle Häuser waren verschlossen, alles schien leer zu stehen.

»Zahraa, bist du verrückt? Was machst du hier mit den Kindern?«, rief plötzlich eine Stimme, dann hörte man eine Tür zuknallen. Es war »die Hexe«, eine alte Frau, die ganz allein mit ihren vielen Katzen lebte und keine Familie hatte. Mutter hätte gern geantwortet, aber die Greisin war verschwunden, bevor wir sie sehen konnten.

Wir wussten zu diesem Zeitpunkt noch nicht, dass die Mehrheit der Bewohner von Al-Hindi und Herzliche Hölle an diesem Morgen ihre Häuser verlassen hatte und Richtung Marschgebiet und iranische Grenze gezogen war. Sogar der Imam schien sich und seine Familie irgendwo in Sicherheit gebracht zu haben. Ebenso die Volksarmee-Soldaten, die gestern doch noch überall anwesend gewesen waren und behauptet hatten, sie würden uns beschützen.

So verlassen wie an diesem Nachmittag hatten wir uns noch nie in unserem Leben gefühlt. Wir blieben mitten auf dem Hauptplatz von Al-Hindi stehen und warteten eine unendliche Stunde lang auf einen vorbeihuschenden Menschen, eine streunende Katze oder irgendein anderes Lebenszeichen – doch vergebens. Sogar die Tauben und die anderen Vögel, die sonst immer über die Dächer flogen, erschienen heute nicht. Plötzlich hörten wir weit entfernt eine Detonation. Wir konnten Rauch aufsteigen sehen, vermutlich in Amara. Es folgte der Lärm einiger Flugzeuge und das Trommeln von Geschossen. Ohne nachzudenken, rannten wir zurück. Als wir an der Al-Hindi-Moschee vorbeikamen, rief meine Mutter: »Gott, wie du dich um Yusuf in der Zisterne gekümmert hast, so schütze heute meine Kinder!« Mutter kramte aufgeregt in ihrer Tasche und zog ihren Schlüsselbund hervor. Sie hatte den Schlüssel zur Moschee, die sie ja regelmäßig putzte. Voll Ehrfurcht und Dankbarkeit betraten wir sie und fanden im Keller des Gotteshauses nicht nur Schutz vor den Bomben, sondern auch eine andere Rettung: etwa vier Säcke Reis.

»Danke, Gott! Danke, danke, danke!«, sprach Mutter unter Tränen und umarmte uns. Fast eine Woche lang blieben wir in der Moschee. Auf dem weichen Teppich ließ es sich gut schlafen und die Unterkunft des Imams bot eine Kochmöglichkeit. Mutter hatte die Tür hinter uns verschlossen, und niemand hatte seitdem geklopft oder sie geöffnet. Dankbar und ohne schlechtes Gewissen nahmen wir alle »Gottesgeschenke« an, die das Gotteshaus zu bieten hatte: Kristallzucker, würzigen Tee, feines Mehl, bestes Pflanzenöl und sogar ein paar Bananensirup-Flaschen. Erst als die Detonationen für zwei Tage ganz verstummt waren, trauten wir uns wieder nach draußen ans Tageslicht und kehrten nach Hause zurück. Natürlich schleppten wir auch einen Sack Reis mit. Später hieß es, dass in diesem Krieg zigtausend Bomben über dem Irak abgeworfen worden seien. Kein Wunder, bei über zwanzig Ländern, die daran teilgenommen hatten.

Unsere beiden Dörfer jedoch hielten sich erstaunlich tapfer. Und obwohl vereinzelt noch immer Bomben fielen, kehrten bald die meisten Bewohner zurück. Die Gefahr schien ihnen mehr und mehr egal zu sein. Sie waren es leid, wegzurennen, und wollten lieber zu Hause sterben.

Auch der Imam der Moschee kehrte zurück und besuchte uns mit strengem Blick. Als Mutter ihn sah, freute sie sich riesig und fühlte sich zugleich unendlich schuldig. Sie beichtete ihm ausführlich, was wir genommen hatten, und fühlte sich jetzt mit etwas Abstand wie eine gierige Diebin. Doch der Imam lächelte nur verständnisvoll. »Es ist alles gut, Schwester.

Hauptsache, ihr habt ein paar Flaschen Bananensirup übrig gelassen.«

Obwohl keiner, weder die Iraker noch die Amerikaner, den Krieg für beendet erklärt hatte, kehrten unsere Soldaten nach Hause zurück. Einige sahen wir auf der Landstraße. Es war ein langer Zug von Männern in dreckstarrenden Klamotten, die sich mühsam voranschleppten. Ein paar von ihnen hatten Verletzungen und sahen hundsmiserabel aus. Keiner trug seine Uniform. Man behauptete, sie hätten ihre Dienstkleidung verbrannt, die Waffen weggeworfen und ihre Fahrzeuge stehenlassen, damit die Kampfflugzeuge oder die Bodentruppen der Alliierten sie nicht als Soldaten erkennen und sofort erschießen würden.

Frauen aus der Gegend hatten Brot und Wasser am Straßenrand für die Soldaten bereitgestellt, obwohl die meisten selbst kaum genug zu essen hatten. Die zwei Krankenpfleger und der Arzt aus der kleinen Praxis im Hindi-Dorf hatten eine Liege aufgestellt, um Verletzte zu versorgen, soweit sie konnten.

Die älteren Jungs versuchten immer, mit den Soldaten zu plaudern, und wollten mehr über den Krieg in Erfahrung bringen.

»Hast du einen Amerikaner gesehen?«

»Hast du jemanden getötet?«

»Wie sieht die Front aus?«

Aber niemand wollte ausführlich erzählen, was er erlebt hatte. Ihre Antworten waren knapp und bestanden zumeist aus unvollständigen Sätzen.

»Die Hölle auf Erden.«

»Uns gejagt wie die Fliegen.«

Nur einer sagte: »Ich hätte gern mal einen Amerikaner oder überhaupt einen fremden Soldaten gesehen. Aber da war keiner. Wir waren völlig allein da draußen. Nur ihre Raketen und Bomben kamen aus dem Himmel zu uns.«

Mutter wollte nichts vom Krieg wissen. Sie fragte nur jeden, den sie fragen konnte, nach unserem Vater. »Er sieht genauso aus wie unser Sohn. Schauen Sie sich ihn bitte an! Sein Vater hat die gleiche spitze Nase.« Mutter führte mich als Abbild vor und zeigte mit dem Finger in die Mitte meines Gesichts. Manchmal drehte sie auch meinen Kopf, damit man meine Nase im Profil sehen konnte. So sei die Ähnlichkeit vielleicht einfacher zu erkennen. Aber keiner erkannte in meiner Nase die Nase meines Vaters.

Tagtäglich marschierte ein Soldat nach dem anderen über die Landstraße, doch Vater war nicht darunter. Nachdem unser Regierungssprecher im Radio tatsächlich das Ende des Krieges erklärt hatte, erlebten wir noch eine sehr seltsame Nacht. Ganz im Widerspruch zu den Radionachrichten schien das Martyrium erneut zu beginnen. Im Sekundentakt hörten wir Explosionen. Unendlich viele Flugzeuge rasten über uns hinweg.

Am nächsten Tag erfuhren wir, dass die Luftangriffe der Überlandstraße zwischen Kuwait und Basra gegolten hatten. Dort wurden die sich noch immer aus Kuwait zurückziehenden Truppen bombardiert. Fahrzeuge, Menschen, Pflanzen und Ameisen. Wirklich alles wurde vernichtet. Man nannte diese Straße seitdem nicht mehr »die 80«, sondern den »*Highway of death*«.

Am darauffolgenden Morgen erklärten die Amerikaner ihrerseits das Ende des Krieges und hörten tatsächlich damit auf, zu bombardieren. Mit dieser Nachricht wurde jede weitere Minute ohne Gewissheit über den Verbleib meines Vaters für Mutter sehr hart. Meiner Schwester und mir war überhaupt nicht bewusst, dass wir unseren Vater ernsthaft verlieren könnten. Ich glaubte fest daran, dass er zurückkommen würde, einfach weil ich es unbedingt wollte. Mein kindliches Hirn konnte sich überhaupt kein anderes Szenario vorstellen. Mutter hatte schnell jede Hoffnung verloren und betete ununterbrochen, um Allah und seinen Heiligen alles Mögliche zu versprechen, wenn sie ihr nur ihren Mann heil zurückbringen würden. Und siehe da, der Himmel hörte auf ihre Worte. Nach zwei Tagen klopfte es frühmorgens an unserer Tür.

Vater trug ein blaues Gewand, hatte einen Spazierstock dabei und konnte kaum gehen. Als wir ihn umarmen wollten, sagte er: »Nein, Kinder. Das geht nicht.« Er schaute uns einen Moment lang an, als wären wir Fremde. Er hatte Tränen in den Augen. Er betrachtete mich genau und tastete mit seiner Hand mein Gesicht ab wie ein Blinder. Ich stand still da, überrascht, glücklich, aber auch verwirrt. »Ich habe eine Wunde im Schenkel.« Viel wollte er uns nicht erzählen. Es sei eine Bombe gewesen, die in seiner Nähe explodiert sei. Und er sei nicht auf dem »*Highway of death*« zurückgekehrt. Mehr erfuhren wir nicht.

In den ersten drei Tagen lag er fast nur im Bett, um wieder zu Kräften zu kommen, Nachbarn und Freunde kamen zu Besuch. Ich selbst verbrachte kaum Zeit mit ihm. Er sah die meiste Zeit über sehr abwesend aus. Vater hatte jede Nacht Albträume und wachte schreiend auf. Wir bekamen alles mit, all den Horror, den er in seinem Kopf erneut erlebte. Ich hatte Angst vor ihm, zog mir die Decke über den Kopf, kauerte mich dicht an meine Schwester, die sich eine Matratze mit mir teilte, kniff die Augen zu, hielt mir die Ohren zu, um irgendwie zu schlafen.

Am vierten Tag stand Vater auf und kehrte zu uns zurück, zu unserem Zuhause, zu unserem Leben, zu mir. Er fragte mich, ob wir zusammen spazieren gehen wollen. Ich war begeistert von der Idee und half ihm, wie früher meinem Großvater, beim Gehen. Er erzählte nicht viel, aber es war herrlich, wieder mit ihm unterwegs zu sein, ihn zu spüren.

Vater fragte mich: »Shams, weißt du, was ein Aufstand ist?«, und ich antwortete: »Ja, Papa, ich weiß es. Ein Aufstand ist wie ein beleidigtes Kind. Er entsteht, wenn einige Kinder Süßigkeiten bekommen, die anderen aber nichts abkriegen und nur zuschauen dürfen.«

»Wer hat dir das denn erzählt?«

»Das war Qamer, und sie behauptet, Großvater habe das einmal gesagt.«

Er lächelte.

Zu ebensolchen Aufständen kam es nun im Süden und Norden des Landes. Man hatte das Gefühl, der ganze Irak würde durch den Feuereifer der Widerständler zu einem Paradies werden. Die Menschen gingen auf die Straße und wollten die Regierung stürzen. Vater sagte, sie hätten die Nase voll von den Kriegen und Demütigungen. Bald schon kamen bewaffnete Männer aus anderen Gegenden zu uns. Sie riefen: »Gott ist größer als Saddam!« Es war erstaunlich, einen solchen Satz zu hören. Wer hätte es noch vor einigen Tagen gewagt, so etwas zu sagen? Das wäre undenkbar gewesen. Aber nun konnte jeder in die Welt hinausschreien, was immer er wollte.

Die Regierungstreuen aus unseren zwei Dörfern waren rechtzeitig abgehauen. Scheinbar hatten sie geahnt, was geschehen würde. Die Kämpfer rissen Saddams Bilder von den Wänden, trampelten auf ihnen herum, verbrannten oder zerstückelten sie. Sie wurden durch Fotos unserer schiitischen Imame oder durch Plakate ersetzt, auf denen Parolen standen wie: »Freiheit für alle!« Oder: »Es lebe die Revolution!« So war es auch aus den Kehlen der Protestler zu hören. Sie durchsuchten unser Dorf und erklärten es für gesäubert von den Verrätern. Die Männer feuerten vor Freude mit ihren Gewehren in den Himmel, und die Frauen sangen ihre Zaghruta-Laute. Die kleinen Kinder freuten sich, die Erwachsenen dabei zu beobachten, wie sie sich wie kleine Kinder benahmen.

Einer der Bewaffneten stand auf der Ladefläche eines Pickup-Trucks und rief in ein Megafon: »Aus Herzliche Hölle machen wir ab heute das Paradies!« Mein Klassenlehrer Masud, der nun auch eine Waffe trug, rannte in sein Haus und kehrte mit einem selbstgeschriebenen »Paradies«-Schild zurück. Er überklebte damit den Wegweiser an der Landstraße.

Das Büro der Baath-Partei, das sich in meiner Schule befand, wurde von zwei Männern übernommen, die fortan die »Wächter der Revolution« genannt wurden. In der Hindi-Moschee wollten sie ein weiteres Büro errichten. Unser Imam aber lehnte das ab. Er erlaubte lediglich, dass die Kämpfer, die zu uns gekommen waren, in der Moschee übernachteten. Ein paar Tage später jedoch wurde der arme Mann von ihnen aus der Moschee geworfen. Ein neuer Imam, der extra aus Amara geholt worden war, trat an seine Stelle. Dieser drehte die Lautstärke voll auf, bis die Lautsprecher übersteuerten, und predigte täglich über Gott, die Revolte und die zukünftige Islamische Republik Irak.

Weil Bagdad weit entfernt und unsere Region sehr unwichtig war, hatten die Männer des Aufstandes anfangs nicht viel zu tun. Nach den ersten Jubeltagen saßen sie im Endeffekt nur herum, tranken Unmengen Tee und plauderten über die Zukunft. Manchmal kamen ihre Mitstreiter von außerhalb vorbei und brachten Reis, Zucker und Mehl. Weil auch sie nicht viel zu berichten hatten, zogen sie schnell weiter. So langweilig diese Tage waren, so aufregend erschienen die Gerüchte. Fast stündlich wurde etwas Neues behauptet. Auch die Menschen in Bagdad seien jetzt auf die Straße gegangen, Saddam sei abgehauen, die Kurden regierten nun den Norden des Landes.

Nach einer Woche kamen leere Pick-ups und Minibusse ins Dorf und sammelten die Freiheitskämpfer ein. Sie wollten nun alle nach Bagdad, um gemeinsam mit den Kurden endgültig das System zu stürzen. Obwohl es hieß, Saddam sei längst ins Exil geflohen, wollte man sichergehen und der Schlange den Kopf abschneiden, wie einer sagte. Viele Jugendliche aus unseren zwei Dörfern wollten dabei sein, stiegen siegesbewusst in die Pick-ups und Busse und kehrten nie wieder zurück.

Doch wir Kinder hatten großen Spaß während dieser Zeit. Alles war extrem aufregend. Unser Lieblingsspiel in jenen Tagen hieß »Saddam jagen«. Mit Stöcken rannten wir hinter einem Kind her und wollten es einfangen. Wer das Kind zuerst erwischte oder schlug, wurde mit einer Krone aus Papier zum König gekrönt. Alle anderen Kinder trugen den Gewinner dann auf Händen zum Hauptplatz des Dorfes, wo er sich auf den gefegten Boden setzen durfte. Der Rest musste sich nun vor ihm hinknien und respektvoll seine Hand küssen. Leider bin ich nie König geworden, sondern hatte am Ende jedes Tages nur mehrere blaue Flecken. Die großen Jungs waren immer viel schneller als ich.

Einmal schauten uns meine Schwester und die anderen Mädchen zu. Als ich kurz davor war, dem neu gekrönten König meine Ehrerbietung zu erweisen, kam Qamer zu mir und sagte: »Shams, ich tue es.« Alle Jungs schauten sie überrascht an, denn das Spiel war ein reines Jungenspiel. Nun stand sie da, und König Laith schien sehr glücklich darüber zu sein, gleich von meiner schönen Schwester geküsst zu werden. Sie besuchten dieselbe Klasse, und sie stritten sich andauernd und grundlos. Für Laith würde es eine Genugtuung sein, dass Qamer sich vor ihm kleinmachen musste. Aber als sie dann vor ihm stand, kniete sie nicht etwa nieder, sondern baute sich vor ihm auf, zog hinter ihrem Rücken einen Beutel mit Eselscheiße hervor und entleerte ihn auf Laiths Kopf. Er schrie, sprang auf, schüttelte sich, dass ihm die Krone vom Kopf fiel und der Mist auf seinen Schultern landete. Meine Schwester war längst weggerannt.

Alle Jungs und Mädchen lachten und zeigten voller Ekel auf König Laith, der Qamer sofort verfolgte. Doch die Attentäterin war schneller und versteckte sich geschickt. Der gestürzte König verlor die Lust und ließ von ihr ab. Er schämte sich unendlich und ging sich waschen. In den nächsten Tagen sah man ihn nicht mehr auf der Straße, ihn, der sonst andere Kinder verprügelte, Mädchen an den Haaren zog und von den Schwächsten Schutzgeld erpresste in Form von Datteln, Sonnenblumenkernen und Keksen.

Später fragte ich Qamer, wieso sie das getan habe. Dabei war ich sehr stolz auf meine so unschuldig wirkende Schwester. Sie erklärte mir: »Genau wie die Kämpfer nicht knien, sollte kein Mensch vor einem anderen knien müssen. Außerdem ist Laith ein dummer Esel, der sowieso nur Scheiße im Kopf hat!«

Mit Laiths Ausscheiden machte das Spiel viel mehr Spaß. Doch es war nur eine kurze Zeit, in der wir so vergnügt waren. Nach weniger als zwei Wochen kippte die Stimmung. Schuld daran waren die Nachrichten, die uns erreichten. »Saddam ist zurück.«

Unserem Präsidenten war es trotz der Aufstände gelungen, Bagdad und alle Städte, in denen mehrheitlich Sunniten lebten, unter seiner Kontrolle zu behalten. Er bewaffnete jeden, und mit einer riesigen Armee machte er sich nun auf den Weg in den Süden des Landes.

Seit Vater verletzt aus dem Krieg zurückgekehrt war, stand für ihn fest, dass er keine Waffe mehr anfassen wollte. Immer wenn man ihn fragte, behauptete er, sein Bein sei verletzt und er könne sich doch kaum bewegen. Wir blieben zu Hause und warteten ab.

Die Hubschrauber, die nun Richtung Grenze oder Amara über uns hinwegflogen, und die Explosionen, die wir hörten, klangen näher und bedrohlicher als diejenigen der Amerikaner vor einigen Wochen. Die irakische Armee überzog unsere Gegend nur für wenige Minuten mit einem Bombardement, aber das war verheerend. Mehrere Raketen verwandelten meine Schule in eine Ruine, angeblich hatten sich ein paar Kämpfer dort aufgehalten. Auch andere Häuser brannten nieder oder fielen in sich zusammen. Alles geschah unglaublich schnell. Der Kampf um unser Dorf war vorbei, bevor er begonnen hatte. Schließlich waren wir wehrlos, da die meisten Kämpfer in Richtung Bagdad gezogen waren; vermutlich sind sie dort nie angekommen und schon vorher von der irakischen Armee festgenommen oder getötet worden. Außerdem – was konnten wir denn schon gegen Saddams Übermacht ausrichten? Wir hatten große Angst. Mutter weinte unentwegt und Vater sah aus wie besessen. Er konnte kaum ruhig sitzen bleiben und ging im Zimmer auf und ab, als wäre er auf Wallfahrt.

Qamer flüsterte mir zu: »Was mich verrückt macht, sind nicht die Soldaten und die Geschosse, sondern Papa. Er ist so aufgeregt wie die Tiere draußen.«

»Hast du keine Angst?«, fragte ich.

»Nein, irgendwie nicht. Alles wird gut. Wie beim letzten Mal. Komm, leg dich hin.«

Sie drückte mich an den Schultern und legte meinen Kopf in ihren Schoß. Dann begann sie, meinen Kopf zu streicheln. Sie wusste, dass ich das liebte, und mit einem Mal fühlte ich mich sicher. Mir konnte jetzt nichts mehr passieren.

Bereits wenige Stunden nach Ende des Angriffs kamen Patrouillen ins Dorf und durchsuchten alle Häuser. Es klopfte, und noch bevor Vater etwas sagen konnte, flog die Tür auf und vier Männer stürmten in unser Wohnzimmer. Ihre Waffen waren auf uns gerichtet, als wären wir der Kopf des Widerstandes. Qamer und ich kauerten auf dem Boden, eng umschlungen, Mutter beugte sich schützend über uns und zitterte.

Vater kniete sich sofort nieder, legte seine Hände auf den Kopf und sah die Männer angsterfüllt an. Die Männer redeten kurz mit ihm, doch ich habe keine Erinnerung daran, was sie sagten. Dann durchsuchten sie unser Hab und Gut nach Hinweisen auf unsere Gesinnung.

»Bücher, Waffen, Flugblätter?«, fragte einer.

»Nein, nichts«, antwortete Vater.

»Den Ausweis!« Der Kommandant streckte die offene Hand aus. »Der kommt mit!«, sagte er nach Überprüfung des Dokuments und zeigte auf meinen Vater.

Der Unglaube und die Panik in den Augen meines Vaters, als er von zwei Soldaten an den Oberarmen gepackt und hinausgeführt wurde, waren unbeschreiblich. Er durfte nicht einmal seine Jacke anziehen. Sie zerrten ihn einfach nach draußen in die Kälte. Einer der Soldaten blieb kurz in der Tür stehen, schaute Mutter in die Augen und sagte: »Keine Angst, er kommt wieder.« Dann schloss er die Tür hinter sich.

Später erfuhren wir, dass sie alle Männer des Dorfes eingesammelt hatten. Es ging also gar nicht um einen Verdacht gegen unseren Vater. Sie brachten die Männer zu einem Platz zwischen den beiden Dörfern. Die beiden Wächter der Revolution, der neue Imam der Moschee, mein Klassenlehrer Masud und drei weitere Männer wurden dort vor den Augen der anderen hingerichtet. Einige weitere Dorfbewohner, die mit den Kämpfern zusammengearbeitet, aber keine Waffe getragen hatten, wurden mit einem Lkw abtransportiert. Wohin, wusste man nicht. Alle übrigen Männer des Dorfes, die auf dem Richtplatz versammelt waren, bekamen Ohrfeigen und Fußtritte, mussten sich vor einem großen Foto von Saddam verbeugen und das Gesicht des Präsidenten küssen. Dann erst durften sie wieder nach Hause gehen. Nur Vater nicht.

Die Nachbarn erzählten uns, dass die Soldaten ihn mitgenommen hätten, weil er sich nach dem Krieg nicht wieder bei der Armee gemeldet und somit Fahnenflucht begangen habe.

Es war ein unendlich langer Tag. Mutter weinte sich die Augen aus dem Kopf. Ich wusste nicht, ob ich ihre oder meine eigenen salzigen Tränen auf meinen Lippen schmeckte. Mutter wollte meine Schwester und mich stundenlang nicht loslassen, als wären wir die Nächsten, die abgeführt werden würden. Wir aßen in diesen Stunden kaum, redeten kaum und schauten uns kaum in die Augen. Es war unvorstellbar, dass Vater die beiden großen Golf-Kriege mit einer kleinen Fleischwunde überlebt hatte, sich nicht am Aufstand beteiligt hatte und nun wegen Fahnenflucht verschleppt wurde. Erst weit nach Mitternacht hörten wir Geräusche vor der Tür, und plötzlich stand er im Wohnzimmer. Qamer und ich sprangen auf und fielen ihm um den Hals. Mutter umarmte ihn, bis er keine Luft mehr bekam, und küsste sein Gesicht überall. »Oh Hussein«, sagte sie, »oh Hussein, mein lieber Hussein.« Sonst sagte sie nichts.

Auch er konnte erst nach Minuten wieder sprechen. Einige von den Regierungstreuen, die mit dem Beginn des Aufstandes aus unseren Dörfern geflohen waren, seien nun mit der Armee zurückgekommen, und sie hätten sein Leben gerettet, erzählte Vater. Sie hätten gesagt, dass Vater zu den »Guten« gehöre und nie etwas »Dummes« getan habe. Außerdem sei er im letzten Krieg verletzt worden und habe sich nur deshalb nicht bei der Armee zurückgemeldet. Die Soldaten akzeptierten diese Erklärung, weil es ihnen im Grunde egal war, sie forderten ihn jedoch dazu auf, sich bald wieder bei seiner Stellung zu melden und in den Dienst zurückzukehren. Schon am nächsten Tag zogen die Soldaten weiter. Nur zwei blieben zur Kontrolle bei uns und bezogen ein Büro in dem kleinen unbeschädigten Teil der Schule, das nun den Namen »Schutzhaus Gottes, des Führers und des Volkes« trug.

An jenem Tag nach der Massenohrfeigung entschied mein Vater, den Süden baldmöglichst zu verlassen und nach Bagdad zu fliehen. »Auch wenn es unsere Heimat ist, hier werden wir niemals wieder ein ruhiges Leben führen können«, sagte er. »Gegen Rache gibt es kein Heilmittel. Und das halbe Land will sich jetzt rächen.«

Meine Mutter sagte nichts, sie umarmte ihn nur immer wieder und küsste seine Hand, was sie normalerweise nie vor unseren Augen tat. Aber an diesem Morgen tat sie es ohne Unterlass, genauso wie in der Nacht zuvor.

Das Plakat »Paradies« wurde entfernt, und »Herzliche Hölle« war wieder auf dem Schild an der Landstraße sichtbar. Die Regierung hatte es schnell geschafft, die Städte und Dörfer des Südens unter ihre Kontrolle zu bringen. Die Baathisten, die sich in der Zeit des Aufstandes irgendwo versteckt gehalten hatten, gingen nun stolz mit ihren Pistolen und Gewehren durch die Straßen. Wir Kinder durften uns in diesen Tagen nicht lange allein draußen aufhalten. Immer wieder kamen unsere Eltern und kontrollierten, ob wir noch da waren. Alle hatten Angst. Es dauerte, bis die Menschen wirklich in ihren Alltag und zu ihren gewohnten Tätigkeiten zurückfanden.

Vater musste zunächst wieder als Soldat dienen, wie es ihm die Regierungsmänner am Tag der Ohrfeige befohlen hatten. Doch seltsamerweise hatte er Glück im Unglück. Bereits einige Wochen nach Dienstantritt wurde er wieder aus der Armee entlassen, wie viele andere Männer auch, die über dreißig Jahre alt waren. Noch am selben Tag, als er auf einem Bürgeramt seinen Beruf im Ausweis von Soldat zu Arbeiter ändern ließ, sagte er zu uns: »Das war's. Bloß weg hier. Wir fahren nach Bagdad.«

Es mag seltsam erscheinen, dass wir uns vom fernen Süden in die direkte Nähe des Präsidenten begeben wollten. Doch Saddams Arm war lang, und sein Zorn auf uns Schiiten war nach dem Aufstand so groß, dass der Süden für alle Zeiten in seinem Fadenkreuz liegen würde. In den Medien nannte er die Wochen der Rebellion »das Blatt des Verrats und der Hinterhältigkeit«. Alles konnte hier nun also passieren, sobald dem Präsidenten irgendetwas nicht passte. In Bagdad als großer Hauptstadt dagegen konnten wir zwischen den muslimischen Sunniten und den Christen verschwinden, vielleicht bessere Arbeit finden und im Schatten des Präsidentenpalasts ein besseres Leben führen als in den offenen Weiten des Südens. So erklärte uns Vater seine Entscheidung.

»Hier haben wir keine Zukunft mehr.«

DER WÄRTER HÄLT sein Gewehr mit beiden Händen fest. Vermutlich befürchtet er, es zu verlieren. Es ist nicht auszuschließen, dass er sich noch nicht davon erholt hat, dass ich ihm geholfen und ihn geweckt habe. Er sieht in der Tat verloren aus. Der arme Kerl! Er wechselt ein paar Worte mit seinen Kollegen. Ich verstehe nichts außer »Al-Rashid-Militärkrankenhaus«. Befinde ich selbst mich vielleicht in diesem Hospital? Der Wärter verabschiedet sich, verlässt hastig den Raum, als wollte er aus seinem Albtraum erwachen.

Die beiden Männer befreien meine Hand vom Bettpfosten und legen mir die Schellen an beide Hände an. Der Alte in Uniform stellt sich vor mich, sieht mir vorsichtig mit einem Lächeln in die Augen und fragt, als würde er ein ängstliches Kind ansprechen: »Kannst du laufen?«

»Ja!«

Der jüngere Typ in Zivil öffnet die Tür.

Wir gehen vorsichtig, als würden wir durch ein Minenfeld treten. Es ist mir unbegreiflich, dass ich nicht beschimpft und geschubst werde. Ich bin andere Formen des Umgangs gewöhnt. Ich habe mich damit abgefunden, kontinuierlich wie Dreck behandelt zu werden. Die gewöhnlichen Wärter aus dem Kerker hätten mich jetzt mit Händen und Füßen traktiert: ein Schlag ins Gesicht, ein Fußtritt in den Rücken, eine Ohrfeige auf die Wange. Begleitet von allen Schimpfwörtern, die die Sprache zu bieten hat.

Keiner schlägt mir auf den Hinterkopf und fordert, ich solle nach unten gucken. Aufrecht betrachte ich die Welt um mich herum. Im Flur: weiße Wände, der Boden aus Fliesen, abwechselnd schwarz und weiß. Weiter hinten sehe ich einen kleinen Raum mit einer Bank, einem niedrigen Tisch und einem Gestell aus Holz, in dem Zeitungen, Zeitschriften und Broschüren liegen. Vermutlich ist es eine Art Informationsstelle. An einer Wand hängen eine Uhr und ein Foto des Präsidenten. Lächelnd, inmitten von ein paar Ärzten stehend, streichelt er über den Kopf eines Patienten.

Es gibt einige Pfleger und Pflegerinnen in Weiß und Grün, die über den Flur eilen. Eine junge Frau schiebt ein Bett vor sich her. Wann habe ich zuletzt eine Frau gesehen?

Wir gehen durch eine Tür und betreten einen weiteren Flur, menschenleer. Wohin schleppt man mich jetzt? Nach ein paar Schritten bleiben wir vor einer Tür stehen, einer der beiden öffnet sie. Der Uniformierte schubst mich sanft hindurch. Eine Treppe hinunter. Kein Fenster, nur das Licht der Glühbirne. Ich zähle die Stufen, zwölf genau. Eine breite Fläche. Eine Kurve nach links. Weitere Stufen, aber nur sieben. Eine Tür. Ich bin in einer Tiefgarage. Wir gehen wieder nach links. Noch eine Treppe, die gleiche Anzahl Stufen wie zuvor.

Eine geöffnete Metalltür. Der graue Platz dahinter sieht auch wie eine Parkfläche aus, aber es stehen keine Karren dort. Nur ein Mann in olivfarbener Uniform. Die Begleiter salutieren und sagen: »Der Patient Shams Hussein.«

Der Mann schaut mich kurz an und sagt mit kräftiger Stimme: »Bewegung!«

Diesen Ton kenne ich. Es ist der Ton eines Knastknechts von der Sorte, die ich verstehe. Belehrend, selbstbewusst und verächtlich. Der Olivfarbene dreht eine Klappe in der Wand auf, die sich auf seiner linken Seite befindet. Er steckt einen Schlüssel in ein Schloss. Die halbe Wand öffnet sich. Eine Metalltür kommt zum Vorschein. Dahinter ein Raum. Sechs Türen sind zu erkennen. Alle mit einer kleinen, vergitterten Öffnung. Zellen. Eine wird aufgeschlossen. Ich bekomme die Handschellen abgenommen.

»Rein mit dir!«

DREI

Flucht nach Saddam City

Es war unendlich traurig, wegzugehen und alles hinter sich zu lassen: die kaputte Schule, in der wir mit unseren Freunden gesessen hatten, unser Haus mit den abgewetzten Mauern und der klemmenden Haustür, unsere Freunde, die Nachbarn, die alte Katzenfrau, das Teehaus, die Tauben, Ziegen, Esel, Hühner und den erfrischenden Ziehbrunnen. Wir durften am Tag der Reise nicht viel mitnehmen und hatten trotzdem schwer zu schleppen. Vier Koffer trugen wir und einige Tüten voller Klamotten, zusammengerollte kleine Teppiche und so viel Essen wie möglich.

Mit den ersten Sonnenstrahlen des Tages kam Vaters ehemaliger Kamerad Nasir, um uns abzuholen. Er war nun auch Zivilist und arbeitete mit seinem kleinen Nissan als Taxifahrer zwischen unserem Dorf und Amara. Einige Nachbarn waren vorbeigekommen, um uns zu verabschieden. Die Frauen umarmten Mutter und weinten. Meine Schwester dagegen wirkte seltsam gefasst, als begrüßte sie es, das Dorfleben zu verlassen. Ihre Freundinnen dagegen hatten Tränen in den Augen und winkten übertraurig. Sogar ihr Erzfeind Laith war gekommen, stand dort und blickte fassungslos dem Nissan hinterher. Auch im Auto wollten Qamers Tränen nicht fließen.

Nasir brachte uns nach Amara zum Fernbahnhof. Von hier aus fuhren Busse ins ganze Land. Als wir ankamen, stand die Sonne hoch am Horizont. Vater und Nasir verhandelten mit einem Sammeltaxifahrer. Nachdem sie sich geeinigt hatten, stiegen wir in einen Shuttlebus für zwölf Personen. Vater blieb noch kurz draußen bei Nasir stehen. Sie umarmten sich lange und wortlos.

Schweigend saß Vater dann im Bus, und ich konnte in seinem Gesicht sehen, wie schwer es ihm fiel, Heimat und Freunde zurückzulassen. Er hörte dabei zu, wie die anderen Fahrgäste mit dem Fahrer diskutierten. Es ging um ein neues Gesetz, durch das jeder Iraker wieder ins Ausland reisen durfte. Bislang war das nur ausgewählten Menschen erlaubt gewesen. Nun sollte es scheinbar für alle gelten, die es sich leisten konnten, einen Reisepass und ein Visum zu bezahlen. Wenn das stimmte, wäre es unglaublich, dann stünde uns die Welt offen!

Als wir schon eine Weile gefahren waren, drehte ich mich um und schaute aus dem Rückfenster. Hinter mir verlor sich die staubige Straße in der Ferne. Wir fuhren immerzu geradeaus. Rechts und links nur Sand, trockener Lehmboden, Steine, dazwischen bunter Müll wie Konfetti und ab und zu ein Busch. Hier und da ein paar kaputte Gebäude, Autowracks oder ausrangierte Panzer. Doch je länger wir fuhren, desto sichtbarer wurde, was Bush und Saddam angerichtet hatten. Ganze Dörfer waren zerstört, Siedlungen bestanden nur noch aus Ruinen. Alle paar Kilometer wurden wir angehalten, und bewaffnete Soldaten führten Personenkontrollen durch. Jedes Mal rutschte uns das Herz in die Hose, aber unser Fahrer war ganz offensichtlich bekannt mit allen, schüttelte Hände und wurde schnell durchgewinkt.

Kurz vor der Stadt Ali al-Sharqi bildete sich ein großer Stau, weil viele Menschen rechts und links der Straße saßen. Es war auffällig, dass es vor allem ältere Frauen und Männer waren und dass sie jedes Fahrzeug beobachteten. Einige Reisende warfen ihnen einen Fladen Brot durchs Autofenster zu. Vater fragte den Fahrer: »Was machen die hier?«

»Sie warten. Seit Wochen sind sie da und warten. Es werden immer mehr. Soldaten haben hier schon unzählige Autos kontrolliert und Personen verhaftet, die sie als Terroristen betrachten. Und jetzt sitzen deren Verwandte hier und warten auf ihre Rückkehr. Es waren vor allem jüngere Leute, die sie mitgenommen haben. Man hat den Eltern gesagt: Wenn ihre Kinder unschuldig sind, kommen sie gewiss hierher zurück.«

Die Menschen, die dort draußen saßen, waren halb verdurstet und verhungert, sie klammerten sich an eine vage Hoffnung wie an ihre Gehstöcke. Meine Mutter nahm das so mit, dass sie die restliche Fahrt über leise weinte. Vermutlich waren die wartenden Menschen am Straßenrand nur der Auslöser dafür, dass sie ihrem eigenen Schmerz über unsere Situation freien Lauf lassen konnte. Manchmal murmelte sie etwas von »Lufternte«, »*Bala Bush*«, »Bananensirup« und »Ohrfeige«. Es ergab alles überhaupt keinen Sinn. Nicht, was die Menschen sprachen. Nicht, was ich draußen sah.

Wir kamen sehr spät in Bagdad an, weil sich unterwegs weiterhin Staus und Kontrollen abwechselten. Ich war mehrmals eingeschlafen und hatte deswegen auch von der Stadt nicht viel gesehen bis auf ein paar Lichter und schemenhafte Gebäude. Der Busbahnhof war zu dieser Uhrzeit nahezu menschenleer. Die anderen Fahrgäste kannten sich aus oder waren Einheimische und gingen einfach zu Fuß weiter. Wir blieben orientierungslos vor dem Bus stehen. Qamer atmete tief ein, als beschnupperte sie ihre neue Umgebung oder versuchte, eine Fährte aufzunehmen. Einige Katzen streunten herum und sahen uns mit funkelnden Augen an. Drei Männer saßen auf dem Boden, als wären die Bussteige ihr Zuhause. Sie ruhten auf Decken zwischen losen Kleidungsstücken und Tüten, die mit Gott weiß was gefüllt waren. Einer kaute auf einem Stück Fladenbrot, als wäre es hart wie Stein, und starrte auf den Boden vor seinen Füßen. Doch da war nichts außer Asphalt. Keine Ahnung, was er dort sah. Die anderen waren im Tiefschlaf. Es fuhren kaum Autos, auf den Gehwegen waren keine Passanten unterwegs, die Geschäfte waren schon geschlossen. Es war dunkel. Wir fühlten uns unwohl und rückten näher zusammen. Eine halbe Stunde lang warteten wir mit all unserem Gepäck auf ein Taxi, aber es kam keins. Normalerweise, behauptete Vater, gebe es in der Hauptstadt unzählige Taxis, die einfach vorbeiführen und die man zu sich winken könne. Doch durch die Kontrollen war jetzt alles anders. Kein einziges Zivilfahrzeug fuhr vorbei, das man hätte anhalten können. Irgendwann tauchte dann aus der Ferne ein Geländewagen mit offener Ladefläche auf und bremste langsam ab, als er Vaters ausgestreckte Hand sah. Der bärtige Fahrer kurbelte das Fenster runter: »Was macht ihr um diese Zeit hier? Wohin wollt ihr denn?«

»Wir sind nicht von hier. Kommen aus dem Süden. Wir wollen zu Block 73 in Saddam City«, antwortete mein Vater.

»Alles klar. Steigt ein! Aber zackig!«

Mein Vater verstaute unser Gepäck auf der Ladefläche und half meiner Mutter, hinaufzuklettern. Qamer und ich waren schneller als sie. Zu dritt saßen wir hinten, während sich Vater nach vorne auf den Beifahrersitz begab.

Es gab mir ein Gefühl von Freiheit, wie der Fahrtwind an

meiner Wange entlang und durch die Haare wehte. Die seltsame Situation in der Stadt wurde jedoch immer deutlicher. Auch auf den anderen Straßen war kaum etwas los. Es gab nur sehr wenige Fahrzeuge und noch weniger Menschen. Wir hatten uns Bagdad anders vorgestellt. Eine Großstadt mit Lärm, Massen an Menschen, überall Licht. Doch es gab offensichtlich keinen Strom. Ein paar Kerzen flackerten in den Fenstern. Wir erfuhren, dass mit der Abenddämmerung die Polizei und die Armee Jagd auf Aufständische und Verdächtige machten. Deswegen blieben die meisten Menschen abends lieber zu Hause.

Meine Mutter hatte seit unserer Abfahrt aus Herzliche Hölle nur noch in abgehackten Sätzen gesprochen und Befehle erteilt.

»Nicht gucken! – Kopf runter! – Sei still! – Hör auf damit!«

Ansonsten hatte sie geweint und einen Koran-Vers in Endlosschleife vorgetragen, als wollte sie sich selbst in Trance versetzen. Es war ein Vers, der uns unsichtbar machen und die Augen unserer Feinde blenden sollte. Vielleicht haben wir es deshalb unbeschadet bis nach Bagdad geschafft. Auch auf der Ladefläche murmelte Mutter nun immer wieder diesen Vers. Sie hielt sich beide Hände vor den Mund, bildete einen Ball, sprach leise den Vers hinein; dann, wie eine Zauberin, warf sie die Worte in die Luft, sie hinterließ sie in der ganzen Stadt.

Als wir über eine Brücke fuhren, öffnete der Fahrer sein Fenster und deutete mit der Hand in die Richtung, in welche wir unterwegs waren. Ein Kreisverkehr lag vor uns, in der Mitte eine große Stellwand mit dem lächelnden Präsidenten. Hier begann »Saddam City«.

Es war dunkel. Ich konnte nicht viel erkennen, doch alles sah seltsam vertraut aus. Es kam mir vor, als führen wir durch das Zentrum von Amara. Ein großer, langer Boulevard, links und rechts reihten sich dicht an dicht Häuser und Geschäfte. Jetzt endlich konnte man sogar ein paar Menschen draußen sehen, und alles wirkte deutlich belebter. Irgendwo auf dieser langen Straße hielten wir. Er könne nicht weiterfahren, weil der Weg ab hier unpassierbar sei, sagte unser Chauffeur. Wir müssten also zu Fuß weitergehen. »So seid ihr selbst mit eurem Gepäck deutlich schneller!«, erklärte er. Schlaglöcher und meterlange Pfützen verhinderten die Weiterfahrt, weil es Wochen zuvor in Strömen geregnet habe und die Kanalisation der Gegend schlampig gemacht sei. Mein Vater gab unserem Fahrer etwas Geld und bedankte sich überschwänglich. Wir nahmen unsere Koffer, Teppiche und Tüten und schleppten alles durch die unbekannten Gassen, die vom Boulevard abgingen. Eine glich der anderen. Niedrige Häuser standen eng gedrängt beieinander, einige Menschen saßen vor den Türen und unterhielten sich.

Es war schwer, sich vorwärts zu bewegen. Überall stand schmutziges Wasser auf dem Boden. Riesige Pfützen zogen sich wie eine Seenlandschaft durch die schlammigen Wege, und in ihnen schwammen Unmengen von Müll. Es stank nach Kloake, und wir sahen ungläubig durch die Nacht.

»Wo sind wir hier nur gelandet? Soll das die berühmte Hauptstadt sein?«, fragte mich Qamer leise. »Mein Schuh ist voll Schlamm.«

»Keine Ahnung, ich verstehe es auch nicht«, antwortete ich.

Irgendwann erreichten wir eine Querstraße, die zwei Wohnblöcke voneinander trennte. Wobei es eher so wirkte, als wären wir an einen Fluss gelangt, doch es gab keine Brücke. Hier stand das Wasser bis zu den Knöcheln. Wir wussten nicht, wie wir nun so schwer bepackt die andere Seite erreichen sollten. Plötzlich hörten wir eine Stimme. Zwei junge Männer rannten auf uns zu. Die beiden trugen hohe Gummistiefel bis zu den Knien. »Wollen Sie rüber?«

Mein Vater sprach mit ihnen und gab ihnen Geld. Daraufhin nahmen sie uns unsere Koffer ab und brachten uns zu einer kleinen provisorischen Brücke. Sie war vielleicht vier Meter lang. Ihr Fundament war aus Bauschutt, alten Autoreifen und Blechdosen gezimmert. Darauf lagen Holzbretter, die man wie ein Floß aneinandergebunden hatte. Nachdem die Koffer auf der anderen Straßenseite angelangt waren, halfen die Jungs meiner Mutter, das improvisierte Konstrukt zu überqueren, es sah sehr wackelig aus. Dann folgten Vater, Qamer und ich, und schon standen wir im Schlamm eines kleinen Pfades, der sich weiter zwischen den Häusern entlangschlängelte.

Die beiden Jungs boten uns an, einen Esel und einen Karren zu organisieren und uns den besten Weg zu unserem Ziel zu zeigen. Für ein paar Minuten waren wir wieder ganz allein und fühlten uns fremd und eingeschüchtert in dieser zwielichtigen Gegend. Mittlerweile konnte man selbst meinem Vater die Zweifel ansehen, dass er sich fragte, ob es tatsächlich eine gute Idee gewesen sei, hierherzukommen.

Wenn er früher mit seinen Freunden vom Dorf aus zum Tigris gefahren war, hatte ich ihn manchmal begleiten dürfen. Es war herrlich gewesen, im dichten Schilf zu stehen und mit einem Netz ein paar Fische zu fangen. Manchmal hatte er einen langen Speer benutzt, mit dem er zielsicher die Fische aufgespießt hatte. Nun standen wir wieder vor einer Wasserfläche, doch dieses Mal war es eine schwarze Suppe, in der alles Mögliche, nur kein Fisch schwamm.

Wir warteten. Dann sahen wir den Eselskarren und einen alten Mann, der ihn fuhr. Unsere Helfer verstauten die Koffer auf der Ladefläche und halfen Mutter und Qamer hinauf. Wir Männer sollten zu Fuß weitergehen und bekamen ein paar Gummistiefel in die Hand gedrückt. Auf dem Weg unterhielt ich mich mit den beiden Jungs. Sie fragten mich, woher wir kämen und was wir in Saddam City wollten, zeigten mir die Schule und den Basar. Nachdem wir uns eine Weile durch ein Labyrinth aus Matsch vorangearbeitet hatten, blieb der Esel abrupt stehen.

»Hier wohnt Abu Hisham, Jafer der Lehrer«, sagte unser Fuhrmann.

Wieder wanderte Geld in fremde Hände und wir luden ab. Vater klopfte an die grün gestrichene Haustür.

Es war wie selbstverständlich, dass wir dort auftauchten, und die ganze Familie wirkte gar nicht überrascht, so viele unbekannte Verwandte vor ihrer Tür stehen zu sehen. Jafer al-Saydi war mit meinem Vater stammverwandt. Zuvor hatte ich allerdings noch nie etwas von ihm gehört. Er hatte feine Manieren, sah stets gepflegt aus, war rasiert und parfümiert, als wäre er Gast auf einer Hochzeit. Er hatte kurzes, lockiges Haar mit vielen grauen Kringeln. Er musste schon sechzig sein, ein schlanker und ruhiger Mann, der sehr langsam redete und seine Worte mit Bedacht wählte. Er arbeitete als Englischlehrer am Gymnasium.

Seine Frau Najat hatte auch ihre feine Art, wirkte aber deutlich älter als er, obwohl sie eigentlich ein Jahrzehnt jünger war.

Sie bemühte sich sehr um ihr Aussehen, doch all die Schminke, der Schmuck und die Körperpflege konnten nicht mit der edlen Ausstrahlung ihres Mannes konkurrieren.

Am ersten Tag schien sie ziemlich genervt davon zu sein, uns bei sich zu Hause zu haben, auch wenn sie sich das nicht anmerken lassen wollte. Sie lächelte zwar und war herzlich, doch sobald sie dachte, dass wir es nicht sähen, wirkte sie erschöpft, strich sich den Schweiß von der Stirn oder schüttelte stumm den Kopf. In den nächsten Tagen jedoch zeigte sich Najat als perfekte Gastgeberin und gewöhnte sich an die unangenehme Situation.

Jafer und Najat hatten drei Kinder. Ihr ältester Sohn, Hisham, war schon erwachsen, hatte studiert, in der Armee gedient und wohnte nun mit seiner Familie ein paar Meter weiter die Straße runter. An einem der darauffolgenden Tage sah ich ihn kurz, als er vorbeikam, um meinen Vater zu begrüßen. Er ging an einer Krücke, da er sein rechtes Bein im Krieg verloren hatte und eine schlecht sitzende Prothese trug. Hisham arbeitete als Fotograf und hatte einen kleinen Foto-Laden in Block 71 gegenüber dem großen Basar. Er hatte angeblich Texte in Zeitungen veröffentlicht, die viel diskutiert worden waren. Davon sprach man jedoch nur hinter vorgehaltener Hand. Seine beiden Schwestern studierten auf Lehramt, und Qamer stellte ihnen unzählige Fragen über Bagdad, die Universität und das Studentenleben. Sie verbrachte fortan viel Zeit mit den beiden Mädchen, sie verstanden sich auf Anhieb gut.

Die Hauptstadt war eine neue Welt für uns. Tagsüber rannten geschäftige Menschen umher: Männer, Frauen, dazwischen schreiende Kinder, die draußen spielten oder schon arbeiten mussten. Ganze Herden von Schafen, Ziegen, Eseln oder Pferden quetschten sich durch die engen Gassen oder warteten auf den Hauptplätzen, bis sie gebraucht wurden.

Busse, Autos und Eselskarren fuhren trotz der großen Pfützen in einem endlosen Strom auf den größeren Straßen. Die Verkäufer auf den Bürgersteigen waren zahlreich: Wasser, Falafel, Sesamringe und Süßigkeiten. Ansonsten reihte sich ein Laden an den nächsten. Hier eine ölige Werkstatt, dort ein Schuhmacher oder Gewürzverkäufer und direkt daneben ein Schlosser mit Schweißflamme und schwerem Hammer. Es war ein buntes Chaos. Alles, was ich von Bagdad sah, wirkte auf mich wie ein unendlich großer Basar. Es war eine laute und lebendige Welt, wie ich sie noch nie zuvor kennengelernt hatte. Amara wirkte dagegen wie ein Dorf, auch wenn die Straßenzüge im ersten Moment ähnlich ausgesehen hatten. So viel Trubel gab es bei uns nicht. Und wenn das hier nur ein winziger Teil der Hauptstadt war, wie sah dann bloß der Rest aus? Ich konnte es nicht erwarten, mehr zu sehen, auch wenn mich das alles zugleich einschüchterte.

Der eigentliche Basar in Block 71 war größer als unser ganzes Dorf im Süden. Er hieß »der Einäugigen-Basar«. Unsere Gastgeberin Najat erzählte uns, die erste Person, die überhaupt hier irgendetwas verkauft habe, sei eine einäugige Frau gewesen, seitdem habe der Basar diesen auffälligen Namen.

Er bestand aus drei langen Reihen an Marktständen, die aus Wellblech zusammengezimmert waren und aufrollbare Jalousien als Türen hatten. In der ersten Reihe wurden Textilien und Schmuck verkauft, in der zweiten Obst, Gemüse und weitere Lebensmittel sowie Gewürze. Zuletzt gab es weißes und rotes Fleisch. Wenn man zum Ende des Basars ging, erreichte man den Hauptplatz, wo sich ein Café, ein Restaurant, die Geschäfte der Großhändler und die größte Bäckerei der Gegend befanden. Diese Läden waren in normalen Häusern untergebracht, die nicht aus Blech zusammengezimmert waren.

Die größte Freude hatte ich jedoch zu Hause bei Jafer. Es gab dort einen Fernseher. Jedes Mal, wenn ich irgendwo draußen unterwegs war und merkte, dass plötzlich Lichter angingen und Geräte brummten, und die Leute rufen hörte: »Es gibt wieder Strom!«, ließ ich sofort alles stehen und liegen und rannte schnurstracks nach Hause, um mich vor die Glotze zu setzen.

Jafer interessierte sich nicht so sehr für das Programm. Sein Ritual war es vielmehr, sich jeden Tag nach der Arbeit in seinen Schaukelstuhl zu setzen und in einem Buch zu blättern. Wenn es Strom gab, hörte er häufig englische Lieder über seinen Kassettenrekorder. Erst wenn er mich erblickte, stand er auf, machte die Musik aus und schaltete das TV-Gerät für mich ein, kehrte dann zurück in seinen Stuhl und las weiter. Er hatte wohl Angst, dass ich irgendetwas an diesem Gerät kaputt machen würde, wenn ich es selbst einschaltete. Dabei gab es nur drei Knöpfe: Ein/Aus, ein Programm vor und eins zurück sowie lauter und leiser. Es hat Jafer zum Glück nie gestört, dass ich so am Fernseher klebte. Er saß währenddessen in der hinteren Ecke des Raums, versunken in seine Lektüre, und wirkte zufrieden. Doch wenn Najat zu Hause war, hatte ich Probleme. Bei ihr durfte ich nur Kindersendungen schauen, und sobald etwas anderes gezeigt wurde, schaltete sie das Gerät aus. Ich wollte mit ihr streiten, aber das gehörte sich nicht und hätte Stress für uns alle bedeutet. Also fügte ich mich ihrer strengen Zensur.

Einmal erzählte Jafer beim Abendessen, dass er in seiner

Jugend in London gewesen sei. Drei Monate lang sei er damals als Tourist zu Besuch gewesen. »Zu der Zeit hatte der irakische Dinar einen guten Gegenwert zum Pfund. Heute aber entspricht eine englische Münze Hunderten von Dinaren.« In seinem Schlafzimmer hingen Fotos von vielen Engländern, und auf einem war sogar die Königin höchstpersönlich zu sehen. »Er ist ein Träumer«, sagte meine Mutter über Jafer, »aber ein sehr feiner Mensch.«

Schließlich zeigte »der feine Mensch« meinem Vater nach ein paar Tagen, wie er eine Arbeitsstelle als Träger auf dem Einäugigen-Basar finden konnte. Mit einigen anderen Männern hielt mein Vater sich daraufhin vor dem Eingang zum Basar auf und stand jedem Ladenbesitzer, der Hilfe brauchte, zur Verfügung. Es war kein einfacher Job, aber mein Vater, dessen Kriegsverletzung längst verheilt war, fühlte sich stark genug und rannte von Laden zu Laden. Manches Mal half ich ihm dabei und trug die kleineren Waren, wie Tomatenkisten oder einzelne Melonen. Nur er schleppte die großen und schweren Säcke. Es war sehr komisch für mich, meinen Vater so zu sehen. Seine Statur war eher schmächtig, und er hatte zu Hause kaum körperlich gearbeitet. Doch er stellte sich als erstaunlich zäh heraus, und die verzweifelte Situation, in der unsere Familie steckte, schien ihm übermenschliche Kräfte zu verleihen. Mein Vater wirkte sogar erleichtert, weil er so schnell einen Job in Bagdad gefunden hatte. Jeden Abend kehrte er zwar erschöpft, aber zufrieden zurück, brachte Obst und Süßigkeiten für die beiden Familien mit. Oft fand er uns vor dem TV-Gerät und gesellte sich dazu. Ansonsten saßen wir bei Kerzenlicht zusammen und hörten Jafer zu, der uns Geschichten über London und die Welt erzählte.

Meine Mutter hingegen war tagsüber häufig mit Najat unterwegs; sie suchten nach einer Wohnung für uns, die wir günstig mieten konnten. Es schien aussichtslos zu sein. Entweder waren die Mieten unbezahlbar oder keiner wollte sein Eigentum einer Familie anvertrauen, die kein regelmäßiges Gehalt hatte. Mutter wurde jeden Tag unruhiger und fühlte sich unwohl, Jafers Familie so zu bedrängen. Wir lebten schließlich zu acht in einem Drei-Zimmer-Häuschen. Wir sehnten uns nach einem eigenen Leben, und keiner wollte die Gastfreundschaft über Gebühr beanspruchen. Wenn man so eng aufeinanderhockt, ist selbst der freundlichste Mensch irgendwann genervt.

Nach Wochen zeigte sich auf einmal ein Hoffnungsschimmer am Horizont. An jenem Abend waren wir alle im Wohnzimmer versammelt. Jafer erzählte nicht von London, sondern vom Blechviertel: »Nachdem das alles nicht geklappt hat und ihr schon so lange sucht, gibt es wohl nur eine Lösung: das Blechviertel. Ihr seid bei mir immer herzlich willkommen, aber ich merke doch, dass ihr unruhig werdet und die Situation euch unangenehm ist.«

»Was du und deine Familie für uns getan habt, ist mehr, als wir uns erhoffen konnten. Ich stehe für immer in deiner und eurer Schuld, mein lieber Jafer.«

»Hussein, du würdest doch für mich dasselbe machen, wenn ich mal Hilfe brauche. Das Leben besteht aus Geben und Nehmen. Das hat einmal dein Vater zu mir gesagt, als ich selbst als Kind in Herzliche Hölle lebte.«

»Bitte erzähl uns mehr über dieses Viertel, von dem du gesprochen hast.«

»Also – Saddam City, wo wir uns gerade befinden, erstreckt sich bis weit in die Außenbezirke der Hauptstadt. Auch das Industriegebiet, Kisra wa Atash, das nur einen Katzensprung vom Block entfernt liegt und wo es nur Autowerkstätten gibt, gehört dazu. Am äußersten Rand, schon im freien Gelände, weit hinter dem Damm und dem Kanal, befindet sich das Blechviertel.«

Der Damm und andere Schutzmaßnahmen stammten aus einer Zeit, in der es weder Saddam City noch das Blechviertel gab, erklärte uns Onkel Jafer. Man erzählte sich, der Himmel sei aufgebrochen und es habe wochenlang ununterbrochen geregnet. Der Tigris sei über die Ufer getreten und habe Bagdad verschluckt. Als er sich zurückgezogen habe, seien nur Schlamm und ein großes Durcheinander übrig geblieben. Man schickte Experten und Arbeiter aus dem Ausland, sie errichteten Dämme, sodass Schlamm und Wasser nicht weiter in die Viertel vordringen konnten. Es gab nun eine Gegend, die von einem aus Lehm und Sand errichteten Damm eingekreist wurde – mit Wasser in der Mitte. Dort blieb das Wasser noch lange stehen, während der Rest der Stadt wieder trocken wurde. Seitdem nannte man den Ort so: »Hinter dem Damm«. Vor dem Damm errichtete man das Viertel, in dem Jafers Familie wohnte. Das geschah einige Jahre nach dem Zusammenbruch des Königreichs und der Gründung der irakischen Republik. Einmal besuchte der erste Präsident des Landes dieses Viertel, das man bis dahin nur »Zeltstadt« genannt hatte. Als er sah, wie die armen Menschen, die ihre Wohnungen durch die Überschwemmung verloren hatten, noch Jahre später hausten, befahl er augenblicklich den Bau eines neuen Stadtteils. Als Denkmal seines Sieges über die Monarchie nannte er diesen Stadtteil *Madinat al-Thaura*, »Stadt der Revolution«. Er bestand aus neunundsiebzig Häuserblöcken, jeder Häuserblock umfasste eintausend Häuser, so gleich und dicht aneinandergebaut, dass es von oben aussehen musste wie ein gefliester Badezimmerboden. Später, als Saddam an die Macht kam, änderte der den Namen des Stadtteils und benannte ihn nach sich selbst. Jafer erklärte, dass die Siedlung in den achtziger Jahren schließlich auch asphaltierte Straßen, eine Stromversorgung und ein Abwassersystem bekommen habe.

»Alles funktioniert einwandfrei, wie ihr seht«, sagte Jafer und lachte.

Doch in Hinter dem Damm blieben damals einfach nur blanke Erde und Wasser zurück. Irgendwann begann die Müllabfuhr der Stadt, dort den Unrat ganz Bagdads zu entsorgen. Und auch einige sehr arme Einwohner von Saddam City verbrachten immer mehr Zeit in Hinter dem Damm, weil man dort alte Klamotten, Bauschutt, kaputte Möbel oder defekte Autos fand. Es war ihnen egal, dass es dort regelmäßig zu Überschwemmungen kam und sich auch Ungeziefer in diesem stinkenden Labyrinth aus Abfall einnistete. Kein normaler Mensch würde dort freiwillig leben wollen. Dennoch bildete sich im Laufe der Jahre das Blechviertel, von dem Jafer jetzt sprach. Die ersten Siedler auf dieser Müllkippe waren Verbrecher, Flüchtlinge, Obdachlose oder Kranke, die nichts mehr zu verlieren hatten.

»Gesehen haben wir sie nie«, behauptete Jafer. »Aber von ihnen gehört haben alle.«

»Und dann empfiehlst du uns, dorthin zu ziehen?« Vater war wirklich empört.

»Warte bitte, lieber Hussein. Das war früher so. Jetzt ist die Situation eine andere.« In den vergangenen Kriegsjahren erhielt diese Gegend eine neue Bedeutung. Deserteure, die nicht als Kanonenfutter an die Front wollten, begannen sich ebenfalls dort zu verstecken. In einer trockeneren Zone ungefähr eine Stunde Fußmarsch vom Damm entfernt bauten sie sich Hütten aus allem, was sie in den Müllbergen finden konnten. In den meisten Fällen bestanden die Behausungen aus Blech, daher der Name.

Jafer fuhr fort und berichtete, dass mit der Niederschlagung des Aufstandes im Süden nun noch einmal wesentlich mehr Menschen aufgetaucht seien. Dort könnten wir uns selbst ein Haus bauen und im Grunde machen, was wir wollten. Offiziell sei es zwar illegal, aber keine Behörde kümmere sich darum. Jafer versicherte uns, er kenne viele, die dort ein Grundstück hätten ergattern können. Ganz umsonst. Es sei eine Chance, wenn auch eine kleine. Vater, Mutter, Qamer und ich sahen uns ernst in die Augen. Jeder wusste, was der andere nach dieser langen Schilderung von dem Plan hielt.

»Welche Wahl habt ihr? Bagdad ist ein hartes Pflaster. Bis ihr etwas Besseres findet, müsst ihr es dort probieren.«

DER NEUE HAFTRAUM ist fast doppelt so groß wie meine vorherige Zelle. Auf einem Betonquader liegt eine echte Matratze mit Kopfkissen und Decke. Auf einem kleineren Betonwürfel stehen Teller und Becher, daneben liegt Besteck aus Plastik. In einer Ecke sind eine Hocktoilette und ein klitzekleines Waschbecken. Mir kommt der Raum wie ein Hotelzimmer vor. Am meisten freue ich mich über die Toilette und den Wasserhahn. Ich muss nun meine Notdurft nicht mehr in einem Eimer verrichten und das Wasser aus einem anderen Eimer zum Trinken und zur Körperreinigung verwenden wie in der Zelle davor. Ich habe jetzt alles in einem Zimmer. Eine All-in-one-Zelle. Toilettenschüsseln und Wasserhähne existierten auch in der vorherigen Haftanstalt. Ich konnte sie manchmal sehen, doch mehr nicht. Jeden Morgen musste einer aus unserer Zelle in Begleitung eines Wärters das gleiche Ritual ausführen: Er trug unsere beiden Eimer aus der Zelle raus durch den langen Flur bis zu den Baderäumen. Dann leerte er den einen in die Toilette und befüllte den anderen mit frischem Wasser. Anschließend kehrte er wieder zurück. Benutzen durfte man die Toilette nie.

In der jetzigen Zelle bin ich auf jeden Fall in einer besseren Situation. Sie ist fensterlos, wirkt aber geräumig. Vermutlich sechs Quadratmeter ist sie groß. Sogar ein Lüftungsventil gibt es rechts oben, groß wie ein Fußball. Dahinter kann ich eine schwarze Öffnung erkennen, sonst nichts.

Durch das kleine Gitterfenster in der Tür sehe ich einen Aufseher. Er sitzt an einem Tisch und liest in einer Zeitschrift. Das ist das erste Mal, dass ich einen Aufseher sehe, der in etwas blättert. Ein gutes Zeichen! Diese Ecke mit dem Tisch ist mir nicht aufgefallen, als ich hierher gebracht wurde. Der Tisch befindet sich am äußeren Rand des Flurs. Drei Zellen in einer Reihe kann ich ebenfalls erkennen, nur in einer davon brennt Licht. Scheinbar hockt jemand darin. Aber ich höre nichts. Absolut nichts. Still ist es auch hier, wie auf einem Friedhof.

Ich setze mich auf die Matratze. Bauchschmerzen habe ich seit ein paar Stunden keine mehr. Ich fühle mich viel besser als heute Morgen. Gern hätte ich mit den Ärzten auch über die anderen Krankheiten gesprochen, aber das war nicht möglich. Würde ich noch einmal einen Arzt sehen, würde ich mit ihm reden. Vielleicht bekäme ich eine Salbe für den After, der mein Leben noch höllischer macht, als es sowieso schon ist. Diese verdammten Beschwerden begannen nach einigen Monaten im Kerker. Tagelang hatte ich Schmerzen und konnte kaum sitzen oder mich normal entleeren. Oft war dies mit Blut und Wehgeschrei verbunden. Dann spürte ich ein paar Tage später diese harten Pickel am Afterrand. Sie brannten und juckten dauerhaft. Ich ertastete sie manchmal. Ein großer Pickel mit weiteren kleinen. Sie hatten alle Spitzen wie Stacheln. Immer nach der Entleerung musste ich lange in der Zelle spazieren gehen, dann ging es wieder und der Schmerz ließ langsam nach. Aber wenn ich eine Weile gesessen oder gelegen hatte, kam das unangenehme Gefühl wieder, dann musste ich erneut aufstehen und gehen. Setzte ich mich nach dem Stuhlgang sofort hin, kam die Hölle aus meinem Hintern rausgekrochen und blieb den ganzen Tag über. Nur der Schlaf konnte mich für ein paar Stunden erlösen. Eine Qual, die nie endete. Ich war aber nicht der Einzige, der darunter litt, einer meiner fünf Zellengenossen hatte auch diese Beschwerden. Wir hatten zum Glück kaum Stuhlgang, denn wir bekamen kaum Essen. Drei kleine Brötchen täglich. Das beschränkte den Stuhlgang auf zwei oder drei Mal pro Woche. Er hatte die Konsistenz wie der von Schafen oder Ziegen. Kleine dunkle Kerne. Danach verbrachte ich harte Stunden mit den Schmerzen und dem Versuch, ständig in Bewegung zu bleiben. Aber wie soll man in einer Zelle, die nicht einmal vier Quadratmeter groß ist, in Bewegung bleiben, wenn dort noch fünf andere erwachsene Männer hocken? Und woher soll ich die Kraft nehmen? Mein Körper ist schwach und ich habe kaum Energie. Aber es musste sein. Ich stand immer am selben Platz, bewegte meine Beine wie ein Fußballer auf dem Feld, der sich aufwärmt, bevor der Schiedsrichter pfeift und das Spiel losgeht. Ich stand auf der Stelle und marschierte. Das nannten wir im Kerker »spazieren gehen«.

VIER

Blechviertel

Vater weckte mich mit den Worten: »Wach auf, mein Großer! Guten Morgen! Mach dich schnell fertig! Heute erkunden wir das Blechviertel. Los, beeil dich!«

Obwohl es draußen so aussah, als wäre es gerade erst hell geworden, und ich noch müde war, freute ich mich. Ich warf die Decke zurück und sprang von meiner Matratze. Es war schön, dass Vater mich mitnehmen wollte. Wir hatten lange nichts mehr zu zweit unternommen.

Draußen hielten wir vor dem Wagen eines Straßenverkäufers. Wir tranken zwei Gläser Tee und kauften uns Sesamringe, die wir unterwegs verzehrten.

»Du bist der zweite Mann in der Familie. Jetzt ist es an der Zeit, dass auch du Entscheidungen triffst«, belehrte er mich.

Obwohl ich nicht genau verstand, was er mit »Entscheidungen« meinte, nickte ich.

»Jawohl, Papa.«

Er wirkte an diesem Morgen auf mich sehr unruhig. Als hätte er Angst, dass sein Plan, hier ein neues Leben zu beginnen, eine Schnapsidee und zum Scheitern verurteilt war. Doch wen wunderte das angesichts dessen, was wir vom Blechviertel wussten? Das Wichtigste für meinen Vater war, dass wir nicht mehr in den Süden zurückkehren mussten. Das wollte er um jeden Preis verhindern. Vermutlich war es nicht nur die drohende Gefahr dort, die Vater vermeiden wollte, sondern einfach auch die Tatsache, dass er damit abgeschlossen hatte.

Als wir auf dem Damm standen, ließen wir unseren Blick schweifen. Man konnte von hier aus noch nicht viel erkennen. Vor uns lag eine von buntem Müll bedeckte Fläche, die von kargem, unfruchtbarem Land eingefasst war. Irgendwo schraubte sich eine Rauchsäule in den Himmel, weil man einen Teil des Mülls verbrannte. Das eigentliche Viertel lag zu weit entfernt, um es von hier aus mit bloßem Auge zu erkennen. Auf der linken Seite gab es ein Fußballfeld mit zwei Toren ohne Netz. Rechts davon standen ein paar Autowracks.

Wir stiegen vom Damm hinab auf einen sandigen Weg. Immer wieder mussten wir Rinnsalen ausweichen, in denen Glasscherben, Autoreifen und andere Gegenstände schwammen. Sie sahen aus wie Bäche aus schwarzem Wasser. An manche Stellen hatte jemand Steine gelegt, sodass man auf die andere Seite gelangen konnte.

Wir gingen bestimmt länger als eineinhalb Stunden. Vater und ich liefen zwischen zerschlagenen Glasflaschen und zerbrochenen Möbeln umher. Manchmal tanzten einige Plastiktüten oder Papierfetzen im Wind.

Mit der höher steigenden Sonne wurde es gleich sehr viel wärmer. Nach und nach kamen uns Menschen entgegen. In einem gelben ausgeschlachteten Bus sah ich ein paar Jungs herumlungern. Dann erschienen mehrere Wälle vor uns, und erst aus der Nähe erkannten wir, dass sie aus Müll bestanden. Sie waren dem Damm ähnlich, nur dass man die Erde mit Abfall aufgefüllt hatte.

Wieder kletterten wir hinauf, und jetzt sahen wir die Hütten, die sich dahinter befanden. Unendlich weit zogen sie sich, bis zum Horizont. Das Blechviertel lag vor uns, und es sah wie ein Schrottplatz aus. Die Anordnung und das Aussehen der Behausungen glichen der Zeichnung eines Kindes, das gerade erst Malen und Basteln für sich entdeckt hat. Blechdosen waren zusammengedrückt und aus den einzelnen Blöcken dann Wände errichtet worden. Oder man hatte Dosen mit Erde und Steinen gefüllt, um sie dann wie Ziegel zu stapeln. Manche hatten auch Plastiksäcke mit Müll oder Erde gefüllt und daraus eine Behausung improvisiert, je nachdem, was man so gefunden hatte. Viele Hauswände sahen aus wie Reklame. Man konnte die bunten Motive der zahlreichen Öl-, Farben-, Tomaten- oder Bohnen-Marken erkennen, deren Behälter hier verarbeitet worden waren. Es war ein Wunder, dass diese windschiefen Hütten nicht einfach in sich zusammenfielen.

Mein Vater und ich redeten während unserer Expedition kaum miteinander. Er sah sich alles sehr neugierig an. Ich meinte, sogar Hoffnung in seinen Augen aufkeimen zu sehen. Endlich lächelte er und sagte: »Ich hatte es mir irgendwie schlimmer vorgestellt.«

Das Regenwasser sammelte sich auch hier überall auf dem Boden. Ohne Asphaltstraßen und Bürgersteige war alles noch schmieriger und matschiger als in Saddam City. Und dort war es schon eine Katastrophe. Schade, dass wir die Gummistiefel damals wieder an unsere beiden Helfer mit dem Eselskarren hatten zurückgeben müssen. Wir wateten durch das Wasser zu einem Haus. Aus dem Fenster lehnte sich ein alter Mann und verkaufte Zigaretten und Süßigkeiten.

»Guten Tag. Wissen Sie, ob es hier ein Teehaus gibt?«, fragte Vater ihn. Mir kam die Frage komisch vor, denn dieses Viertel würde wohl kaum nach normalen Gesetzen funktionieren und mit den üblichen Standards eines Stadtviertels ausgestattet sein. Doch weit gefehlt. Die Menschen hatten hier alles, was man zum Leben brauchte.

»Tag, ihr zwei. Dort, wo die Moschee und die Bäckerei sind, befindet sich das Teehaus. Dahinten steht ein Baugerüst, das ist ein Minarett. Ein paar Meter weiter und ihr seht es schon.«

Im Teehaus, das trotz seines rauen Äußeren aus alten Farbeimern ziemlich gemütlich eingerichtet war, bestellte uns Vater zwei Gläser Tee. Dann plauderte er lange mit dem Wirt und quetschte ihn über die Gegend aus. Ich schaute währenddessen durch die unfertige Außenwand, sah Kinder und Jugendliche, wie sie mit Tieren auf der Müllhalde nach brauchbaren Gegenständen suchten. Irgendwie fand ich die Vorstellung, einer von ihnen zu sein und mit ihnen auf diesen Bergen herumzuklettern, reizvoll.

Vater und ich gingen weiter, bis wir einige hundert Meter vom Teehaus entfernt vor einer spärlich bebauten Fläche stehen blieben.

»Wie findest du diese Stelle? Wir könnten uns hier ein kleines Haus bauen.«

»Aber dort hinten ist es schöner, Papa. Da gibt es Läden, eine Moschee und das Teehaus.«

»Dort wollen alle wohnen. Bald wird es dort zu eng werden. Also lieber hier, wo wir mehr Platz ergattern können.«

Auf dem Rückweg sagte Vater, dass wir übermorgen mit Mutter und Schwester wiederkommen würden. Ich als Junge würde mich hier schon zurechtfinden können, dachte ich, aber Qamer? Sie würde sich sicherlich wünschen, wieder in unserem Dorf zu wohnen, sosehr sie sich auch nach der Großstadt gesehnt hatte. Aber jetzt ist es so, jetzt haben wir, die beiden

Männer der Familie, eine Entscheidung getroffen, und sie muss dabei mitmachen, dachte ich.

Zu Hause berichteten wir den beiden von unserem Abenteuer. Mutter strahlte vor Freude, weil Vater alles viel besser darstellte, als es tatsächlich war. Qamer hingegen wurde richtig biestig, weil sie den Braten roch. Sie fragte, ob wir unseren Verstand verloren hätten, weil wir ernsthaft auf einen Müllberg ziehen wollten. Vater schimpfte, sie solle nicht so undankbar sein und wir alle könnten froh sein, ein Dach über dem Kopf zu haben. Wenn sie wolle, könne sie auch sehr gerne am Präsidentenpalast anklopfen und fragen, ob ein Zimmer für Prinzessin Qamer frei sei. Sie schmollte.

Am folgenden Tag machten Vater und Jafer einige Besorgungen. Sie kauften ein Zelt, in dem wir ein paar Tage schlafen würden, bis wir das erste Zimmer gebaut hätten. Sie kauften auch Werkzeug, Zement, größere Blechplatten sowie Holz und sorgten dafür, dass alles zu unserem Grundstück ins Blechviertel geliefert wurde. Die beiden schienen wirklich an alles gedacht zu haben. Einen Tag später nahmen wir Abschied von Jafer und seiner herzlichen Familie, kletterten mit unseren Koffern, Tüten und Teppichen abermals auf einen Eselskarren und fuhren zum Blechviertel.

Die erste Nacht in dem kleinen Zelt war erstaunlich schön und aufregend – trotz Vaters Schnarchen. Wir lagen dicht an dicht auf unseren Teppichen, durch die man den harten Boden spürte. Sogar Qamer schien nun angesteckt zu sein von der Aufregung um unser neues Zuhause.

Wir bauten das Haus, wie alle hier die Häuser bauten. Langsam und ohne wirkliche Vorkenntnisse. Alles war erlaubt, solange es einigermaßen hielt. Mit Holz, Steinen, Lehm, Erde, Säcken, Blech und allen möglichen weiteren Gegenständen, die wir aus den Müllbergen fischten. Qamer und ich rannten immer wieder los und schleppten irgendwelche Dinge an, von denen wir glaubten, dass man sie gebrauchen könnte. Vater saß da wie ein Baumeister mit seinem Werkzeug und all den Materialien, die er extra gekauft hatte. Gemeinsam versuchten wir tagelang, alles wie ein Puzzle zu ordnen und genau zu planen, wie unser erstes Zimmer aussehen könnte. Meine Mutter wurde zur Bauingenieurin, stand dabei und gab Vater andauernd detaillierte Hinweise, wie genau er die Mauer und die Decke bauen sollte, damit sie nicht irgendwann über uns zusammenstürzten. Sie klang, als hätte sie bereits eigenhändig dreißig Häuser gebaut. Aber eigentlich hatte jeder von uns irgendeinen Ratschlag zum Besten zu geben, auch Jafer stand mit dabei, unsere neuen Nachbarn und allerlei Schaulustige. Mutter wies vor allem auf die Gefahr durch den Starkregen hin und sagte, wo sie Fenster haben wollte, damit genug Licht und Luft ins Haus kamen. Irgendwann lachte mein Vater über die hohen Ansprüche: »Liebste, soll unser Schlafzimmer lieber im Ost- oder im Westflügel liegen? Denkst du, drei Bäder reichen? Und was hältst du von einem Springbrunnen im Innenhof?« Mutter kniff ihn in den geschrumpften Bauch, und beide lachten sie, bis sie Tränen in den Augen hatten. Es war unglaublich schön, die beiden nach der ganzen harten Zeit wieder gemeinsam lachen zu sehen. Qamer und ich wussten und spürten: Alles wird gut. Und genauso war es auch. Nach einer arbeitsamen Woche standen die wackeligen Grundmauern und unser erstes Zimmer war bezugsfertig.

Im Blechviertel lebten streunende Hunde und Katzen mit uns, wilde Palmtauben, Geckos, Fliegen, Kakerlaken und Käfer. Unser gemeinsames Zuhause war weder auf einer offiziellen Landkarte eingezeichnet noch bei der Meldebehörde erfasst. Es gab keine Straßennamen, keine Wohnadressen, und keiner hatte einen wirklichen Überblick über die Struktur und Ausmaße des Viertels. Viel problematischer aber war, dass es weder Strom noch sauberes Trinkwasser noch eine Kanalisation gab. Vorbei waren die Zeiten vor dem Fernseher oder dem aufgedrehten Wasserhahn in Jafers Haus. Kein Wunder, dass das Blechviertel auch »Schrottstadt« genannt wurde, je nachdem, wie schrecklich es jemand hier fand. Einige von uns besaßen absolut nichts bis auf den Müll, von dem sie sich ernährten. Täglich warteten sie auf die Müllwagen. Wenn einer auftauchte und scheppernd seine Ladung auskippte, suchten sie sofort nach brauchbaren Gegenständen, die sie freitags auf dem Trödelmarkt im Industriegebiet Kisra wa Atash verkaufen konnten. Andere kratzten zusammen mit Hunden und Vögeln Essensreste aus offenen Packungen. Es gab alle Abstufungen von Armut hier. Bitterarme, nahezu verhungernde Obdachlose, aber auch eifrige Geschäftsleute, die sich durch geschicktes Sammeln oder andere Tätigkeiten eine ausladende Blech-Villa erarbeitet hatten.

Nach einigen Wochen stand unser kleines Haus, doch fertig wurde es nie. Das lag einerseits daran, dass wir immer wieder mit neuen Ideen daran bauten, und andererseits daran, dass es mit der Zeit auseinanderfiel. Man musste also ständig nachbessern, Teile ersetzen, verstärken und umbauen – es hielt uns endlos auf Trab. Zu Beginn hatten wir zwei Zimmer, zwischen denen sogar ein halbüberdachter Hof lag. Außerdem gab es eine winzige Küche. Bad und Toilette kamen erst Monate später hinzu. Bis dahin hatten wir uns wie die meisten in einem nahe gelegenen Bach gewaschen, der aber nur Wasser führte, wenn es geregnet hatte. Dieser Zufluss war ursprünglich zur Wasserversorgung der offiziellen Bezirke in der Umgebung gebaut, aber nie fertiggestellt worden. Es war eine Art befestigtes Flussbett von ein paar Metern Länge, in dem sich wie in einem Becken das Wasser sammelte. Daher war es halbwegs sauber. Unsere Notdurft verrichteten wir in einem Erdloch einige Dutzend Meter vom Haus entfernt.

Wie Vater es vorhergesagt hatte, kamen tatsächlich mehr Familien hinzu und bauten ihre Hütten bald in unmittelbarer Nähe zu uns, nachdem der Platz vor dem Teehaus zu dicht bebaut worden war. Der Weg zu unserem Haus wurde bald eine richtige Gasse. Meine Schwester, die zu Beginn alles ganz abscheulich gefunden hatte, änderte ihre Meinung mit der Zeit. Vermutlich lag es daran, dass sie andere Mädchen kennengelernt hatte, mit denen sie gern ihre Freizeit verbrachte. Ihre neue beste Freundin Sanja wohnte nur drei Häuser von uns entfernt. Ein niedliches, sanftes Mädchen mit einem wunderschönen Lächeln. Die beiden waren zwei große Träumerinnen, die sich gern ein besseres Leben ausmalten als das im Blechviertel. Sie kletterten jeden Nachmittag auf den höchsten Punkt des Müllbergs und schauten zusammen in den Sonnenuntergang.

Unter den zahlreichen Kindern des Viertels hatte auch ich

schnell Freunde gefunden. Die meiste Zeit verbrachte ich mit Saber. Er war ein Jahr jünger als ich und lebte bei einer Frau, die nicht seine leibliche Mutter war. Seine echten Eltern hatte er nie kennengelernt, und ihm waren keine genaueren Informationen über sie bekannt. Man nannte ihn Saber *al-Yatim*, »das Waisenkind«.

Wir beschossen mit unseren selbstgebauten Steinschleudern Spatzen und Fledermäuse oder warteten auf die Müllwagen. Wir rannten hinter ihnen her, kletterten auf sie drauf und quatschten mit den Fahrern. Qamer und Sanja machten nie mit, hatten ihre eigenen Spiele im Sinn, die man scheinbar nur mit anderen Mädchen, aber nicht mit uns spielen konnte. Ich musste jedoch bald feststellen, dass sie meist einfach nur neugierig über den kleinen Basar in der Nähe der Moschee schlenderten, um sich zu präsentieren und mit den großen Jungs zu plaudern.

Vater und Mutter wirkten zufrieden. Mutter fand in der einzigen Moschee des Viertels zwar keine Stelle als Putzfrau, kümmerte sich aber hervorragend um unser neues Zuhause. Sie kaufte ein paar Hühner, richtete für sie einen Schlag hinter dem Haus ein, und so hatten wir stets frische Frühstückseier. Vater hingegen fuhr jeden Tag mit zahlreichen anderen Männern auf einem Eselskarren zu Block 71 und arbeitete dort weiterhin als Träger auf dem Einäugigen-Basar.

In unserem ersten Sommer erlebten wir einige heftige Staub- und Sandstürme. Aber verglichen mit den Stürmen im Süden waren es recht wenige. Während eines Unwetters schlossen wir die Türen und blieben zu Hause sitzen. Das Haus war erstaunlich dicht, da wir es mit Plastiktüten und Kork verkleidet hatten, sonst wäre Mutter nach einem solchen Sturm mit dem Putzen gar nicht mehr nachgekommen und verzweifelt. Im Hausinneren war es tagsüber gerade so möglich, den erbarmungslosen Sommer mit seinen bis zu fünfzig Grad zu überleben. Nachts dann trugen wir unsere Matratzen oft in den Hof, legten uns unter den Himmel, zählten die Sterne und schliefen dabei ein. Trotz der hohen Tagestemperaturen konnte es nachts manchmal richtig frisch werden.

Meine Mutter wollte in der Mittagshitze immer die Wände und den Boden des Hauses mit Wasser befeuchten. Es war jedoch eine schwerwiegende Entscheidung, auf das Trinkwasser zu verzichten, um die Luft zu klimatisieren. Dieses musste Mutter jeden Tag gemeinsam mit Qamer holen gehen. Fast eine halbe Stunde Fußmarsch von unserem Haus entfernt standen mehrere Wasserhähne zur Verfügung, die früher zu einem Agrarprojekt mit Landbewässerung gehört hatten, das jedoch nie über den ersten Spatenstich und ein paar Leitungen hinausgekommen war. Es war sehr mühsam, und mehr als einen vollen Topf konnten sie nicht gemeinsam tragen. Ich versuchte zu helfen, aber Mutter bestand darauf, dass das ihre Aufgabe sei. Es dauerte einige Zeit, bis mein Vater so viel gespart hatte, dass wir einen Wasserspeicher kaufen und hinter das Haus stellen konnten. Wöchentlich holte dann ein Lastkarren zwei große leere Wasserbehälter bei uns ab und brachte sie gefüllt wieder zurück. Natürlich gegen Gebühren.

Noch bevor der Sommer endete, hatten wir viele neue Nachbarn, und um unsere Gasse herum wuchs ein ganzer Block. Mutter fand auch endlich einen Job als Putzfrau, und zwar in

Saddam City, in der Al-Mahdi-Moschee in Block 70. Sie erhielt stets wohlwollende Spenden von den Gläubigen. Also erwirtschaftete sie ein gutes Auskommen. Der Imam der Moschee, Musa, war ein sehr netter Mann und unterstützte sie, wo er nur konnte. Er war auch irgendwie mit der Familie meiner Mutter verwandt, was überhaupt der Grund für ihre Anstellung gewesen war. Sie nannte ihn »Cousin«, und wir sagten »Onkel« zu ihm. Einmal täglich gegen Mittag fuhr sie mit einem Eselskarren dorthin und reinigte alles, bevor der Gottesdienst begann, und danach noch einmal. Manchmal, meistens am Freitag, kochte sie sogar für alle Moscheebesucher.

Mein Vater hingegen schleppte weiterhin Waren auf dem Einäugigen-Basar von A nach B. Monatelang, bis er krank wurde. Er hatte einen Hexenschuss und nun dauerhaft Rückenschmerzen. Der Arme probierte es noch ein paarmal auf dem Basar, aber es ging nicht mehr, die Schmerzen waren zu groß. Er entschied sich für die Suche nach einer anderen Arbeit.

Aber zuvor lag er wochenlang herum, jammerte und schimpfte grundlos über alles. Mutter war echt genervt. »Ich weiß, dass es schlimm ist. Meinst du, mein Rücken tut mir vom vielen Bücken in der Moschee nicht weh? Aber hör bitte auf, dich wie ein zahnendes Baby aufzuführen. Es ist fürchterlich mit dir, wenn du nichts zu tun hast. Geh raus und such dir endlich was Neues!«

Vielleicht war er auch deshalb so schnell wieder auf den Beinen und machte bald, was viele hier machten: Er suchte im Müll nach halbwegs gut erhaltenen Dingen, richtete sie her und verkaufte sie freitags auf dem großen Trödelmarkt im Industriegebiet. An anderen Tagen saß er ab Mittag vor dem Damm und verkaufte dort seine Ware. Er war handwerklich begabt und gut darin, Holzgegenstände zu reparieren oder sie mit einem kleinen Umbau umzufunktionieren. Mein Vater erarbeitete sich in Windeseile einen guten Ruf. Obwohl auch er seine Kunden hin und wieder übers Ohr hauen musste, um zu überleben, war er im Vergleich zu anderen Schlitzohren ein barmherziger und grundehrlicher Typ. Er betrog nur, wenn es zu Hause kaum noch etwas zu essen gab. Ich wusste das, weil ich ihm oft bei der Arbeit half.

Außerdem hatte Vater eine Geschäftsidee, die hauptsächlich Qamer und mich betraf, weshalb unsere Spiele mit den anderen Kindern im Viertel bald seltener wurden. Einmal die Woche kaufte Vater Ware auf dem großen Basar. Plastiktüten für mich, kiloweise Nüsse und Sonnenblumenkerne für Qamer. Wir verkauften diese weiter, und dadurch konnten wir mitverdienen. Aus irgendeinem Grund waren Plastiktüten sehr beliebt, und es gab eine große Kundschaft. Bei den leckeren Nüssen und Kernen hingegen war das keine Überraschung.

Qamer bot die Nüsse und Sonnenblumenkerne vor allem am Hauptplatz des Viertels an. Ich dagegen verkaufte mein Tütensortiment auf dem Einäugigen-Basar vor dem Fischladen und vor der Metzgerei. Meine Ware hatte einen festen Preis, den jeder kannte. Doch wenn ortsfremde Kunden in schickeren und saubereren Kleidern auftauchten, schossen die Preise natürlich in die Höhe. Man musste ja den Gesetzen des Marktes folgen. Dort, vor den beiden Läden, war mein Revier, das ich gegenüber den anderen Plastiktütenverkäufern verteidigen musste. Ich erlaubte nur denjenigen, hier Plastiktüten zu verkaufen, die bereit waren, mir Gebühren zu bezahlen, so hatte es mir mein Vater beigebracht. Auch ich musste schließlich etwas abgeben, wenn ich an einer anderen Stelle des Basars handeln wollte. So hatte jeder kleine Geschäftsmann sein Revier. Ein Neuling wie ich hatte zu Anfang hart zu kämpfen, um eine Verkaufsstelle für sich zu ergattern und dann vor allem zu behalten. Meinen ersten Verkaufsplatz hatte mir Vater besorgt, weil er mit dem Metzger und dem Fischhändler eine Abmachung traf. Er bezahlte ihnen einen mir unbekannten Betrag, und vielleicht versprach er ihnen Hilfe bei irgendetwas, damit ich die Tüten direkt vor ihren Läden verkaufen konnte.

Ende des Sommers hatte Vater eine Idee, wie wir mehr Geld verdienen könnten. Zu jener Zeit begann die Saison der örtlichen Fußball-Liga, wo Mannschaften aus Saddam City, dem Blechviertel und der Umgebung gegeneinander antraten. Die Fußballer und ihre Fans hatten natürlich ungeheuren Durst. Am Wochenende verkauften Qamer und ich fortan also Wasser. Wir hatten hierzu einen eigenen Karren. Nicht mehr als ein Holzbrett, das Vater mit vier Rädern und einer Zugstange ausgestattet hatte. Voll beladen mit zwei großen Eimern Wasser, marschierten wir los. Zuerst kauften wir zwei Eisblöcke in der Eisfabrik in Saddam City und legten sie in die abgedeckten Eimer, damit das Wasser kalt blieb. Außerdem hatten wir ein paar Plastiktassen mit dabei. Am Fußballfeld gingen wir auf und ab. Meine Schwester rief mit lauter Stimme: »Wasser für eure durstigen Kehlen! Löscht euren Brand!« Wenn jemand ein Zeichen gab, tunkte ich eine Tasse ins kalte Wasser und brachte sie dem Durstigen. Ich kassierte das Geld und kehrte mit der leeren Tasse wieder zurück. Unsere Kasse war ein Beutel, der um Qamers Hals hing.

Lange durften wir diesen Job, bei dem wir gut verdienten, leider nicht ausüben. Einmal standen urplötzlich zwei Männer vor uns. Es war ein wichtiges Spiel zwischen zwei Mannschaften, die hart um den Sieg kämpften. Viel mehr Zuschauer als sonst waren gekommen, und wir hätten ein gutes Geschäft machen können an diesem Tag. Doch einer der Männer fragte: »Habt ihr kleinen Scheißer überhaupt eine Arbeitserlaubnis?«

»Was willst du denn?«, antwortete Qamer. »So einen Quatsch habe ich ja noch nie gehört. Als ob hier irgendwer für irgendwas eine offizielle Genehmigung bräuchte.«

»Ach ja? Pass bloß auf, du vorlautes Miststück!«

Der Mann trat mit voller Kraft gegen das Holzbrett. Die Eimer kippten um, und das ganze Wasser klatschte in unsere erschrockenen Gesichter und auf den Boden. Bevor wir reagieren konnten, wurden wir von den beiden Männern an den Oberarmen gepackt und fortgezerrt. Ich versuchte, mich zu befreien, aber ohne Erfolg. Auch Qamer kämpfte und schimpfte laut. Sie kratzte, trat und spuckte, aber das schien die beiden Schläger nicht zu beeindrucken.

Als die Fußballspieler das bemerkten, brachen sie ihr Spiel ab und kamen sofort herbeigerannt. Auch viele Zuschauer versammelten sich um uns.

»Lasst sie gehen!«

»Was fällt euch ein?«

»Wollt ihr es nicht mal mit jemandem in eurer Größe aufnehmen?«, riefen Leute aus der Menge.

Da zog einer der Männer eine Pistole: »Polizei! Wenn einer von euch noch mal das Maul aufreißt, seid ihr die Nächsten!«

»Aber was haben sie denn falsch gemacht? Es sind nur Kinder, die Wasser verkaufen.«

»Haltet euch da raus. Wir müssen uns vor niemandem rechtfertigen. Sie haben keine Genehmigung, und damit basta. Außerdem dürfen Kinder offiziell gar nicht arbeiten.« Mit der Waffe in der Hand drehte er sich einmal im Halbkreis und schaute in die Menschenmenge. »Zurücktreten!«, befahl er, und alle gehorchten. Es war schön, dass so viele für uns eintraten, aber ihnen waren die Hände gebunden. Es war zu gefährlich. Ich zitterte am ganzen Leib, so aufgeregt war ich.

Wir wurden zu einem Polizeiwagen gebracht und waren ganz still. »Du sagst gar nichts!«, hatte Qamer mir mehrmals zugeflüstert. Wir wurden auf die Rückbank des Autos gedrückt.

»Sind wir Arschlöcher für dich, du kleine Schlampe? Hast du keinen Respekt vor einem Mann?« Einer der Polizisten sah meiner Schwester wütend in die Augen. Sie antwortete nicht, aber ihrem Blick konnte man ansehen, dass sie ihn eigenhändig und bei lebendigem Leib häuten würde, wenn sie jemals die Gelegenheit dazu bekäme. Ich hatte den Eindruck, dass Qamer überhaupt keine Angst hatte. Im Gegenteil. Sie wirkte gefährlich.

»Wie die drauf ist! Wahnsinn! Mit dem Temperament wird die irgendwann eine mächtige Zuhälterin.«

»Ich werde ihr erster Kunde«, sagte der Kumpel am Steuer, fuhr los und beide brachen in Gelächter aus.

Die Polizisten setzten uns in einem Revier in Saddam City ab, genau im selben Block, in dem sich die Moschee befand, die meine Mutter täglich putzte. Sie verschwanden sofort wieder. Vermutlich, um nach neuer Beute Ausschau zu halten. Ein anderer Polizist notierte nun unsere Namen. Qamer erzählte ihm, dass Mulla Musa unser Onkel sei, und forderte, man solle ihn informieren.

Wir saßen im Vorraum auf einer kleinen Bank. Qamer hielt meine Hand fest und betrachtete das Zimmer, als suchte sie nach einem Fluchtweg. Immer wieder fragte sie mich, ob alles in Ordnung sei, und versicherte mir, dass alles gut werde. Ich nickte und dachte, dass eigentlich ich ihr Mut zusprechen sollte statt umgekehrt. Sie war immer schon die Stärkere von uns beiden gewesen.

Im Eingangsbereich gab es nicht viel zu sehen – bis auf einen Tisch, einige Stühle und ein Foto des Präsidenten an der Wand. Am Ende des Flurs erkannten wir Zellen mit Gittern, und zumindest ich fürchtete mich sehr davor, dort die nächsten Tage verbringen zu müssen. Insassen waren jedoch von hier aus keine zu sehen. Vielleicht waren die Zellen ja zurzeit leer. Dann würde ich wenigstens nicht von anderen ausgehungerten Sträflingen verprügelt werden. Stattdessen gingen ständig Polizisten ein und aus, als wäre es ein Taubenschlag. Doch nun tauchten zwei Männer in Handschellen auf und wurden an uns vorbei zu den Zellen gezerrt. Einer von ihnen war muskulös und überall mit grünen Mustern tätowiert, nur im Gesicht nicht.

Bestimmt eine ganze Stunde lang saßen wir danach still nebeneinander und wurden im Ungewissen gelassen. Irgendwann kam endlich ein Polizist und forderte uns auf, ihm zu folgen. In einem Nebenzimmer nahm er unsere Fingerabdrücke und fotografierte uns. Danach wurden wir wieder zurück in den Vorraum geschickt. Es verging wohl eine weitere Stunde, ohne dass etwas passierte. Irgendwann verlor Qamer die Geduld, stand auf und baute sich vor einem Schreibtisch auf, an dem ein Polizist saß und mit irgendwelchen Papieren hantierte.

»Wir haben nur Wasser verkauft! Wieso werden wir hier

festgehalten?« Als ich meine Schwester so sah, wäre ich am liebsten aufgesprungen und hätte ihr den Mund zugehalten. Sie redete sich um Kopf und Kragen, nur leider betraf das auch mein Wohlergehen.

»Was fällt dir ein?« Ganz langsam, drohend, wie ein Stier, der die Hörner auf jemanden richtet, hob der Beamte den Kopf. »Hinsetzen, ohne ein weiteres Wort, sonst stecke ich euch augenblicklich in die schlechteste Zelle, die wir hier haben. Direkt zu den übelsten Verbrechern. Und wenn ich Hilferufe von dir aus der Zelle höre, werde ich einfach das Radio anschalten und erst morgen früh nachsehen, was sie übrig gelassen haben.«

Qamer wich einen Schritt zurück, und man konnte an ihrer Mundbewegung sehen, wie sie an ihren Gedanken kaute und sich zwingen musste, nicht zurückzuschießen. Schließlich ballte sie beide Fäuste an der Hüfte, bis sie zitterten, drehte sich um und setzte sich wieder zu mir. Mein Herz hatte mir bis in die Ohren gepocht. Ich atmete erleichtert aus und warf ihr einen vorwurfsvollen Blick zu.

Nach einer weiteren gefühlten Ewigkeit tauchte endlich mein Vater auf. Er sah sehr nervös aus, schaute uns nur kurz an, und ohne etwas zu sagen, ging er direkt auf den Polizeibeamten zu. Sie sprachen lange miteinander. Dann musste er irgendeinen Zettel unterschreiben.

»Ich will euch Dreckspack niemals wiedersehen. Habt ihr verstanden?«, verabschiedete sich der Polizist von uns und tat so, als wollte er uns einen Fußtritt verpassen.

Draußen umarmten wir uns, und während ich vor Erleichterung weinte, weil die Anspannung von mir abfiel, schimpfte Qamer direkt vor dem Polizeirevier lauthals über diesen Haufen von aufgeblasenen Idioten. Man sollte sie alle auf der Müllkippe entsorgen. Sie verdienten es nicht, ihre Marken zu tragen. Sie seien die Verbrecher. Vater herrschte sie an, still zu sein und uns nicht weiter zu gefährden. Sie konnte sich nur schwer beruhigen.

Es war inzwischen stockdunkel geworden. Unterwegs fragte Vater, ob man uns etwas angetan habe. »Nein, Papa«, antwortete meine Schwester. »Aber die Männer haben die beiden Eimer und unseren Karren am Fußballplatz liegen lassen. Hoffentlich sind sie noch da.«

»Zur Not basteln wir einen neuen. Das Einzige, was zählt, ist, dass euch nichts passiert ist.«

»Wie hast du uns gefunden, Papa?«

»Mulla Musa hat uns informiert.«

»Das war meine Idee. Ich habe den Polizisten erzählt, er sei unser Onkel.«

»Sehr gut, mein schlaues Mädchen.«

Wortlos gingen wir weiter, und es herrschte eine seltsame Stimmung. Vater wirkte erschöpft und genervt. Natürlich war er das, weil er nach einem langen Arbeitstag seine Kinder von der Polizeiwache hatte abholen müssen. Auch wenn es nicht unser Verschulden gewesen war.

Am Fußballplatz war natürlich alles wie leer gefegt. Unsere Sachen waren verschwunden.

»Gierige Arschlöcher«, sagte Vater nur.

Direkt vor dem Damm befand sich seit Kurzem eine Haltestelle für Esels- und Pferdekarren. Die Fuhrmänner chauffierten Fahrgäste zwischen Saddam City und dem Blechviertel hin und her. Zum Glück fanden wir zu dieser späten Stunde noch ein solches Taxi und stiegen dankbar auf.

Zu Hause angekommen, wurden wir von unserer weinenden Mutter umarmt und Hunderte Male geküsst. Sie untersuchte unsere Körper und fragte, ob wir Verletzungen hätten. »Ich bin umgekommen vor Sorge! Haben sie euch geschlagen?«

»Nein, Mama. Aber sie haben uns nichts zu essen gegeben. Wasser konnten wir nur ein oder zwei Mal aus dem Hahn in der Toilette trinken«, antwortete meine Schwester.

»Ich koche euch schnell was Leckeres. Wollt ihr eine Pfanne mit Kartoffeln und Auberginen und Tomatensoße? Und Fladenbrot?«

»Ja!«, jubelten wir und umarmten sie erneut.

Meine Schwester und ich hatten bis zu diesem Moment noch immer nicht verstanden, warum genau wir eigentlich von der Polizei mitgenommen worden waren. Als Mutter gekocht hatte und wir zu dritt aßen, erklärte sie uns, dass das Wasserverkaufen illegal sei.

»Was? Wie kann Wasser verboten sein?«

»Es ist *haram*?«, fragte ich erschrocken. »Haben wir Allah erzürnt?«

»Nein, Shams. Nicht *haram* wegen unserer religiösen Vorschriften, sondern nur verboten von der Polizei. Das eine hat nichts mit dem anderen zu tun.«

Mutter erklärte auch, dass Vater für uns eine Geldstrafe bezahlt habe. Ein kleines Vermögen, behauptete meine Mutter, die Polizisten machten sich die Taschen voll. Dieser Verlust würde Vater in den nächsten Tagen deutlich ins Gesicht geschrieben sein. Wenn die Geschäfte nicht gut liefen oder es ein anderes Problem gab, sah unser Vater immer aus wie Bagdad im Regen. Nach dem heutigen Erlebnis sprach er tagelang kein Wort und war schlecht gelaunt.

Seit jenem Tag erlaubten uns unsere Eltern nicht mehr, Wasser zu verkaufen. Am folgenden Wochenende gingen wir trotzdem zum Fußballfeld, um zu schauen, was dort los war. Wir sahen einen Mann, der einen Wagen als Anhänger an einem Fahrrad hatte. In seinem Anhänger stapelten sich viele Wasserflaschen, dazwischen waren Eisblöcke geklemmt. Seltsamerweise trugen alle Flaschen denselben Schriftzug. So schnell waren wir ersetzt worden.

Als wir unserem Vater am Abend davon erzählten, sagte er: »Das sind die Flaschen einer neuen Fabrik. Sie machen jetzt ein Riesengeschäft damit, da das freie Verkaufen überall verboten wird, wo es der Polizei nicht passt. Bestimmt stecken die alle unter einer Decke.«

Obwohl wir nicht genau verstanden, was das für ein Geschäft zwischen Polizisten und Wasserverkäufern sein sollte, war uns jedenfalls klar, dass sich unser Job als Wasserverkäufer nun wirklich erledigt hatte.

Unser Vater entschied, im Herbst sollten wir wieder lernen, »Buchstaben zu entziffern« und »Schrift zu malen«, so nannte er das Lesen und Schreiben; mit beidem tat er sich selbst sehr schwer. Wir freuten uns über diese Nachricht. Wir hatten die Schule im Al-Hindi-Dorf schließlich einfach abbrechen müssen. So unglaublich viel war seitdem passiert, dass ich mich kaum an etwas erinnern konnte. Das letzte Schuljahr würden wir auf alle Fälle wiederholen müssen, um wieder reinzukommen.

Vater ging zu Jafer und bat um seinen Rat. Zu viert besuchten wir schließlich zwei Schulen und meldeten Qamer und mich an. Weil wir keine offizielle Adresse in Bagdad hatten, das Blechviertel war schließlich komplett illegal, durften wir uns einfach mit der Anschrift von Jafers Wohnsitz anmelden. Wir erhielten beide direkt die Zusage für einen Schulplatz und rannten freudig nach Hause.

Der Schulweg für Qamer und mich war ziemlich weit. Fast dreißig Minuten brauchte man mit dem Eselskarren und eineinhalb Stunden zu Fuß. Qamer besuchte die »Al-Wathba-Mittelschule für Mädchen« in Block 70 und ich die »Sinai-Grundschule« in Block 71. Der erste Eindruck von meiner neuen Schule war befremdlich. Das graue Gebäude bestand aus einer Etage, einer Handvoll karger Räume mit Fenstern zu einem kleinen Schulhof. Das ganze Grundstück war von einer Mauer umgeben, und man fühlte sich eingeengt. Dabei war die Schule eigentlich sogar viel größer als meine alte im Süden. Hier war alles ganz anders, und ich fürchtete mich ein wenig, obwohl die Aussicht, bald mit vielen Kindern meines Alters zusammen lernen zu dürfen, sehr schön war.

Als die Schule dann endlich begann, lernten wir jeden Morgen fleißig, und nachmittags mussten wir wieder Sonnenblumenkerne und Plastiktüten verkaufen, als »Unterricht in Lebenspraxis«, wie Vater sagte. Abends erst hatten wir Zeit, die Schulaufgaben zu machen. Unsere Tage verliefen immer gleich, und wir waren stolz auf das, was wir erreicht hatten.

ICH RIECHE ETWAS Seltsames, etwas Fremdes. Der Geruch wird intensiver. Vielleicht Zwiebeln? Diese Fähigkeit, Düfte zu erkennen, hatte ich früher nicht. Erst seit ich im Knast bin. Vielleicht wegen der fehlenden Auswahl an frischen Düften. Kein Obst, kein Gemüse. Nur das weiße Brot, der Gestank des Eimers, der alten Decken und unserer schmutzigen Pyjamas, die wir nie gewaschen haben. Wie auch? Das Wasser im Eimer reichte nicht fürs Waschen und Trinken für so viele Männer in einer Zelle.

»Abendessen!« Zwei Augen glotzen mich durch die Türöffnung an. »Sitzen bleiben!« Die Tür geht auf. Der Mann trägt eine blaue Uniform. »Wirf den tiefen Teller rüber!« Ich lasse ihn über den Boden rollen und hocke mich wieder auf die Matratze. Der Mann in Blau hat einen kleinen Holzwagen mit Rädern. Ein Eimer voller Suppe und zwei große blaue Säcke liegen obenauf. Er stellt nun den Teller, zusammen mit drei Stücken Brot, die er aus einem der Säcke holt, auf den Boden. Pikante Bohnensuppe mit Zwiebeln und Kräutern, erkenne ich sofort.

»Patient Shams Hussein?«

»Ja.«

Er holt eine winzige Tüte aus seiner Jackentasche und legt sie neben den Suppenteller. Enthalten sind zwei Tabletten.

»Die nimmst du nach dem Essen.«

»Danke!«

Der Mann in Blau greift wieder in einen der Säcke, holt erneut eine Tüte heraus und wirft sie auf den Boden. Darin ist ein neuer gestreifter Pyjama, nicht grau-weiß, sondern blau-weiß. Dann schließt er die Tür.

Ich befreie mich schnell aus meinen alten, stinkenden Klamotten und ziehe zuallererst den neuen Pyjama an. Endlich etwas Sauberes auf dem Leib. Ich setze mich auf den Boden, betrachte das Weiße der Bohnen und das der Zwiebeln, die Kräuter, darunter erkenne ich Petersilie und Dill. Auch der Anblick von einigen Tropfen Pflanzenöl, die auf der Suppe schwimmen, fasziniert mich. Ich kann es kaum fassen, in diesem Leben überhaupt noch mal solch eine Mahlzeit sehen zu dürfen. Ich zerkleinere ein Stück Brot, lasse die Stückchen in die Suppe fallen und ergreife den Teller voller Gier.

Es ist ein Mahl der Freude, eine Freude des Sattwerdens, die ich seit Ewigkeiten nicht genießen konnte. Die Sekunden, Minuten, Stunden, Tage, Wochen, Monate und Jahre in der alten Zelle, die ich mit einem Stück Brot pro Mahlzeit hatte verbringen müssen, waren unerträglich. Das größte Problem daran war, dass man die Stücke immer auf einmal bekam. Am Anfang, als ich noch keine Ahnung hatte, wie ich mich im Gefängnisalltag durchschlagen konnte, aß ich die drei Stücke auf einmal. Ich blieb dann den ganzen übrigen Tag ohne Essen und beobachtete die anderen Mitgefangenen, wie sie doch immer noch Vorräte hatten. Später musste ich gegen den Hunger kämpfen. Ich aß ein Stück und versteckte das restliche Brot unter der Decke, um es nicht zu sehen. Immer wieder kehrte ich jedoch zurück, nahm ein kleines Stück und kaute es so langsam wie möglich. Dabei trank ich nach jedem Bissen einen Schluck Wasser aus dem Eimer, um das Gefühl des Sattseins zu verstärken. Wenn ich doch wieder alles auf einmal aß, was oft vorkam, wurden die Stunden in der Zelle unerträglich lang.

Ich brauchte viel Zeit, bis ich mich an das richtige Vorgehen gewöhnt hatte. Ein Stück Brot pro Mahlzeit. Jeden Tag wartete ich aufs neue Brot. Das Warten war vermutlich das Einzige, was im Knast allgegenwärtig war. In Wahrheit taten wir nichts anderes, wir warteten immer auf irgendetwas, sogar auf das Wunder, entlassen zu werden. Die Stunden krochen dahin, langsam und schwer. Der Hunger wurde messerscharf, Gaumen, Zunge und Kehle brannten und brüllten, alles heulte und glühte in mir. Wenn das Brot endlich kam, zitterten Körper und Seele vor Freude.

Jetzt esse ich eine Bohnensuppe, eine pikante Bohnensuppe! Hätte mir jemand vor ein paar Stunden davon erzählt, hätte ich ihn für verrückt erklärt. Nach einer solchen Suppe wäre es jetzt unbegreiflich schön, sich auf die Matratze zu legen und mit einem Buch eine fremde Welt zu betreten. Einfach zu fliegen, zu anderen Menschen, zu anderen Zeiten. Ich muss mir das Unmögliche wünschen, auch in einem Loch unter der Erde.

FÜNF

Lichtquelle

Der Winter hat uns in unserem provisorischen Haus die Laune ordentlich verdorben. Gegen die Kälte hatten wir uns schnell eine *Soba*, einen Petroleumofen, besorgt. Die Ölverkäufer kamen mit ihren Karren fast täglich vorbei. Aus dem großen Tank auf ihrem Fahrzeug zapften wir das stinkende Öl ab und lagerten es in einem Metallfass hinter dem Haus. Wenn der Ofen lief, und das tat er eigentlich ununterbrochen, froren wir nicht. Zumindest nicht, solange man direkt vor der *Soba* saß. Doch gegen den Regen konnte man nichts machen. Wenn es regnete, stand das Wasser manchmal tagelang einen Finger breit in unseren Zimmern. Und das Poltern der Tropfen auf unserem Dach und den Dächern unserer Nachbarn klang, als würde man Steine auf uns werfen. Es machte mich die erste Zeit über wahnsinnig, und ich hielt mir die Ohren zu, bis ich irgendwann erschöpft einschlief. Schlimmer aber war wirklich die Nässe. Wir bauten im Haus eine Plattform aus großen Steinen und mit Sand gefüllten Blechdosen, auf denen wir Holzbretter auslegten, als lebten wir auf einem Floß. So konnten wir uns in den Zimmern bewegen und schlafen, ohne nass zu werden. Draußen dagegen wurden die Wege teils unpassierbar. Überall war es matschig und schmierig. Kleine Bäche hatten sich gebildet und verteilten den Müll noch weiter, brachten das Blechviertel durcheinander. Nicht selten blieb das Wasser wochenlang stehen. Provisorische Brücken wurden errichtet, und so gelangte man irgendwie von einem Ort zum anderen. Einige Schlitzohren witterten ein Geschäft, stellten Gummistiefel zur Verfügung und vermieteten sie gegen horrende Preise. Natürlich nur für kurze Strecken von wenigen Metern und im Blickfeld von einem Mitarbeiter, der sie ausgab, und einem, der sie wieder einsammelte. Sonst hätten die Leute sie geklaut.

»Je mehr Probleme wir haben, desto mehr Geschäfte gibt es bei uns zu machen«, bemerkte meine Schwester. »Ich hatte mir Bagdad anders vorgestellt. Wir wohnen nicht mal richtig in Bagdad. Unser Viertel gehört mehr zum Müllberg als zur Stadt.«

Lange dauerte der Winter zum Glück nicht an. Bald schon wurde es wieder wärmer, die Sonne schien öfter und der Boden des Hauses wurde trocken. Mein Vater entschied, den Boden mit Steinen zu belegen und mit Zement aufzufüllen, um ihn zu erhöhen. Gegen Ende des Frühlings dann hatten wir einen festen Untergrund, der nicht länger überflutet wurde. Es gab sogar eine Drainageöffnung, über die das Wasser unter der Haustür nach draußen in einen Kanal floss.

Dieser Kanal war ein kilometerlanger Graben, der circa eine Armlänge tief, zwei Armlängen breit war. Jeder Nachbar hatte den Graben entlang seines Hauses erweitert, und so konnte das Wasser abfließen, bis es am Rande des Viertels in einem Loch landete. In dem Graben vor den Haustüren sammelte sich im Laufe des Tages nicht nur Wasser, sondern auch ebenso viel Müll. Immer wieder versuchten die Männer, den Graben auszubessern. »Sehr appetitlich«, scherzte Qamer immer, wenn sie über diesen Graben vor unserem Haus stieg.

In jener Zeit veränderte sich noch etwas: Meine Mutter wurde eine Wahrsagerin. Frauen aus der Gegend versammelten sich bei uns und hingen förmlich an ihren Lippen. Wir dachten zuerst, Mutter habe neue Freunde gefunden, aber es dauerte nur ein paar Tage, und dann verstanden wir es. Mutter las die Hände der Frauen, las im Kaffeesatz, als wäre sie eine Schamanin. Natürlich verlangte sie eine Entlohnung dafür. Sie war schon immer abergläubisch gewesen, und das Handlesen war weit verbreitet, sie hatte das alles von Großmutter gelernt, aber sie war damit bislang nie wirklich hausieren gegangen. Sie traf einen Nerv und war einfach so überzeugend in dem, was sie tat, dass sie jeden in ihren Bann ziehen konnte. Dabei log sie nicht, sondern glaubte selbst ganz fest an das, was sie in Hautfalten und Kaffeekrümeln zu sehen meinte.

Doch mein Vater verstand nicht, wer seiner Frau auf einmal solche Flausen in den Kopf gesetzt hatte.

»Zahraa, ich will nicht, dass du wie deine Mutter wirst.«

»Was soll das denn heißen?«

»Dieser ganze Hokuspokus mit der Wahrsagerei, den Zaubersprüchen, den Flüchen hat sie am Ende ganz verrückt gemacht. Das weißt du doch. Sie hat irgendwann unter jeder Teppichkante einen bösen Geist gesehen, und man durfte selbst den Tee nur in eine Richtung umrühren, weil das wieder irgendetwas bedeutet hat. Wenn man verbranntes Fladenbrot als böses Omen versteht und im Ruß scheußliche Fratzen erkennt, dann ist man übergeschnappt. Also lass es dir nicht zu Kopf steigen.«

Mutter war durchaus verletzt, weil Vater ihr damit den Spaß verdarb und nicht anerkannte, dass sie der Familie gutes Geld brachte. Dennoch setzte sie sich durch und arbeitete weiterhin nebenberuflich als Seherin. Innerhalb weniger Monate hatte sie sich einen guten Ruf erarbeitet, und bald kamen Besucherinnen aus dem ganzen Umland zu uns. Ständig saß irgendwer bei uns in der Hütte, und wir hatten tagsüber nur noch wenig Privatsphäre, wenn wir zu Hause waren. Vater war zwar genervt, musste aber einsehen, dass Mutter durchaus erfolgreich als Geschäftsfrau der Mystik war.

Ich war ein paarmal mit meiner Schwester während solcher Sitzungen dabei und hörte, wie Mutter über Herz-, Kopf-, Sonnen-, Schicksals- und Lebenslinien in der Hand sprach oder voll Schrecken eine Kaffeetasse in der Hand schwenkte, sie ihrem Gegenüber zeigte und dann etwas Unheilvolles verkündete. Tagsüber war unser Wohnzimmer eine Hexenstube voller Weihrauch und anderer seltsamer Düfte. Das Fenster wurde mit einem blauen Vorhang verdeckt, sodass kein Licht in den Raum fiel. Darunter lag der Koran auf dem Fensterbrett, und einige mit Rosenwasser gefüllte Kupfertassen standen daneben. Bündel aus getrockneten Pflanzen mit dünnen Ästen lehnten in den Zimmerecken an den Wänden. Meine Mutter kniete auf dem Teppich und erzählte mit derselben Stimme, mit der sie uns immer belehrt hatte, den Gläubigen von ihrer Zukunft, während sich das flackernde Kerzenlicht in ihren weit aufgerissenen schwarzen Augen spiegelte. Abends dann verstaute sie alles in einer kleinen Holzkiste, und das Haus verwandelte sich wieder in eine normale Wohnstube. Am nächsten Morgen wurde alles erneut für die große Show hergerichtet.

Es war immer sehr beeindruckend, wie die Damen ihre Köpfe schüttelten und fassungslos unserer Mutter zuhörten oder bestätigten, was sie sagte. Ich war manchmal tatsächlich überzeugt davon, dass sie magische Kräfte hatte. Sie konnte aus einer Hand herauslesen, wie alt man werden, wie viele Kinder man bekommen oder ob man eine glückliche Zukunft vor sich haben würde. Beim Kaffeesatz sprach sie eher von Männern, Verlobungen und Hochzeiten oder aber von fremden Frauen, die den eigenen Mann verführen wollten. Mutter bekam gutes Geld dafür, einige brachten auch Obst, Hühnerfleisch oder Fische als Belohnung mit. Vor allem dann, wenn irgendetwas von dem, was sie geweissagt hatte, tatsächlich eingetreten war.

Ich fand das Ganze spannend und hatte kein Problem damit, Mutter als Wahrsagerin wahrzunehmen, denn ich bekam von ihr nun mehr Taschengeld als vorher. Qamer hingegen hielt diese neue Tätigkeit für absoluten Schwachsinn und stritt sich deswegen ständig mit Mutter. Sie behauptete steif und fest, unsere Mutter würde die armen, verzweifelten Frauen nur ausnutzen und sie abzocken. Die beiden trugen richtige Kämpfe aus, und Qamer fing sich einige schallende Ohrfeigen ein. Doch das legte sich bald, weil Mutter ihre Tätigkeit nicht länger in unserem Haus ausüben durfte. Mein Vater bestimmte, dass es zu viel geworden sei und sie sich einen anderen Platz suchen müsse, denn wir hatten keine Zeit mehr für uns und keine Ruhe. Tagein, tagaus strömten so viele Menschen herbei. Mutter, Vater und Qamer hatten einen ganzen Abend lang nur geschrien und sich gegenseitig beschimpft, bis Vater durchgriff und diese Entscheidung traf. Fortan durfte Mutter keine Frauen mehr zu Hause empfangen. Seitdem machte sie Hausbesuche, ging los mit einer Tasche voller Wahrsagerei-Utensilien, und wir bekamen nicht mehr mit, was genau vor sich ging. Wir waren dankbar, endlich unsere Ruhe zu haben, und Mutter war trotz ihres anfänglichen Widerstandes ebenfalls zufrieden.

So kam sie raus, und sie hatte viele neue Freundinnen und Bekannte hinter und vor dem Damm.

Mutter wurde zu einem anderen Menschen. Sie war nicht mehr die leicht nervöse Frau, die von jeder schlechten Nachricht durchgeschüttelt wurde und dann verunsichert war. Nein, sie interessierte sich kaum noch für die Welt draußen, sie dachte nur noch an ihr heiliges Zeug. Sie wirkte stabil und ruhig, als hätte sie wahrlich eine Persönlichkeitsverwandlung hinter sich. Es dauerte auch nicht lange, bis sie einige Damen im Viertel fand, die wie sie tickten. Sie fuhr mit ihnen raus aus Bagdad, um die heiligen Moscheen und Schreine zu besuchen.

Mutter machte weiter mit ihrem mystischen Geschäft und genoss die Bewunderung der Frauen, von denen sich mehr und mehr um sie scharten, fast wie bei einem Guru. Nun fing es an, dass sie immer wieder von der »Lichtquelle« sprach. Sie sei vom heiligen Imam Al-Hussein auserwählt worden. Er habe ihr das Licht der Wahrheit gegeben. Seither sei sie direkt mit dem Jenseits verbunden und könne mit Geistern plaudern oder weit in die Zukunft sehen. Oftmals erwischte ich sie dabei, wie sie mit sich selbst oder mit Al-Hussein redete. Sie sah dabei tatsächlich so aus, als wäre sie nicht allein. Dieser Imam, der mit seiner Familie und seinen Freunden ein trauriges Schicksal erlitten hatte, wurde von meiner Mutter sehr geliebt. Eigentlich nicht nur von ihr, sondern von allen Frauen, die ich kannte. Mutter weinte jährlich so bitterlich um seinen Tod, als wäre er ihr Vater gewesen. Tatsächlich mehr als um den Tod meines Großvaters und jedes anderen Verstorbenen ihrer ganzen Sippe.

Immer an *Ashura*, dem zehnten Tag des ersten Monats im islamischen Kalender, *Muharram*, an dem vor vielen Jahrhunderten Imam Al-Hussein, der jüngste Enkelsohn des Propheten Mohammed, zusammen mit seiner Sippe erbarmungslos niedergemetzelt worden war, trug meine Mutter schwarze Trauerkleider. Sie kochte eine Linsensuppe und schenkte sie draußen den Nachbarn und Armen aus. »Manchmal«, scherzte Qamer, »habe ich den Eindruck, dass Mutter unseren Vater nur liebt, weil er den gleichen Namen wie der Imam hat.«

Auf unsere neugierigen Nachfragen hin berichtete uns Mutter mehr von ihrer Erleuchtung. Es war wohl in Kerbela am Hauptplatz zwischen den beiden heiligen Schreinen von Imam Al-Hussein und seinem Bruder Al-Abbas gewesen. Plötzlich sei ihr eine Frau erschienen, die behauptet habe, der Imam wolle mit ihr reden. Dann seien die Dame und die ganze Stadt um sie herum verschwunden. Meine Mutter habe sich mit dem Imam zusammen auf einer Wolke befunden. Es sei neblig gewesen und sie habe die Gesichtszüge des Imams nicht gut erkennen können, weil der Heiligenschein um den Kopf so hell und herrlich geleuchtet habe. Er habe nicht zu ihr gesprochen, sondern sie angepustet. Ein Licht sei aus seinem Mund geflogen und in ihr aufgegangen. Sie sei ohnmächtig geworden. Dann sei sie aufgewacht, am selben Platz wie zuvor, zwischen den beiden Schreinen. Seitdem war sie mit einer Gruppe von Frauen aus der Gegend befreundet, die allesamt dieses »Licht« in sich trugen. Gemeinsam verreisten sie monatlich und besuchten ihre jeweiligen Imame und Lichtspender.

Einmal fuhren Qamer und ich mit ihr nach Babel, um das Grab des Propheten Ijob zu besuchen. Im Bus redeten die Damen lange über eine Frau. Sie hieß *Om al-Anuarr*, »Mutter der

Lichter«. Sie sei die Einzige, die kranke und von Dämonen besessene Menschen heilen könne. Die meisten im Bus hätten diese Fähigkeit nicht, weil ihr Licht nur für das Hellsehen oder für Geistergespräche gut sei. Aber Om al-Anuarr habe mehr drauf. Der Grund, sagte eine der Frauen, sei, dass der geheimnisvolle gottgesandte Prophet *Al-Chidr*, »der Grüne«, sie persönlich auserwählt habe. Dieser war eine rätselhafte Person; sogar andere Propheten wie Moses hatte er gelehrt, er sei unsterblich und könne jederzeit irgendwo auftauchen, bis zum Jüngsten Gericht. Sein Wissen sei von Gott höchstpersönlich übermittelt worden.

Ich wünschte mir, diese Om al-Anuarr einmal kennenzulernen, und tatsächlich kam auch sie an jenem Tag zum Grab des Propheten Ijob. Sein Schrein lag nicht direkt am Ufer des Euphrat wie die Stätten vieler anderer Heiliger, sondern auf einer kleinen Anhöhe am Rande der Stadt Babel. Das blaue Minarett und die Moschee waren erstaunlich klein und die Fassade mit hellem Stein verkleidet. Der Vorhof aber war riesig. Überall warteten Gläubige oder schlenderten Besucher umher. Mir fiel auf, dass es viele Kranke hier gab. Kriegsversehrte, die schwer auf ihren Krücken lehnten oder ihren schmerzenden Beinstummel rieben. Blinde, die von ihren Verwandten mit vorsichtigen Schritten geführt wurden. Oder Leidende, die pfeifend atmeten und nach mehreren Hustenanfällen Blut und grünen Schleim in einen Becher spuckten, um den heiligen Boden nicht zu entweihen.

In der Mitte der Anlage standen zwei Springbrunnen. Das Quellwasser, erzählte uns die Wächterin, sei heilig. Es heile alle Krankheiten. Menschen aus der ganzen Welt kämen hierher, nur um einen Schluck davon zu ergattern. In einem dieser

Brunnen habe sich anscheinend der Erzengel Gabriel höchstpersönlich vor dreitausend Jahren gewaschen. In den anderen seien die Tränen des Propheten Ijob gefallen. Und noch während die Frau weihevoll sprach, sahen wir gegenüber dem Trauerbrunnen Om al-Anuarr sitzen. Wie aus dem Nichts heraus saß die kleine, dickliche Frau mit einem Mal dort. Sie trug ein einfaches schwarzes Gewand und einen schlichten Schleier. Wie normal sie wirkte! Ich hatte sie mir in meiner Fantasie ganz anders ausgemalt. Meine Erwartung war gewesen, dass ihr Gesicht gleißendes Licht ausstrahlte und sie eine flimmernde Aura hatte, deren Glanz die Umgebung verzauberte. Schließlich war sie von einem Propheten auserwählt worden. Doch meine Vorstellung zerplatzte wie die Blase des Kaugummis, die gerade vor ihrem Mund erschienen war. Die klebrige Masse haftete an ihrer leicht behaarten und faltigen Oberlippe. Die Frau kratzte sie mit den Zähnen ab und kaute genüsslich daran weiter. Ich war enttäuscht, sie war doch nur eine normale Sterbliche. »Aber vielleicht ist es ein magischer Kaugummi! Vielleicht spuckt sie ihn aus, und derjenige, der mit seinem Schuh darauf tritt, hat fortan Glück im Leben«, scherzte Qamer. Doch als eine Mutter mit Kind zu ihr ging, Om al-Anuarr einen Koran-Vers sprach und dem Mädchen über das Gesicht strich, schien sich etwas anzubahnen. Die Kleine, vielleicht zwölf Jahre alt, sah sehr hübsch aus, hatte einen dünnen, langen Körper. Ihre großen Augen waren einmalig, das Schwarze darin war dämmerig. Es schien, als ob sie uns alle nicht sehen könnte. Sie drehte sich andauernd um, als ob sich um sie herum Wesen befänden, die nur für sie sichtbar wären. Ihre Augen wirkten verloren, traurig und ängstlich, aber auf ihrem Mund war ein leichtes Lächeln zu erkennen.

Om al-Anuarr redete mit dem Mädchen, aber es war kein echtes Gespräch. Sie sprach irgendetwas in ihre Hände und streichelte das Gesicht des Mädchens damit. Mehrmals wiederholte sie das, und das Mädchen blieb ruhig. Vermutlich waren die Worte nur einige Verse aus dem Koran. Irgendwann sagte sie etwas zur Mutter. Diese nahm die Hand ihrer Tochter und ging mit ihr in die Moschee. Om al-Anuarr kaute weiter auf ihrem Kaugummi.

Entweder musste man noch zusätzlich zum Propheten beten oder Wunder brauchten Zeit, bis sie wirkten. Mehr und mehr Menschen, die zuvor vom Brunnen getrunken hatten, kamen zu Om al-Anuarr und ließen sich von ihr behandeln. Da wir glücklicherweise nicht krank waren, brauchten wir weder Heilwasser noch heilende Hände. Mutter und ihre Gruppe wollten trotzdem zu ihr, um dem Zauber beizuwohnen und mit der heiligen Frau zu sprechen.

»Das ist alles?«, riss Qamer mich aus meinen Gedanken. »Worauf wartest du noch? Soll sie ihren Kaugummi auf dich spucken? Lass uns gehen!«

Die Moschee fand Qamer atemberaubend, und sie schlug vor, weiterzugehen, um den großen Markt anzuschauen. Wir verbrachten also die restliche Zeit auf dem Markt, während Mutter mit ihren Freundinnen beim Schrein und bei der Heilerin blieb. Mutter ließ uns nur unter Protest ziehen, es täte uns gut, im heiligen Lichte zu baden, aber sie merkte auch, dass der Funke nicht auf uns übergesprungen war.

Vor der Abenddämmerung fuhren wir alle zusammen mit unserem Bus weiter. Om al-Anuarr, das Mädchen und dessen Mutter begleiteten uns überraschenderweise. »Ich habe gedacht, als Lichtheilerin hat man einen fliegenden Teppich in der Garage«, flüsterte Qamer. Wir fuhren nur ein kurzes Stück und hielten direkt am Ufer des Euphrat, alle stiegen wieder aus. Das Kind sei besessen, sagte man, und hier sei das Wasser des Euphrat besonders sauber und heilig, denn Ijob höchstpersönlich sei hier schwimmen gegangen. Scheinbar waren die Tränen im Brunnen nicht genug gewesen und erst das Badewasser des Propheten wirkte ausreichend stark. Jetzt war ich wirklich gespannt.

Wir befanden uns an einem kleinen Hain aus Bäumen und Schilf, der einen guten Sichtschutz bot. Am Rand war das Wasser flach, und man konnte ohne Gefahr hineingehen. Das Mädchen und Om al-Anuarr taten genau das und standen bis zu den Waden im Euphrat. Al-Anuarr schöpfte etwas Wasser mit ihrer Hand, sprach irgendetwas darauf und warf es auf das zusammenzuckende Mädchen. Dann schrie sie lauthals und wie verrückt: »Hinfort, du Ungläubiger! Weiche, böser Geist! Raus, raus mit dir, im Namen Allahs!«

Da begann sich das Kind wie ein Derwisch zu drehen. Om al-Anuarr bespritzte es weiter mit Worten und Wasser, immer hektischer. Die Kleine fing an, mit seltsam tiefer Stimme, die fast wie die eines Mannes klang, zu brüllen. Arabisch war das jedenfalls nicht. Das Mädchen drehte sich nun immer schneller und torkelte, bis es mit einem Mal laut aufjaulte und dann ohnmächtig wurde. Die Kleine fiel ins Wasser, und sofort rannten einige Frauen und die Mutter herbei, um sie ans Ufer zu ziehen.

»Sie braucht mehrere Sitzungen, bis ich sie heilen kann«, behauptete Om al-Anuarr, als alle sich wieder etwas beruhigt hatten. »Sie ist von uralten, mächtigen Dämonen besessen.«

Dieses Erlebnis hatte mich ganz schön aufgewühlt. Als wir

Om al-Anuarr und die Mutter mit dem Mädchen am Abend wieder vor dem Brunnen absetzten, sagte Qamer, dass sie das Ganze schrecklich finde. Das Mädchen brauche einen Arzt. »Wer weiß, was man ihr angetan hat. Vielleicht wurde sie misshandelt. Nur Gott weiß es. So eine zarte Kleine hat eher Probleme mit den Männern in ihrer Familie, aber nicht mit Dämonen. Vielleicht hat sie Epilepsie oder sonst was. Die Alte will doch nur Geld!«

Diese Bemerkung kam gar nicht gut an, und Mutter verpasste Qamer vor allen Frauen eine Ohrfeige. Meine Schwester saß mit glühend roter Wange im Bus und machte sich stocksteif, um zu zeigen, dass ihr Widerstand ungebrochen war. Mutter sagte, sie würde Qamer niemals wieder mitnehmen, wenn sie so denke und sich weiterhin so verhalte. Es sei eine Frechheit und sie erzürne die Geister! Solch eine Aussage könne ihre ganze Zukunft überschatten.

Tatsächlich war es das letzte Mal, dass Qamer mitkam, während ich Mutter zuliebe trotz meiner Skepsis noch manches Mal dabei war. Da immer wieder unterschiedliche Kultstätten besucht wurden, sah ich Om al-Anuarr jedoch niemals wieder und erfuhr nicht, was aus dem Mädchen geworden war.

Zwischen meinen Eltern bestand die Abmachung, dass die mystische Welt nur außerhalb unseres Hauses besucht werden durfte. Mein Vater hatte sich nie dafür interessiert und war genauso kritisch wie wir Kinder. Für Religion hatte er generell nicht viel übrig. Selbst die Tagesgebete verrichtete er nur lustlos und selten. Aber Mutter steckte so tief in ihren Vorstellungen vom Jenseits, als wäre sie in Treibsand gefangen. Sie ließ Qamer und mich zum Glück weitestgehend in Frieden damit und zwang uns nie, mitzumachen. Dennoch merkten wir, dass es sie verletzte, das nicht mit uns teilen zu können, und dass sie sich innerhalb der Familie allein damit fühlte.

Seit Mutter erleuchtet war, hatte sie oft an unsere Unterwäsche und andere Kleidungsstücke einen Flicken grünen Stoffes genäht. Das Textil stammte von einem Tuch, mit dem die Gräber von Imam Al-Hussein und seinem Bruder Al-Abbas bedeckt waren. Davon hatte Mutter bei einem Besuch ein teures Stückchen gekauft und dann kleine Teile davon in unsere Kleidung genäht. Das sollte uns vor Dämonen und bösen Blicken schützen. Nach dem Streit mit Mutter in Babel riss Qamer am Abend diesen grünen Schutzschild aus ihrer Unterwäsche.

WAS FÜR EIN herrlicher Tag, an dem man aufwacht und ein Frühstück vorgesetzt bekommt! Zwei Scheiben Käse und dazu zwei Stück Brot. Ist das ein Wärter, der hier Essen verteilt? Er trägt blaue Kleider, sieht darin aus wie ein Page aus den Luxushotels in der Stadtmitte, die den Hotelgästen das Gepäck hinterherschleppen. Mit einem breiten Lächeln wünscht er mir sogar »einen guten Morgen«. Aufseher tragen eine khakifarbene Uniform und wünschen den Häftlingen keinen guten Morgen. Verhörbeamte hingegen sind zivil gekleidet oder stecken in einer olivfarbenen Uniform. Womöglich ist dieser Mann kein Wärter.

Nach dem Essen gehe ich spazieren. Einige Schritte, vom Bett bis zur Tür. Dann wieder zurück. Eine Kurve bis zur Toilette, dann rüber zum Tisch. Jetzt drehe ich mich im Kreis. Ich wiederhole das Ritual noch einmal. Wie ich dabei wohl aussehe? Wie ein schlechter Balletttänzer oder wie ein bekiffter, kreisender Derwisch?

Ich mache eine kurze Pause auf der Matratze. Ich befinde mich tatsächlich in einer idyllischen Situation, die mir irreal vorkommt und mir völlig unverständlich ist. Wie kann es sein, dass ich so entspannt bin? Ein eintägiger Aufenthalt in diesem unterirdischen Krankenhaus mit einer Suppe, etwas Brot und Käse, und schon bin ich wieder am Leben. Als wäre meine Seele aus dem Totenreich zurückgekehrt. Ich weiß jedoch, das ist vergänglich. Bald werden sie mich wieder in die alte Zelle zurückschicken, in die Hölle auf Erden. Wieder grimmige Wärter, wieder Hunger, wieder Läuse und Krätzmilben, wieder Krankheiten, wieder kaputte Menschen, die ihr verlorenes Leben beklagen und nach Gott rufen, er solle sich bitte einmischen und die Welt erträglicher gestalten.

Vermutlich muss man mich erst gar nicht zurückschicken. Ich spüre, dass die Zeit gekommen ist, aufs Klo zu gehen. Eine weitere Hölle meines Lebens. Langsam kriecht die Angst in mir hoch. Herrgott!

Es wird unerträglich werden, denn ich habe viel gegessen. Wieso hört diese Qual nicht endlich auf? Wieso überhaupt müssen Menschen sich entleeren? Ich hoffe, es wird nicht bluten. Ohne die harten Pickel am Afterrand wäre es viel einfacher.

Ich gehe in die Hocke und schließe die Augen. Mein Körper bebt. Ich fühle etwas am After, etwas Hartes, es hängt an der Öffnung. Hochziehen kann ich es nicht, auspressen auch nicht. Ich presse stärker. Es kommt etwas heraus, ich kann es spüren. Es tut weh. Ich höre das Klopfen in der Toilette. Jetzt: Durchfall. Es ist ein rasender Durchfall, grünes und braunes Wasser platzt aus mir heraus. Die ganze Toilette ist beschmiert.

Es stinkt übel. Ich betrachte es. Kein Blut. Ich mache mich sauber und taste die Stelle ab. Eine verfluchte Kugel hängt an meinem After, von der Größe und Beschaffenheit einer kleinen Mandel. Ich kenne das. Sie verschwindet irgendwann. Dann kommt sie wieder. Mein schmerzhafter und blutiger Begleiter.

Ich bleibe lange stehen, weil ich nicht sitzen kann. Ich gehe wieder spazieren, hin und her im Raum. Der Schmerz und das Brennen sind unerträglich, wie immer nach einem Stuhlgang. Ich muss in Bewegung bleiben, immer weiter. Gott, hilf mir.

Ich halte vor einer Wand und versuche zu entziffern, was dort geschrieben steht. Namen und Daten, einige Gebete, ein paar revolutionäre Zitate. Nichts, womit ich mich lange beschäftigen kann. Mich beschleicht das Gefühl, dass es in diesem Block keine Insassen außer mir gibt. Ich habe bis jetzt nur den Mann in Blau und den Aufseher gesehen, der permanent an seinem Tisch hockt. Sonst niemanden und nichts. Geräuschlosigkeit.

Es muss doch irgendwas zu hören sein. Aber nichts rührt sich. Wenn das Essen nicht wäre, wüsste ich nicht, welche Tageszeit gerade ist. Tageszeit, Jahreszeit. Unter der Erde ist es immer kalt. Zitternde Kälte heißt Winter, normale Kälte Sommer.

Alles andere hat keine Bedeutung. Drüben, in der richtigen Welt, existieren sie noch. Hier werden Jahreszeiten eingeschläfert, wie viele andere Dinge.

Ich hoffe, dass mein After sich heute noch irgendwann beruhigt, und gehe in der Zelle auf und ab. Ich schaue zum Wärter hinüber, der mit einem Kopfhörer beschäftigt ist. Vielleicht hört er Musik? Die letzte Musik, die ich gehört habe, war eine Glühbirne. In der Verhörzeit saß ich in einer Einzelzelle, tagelang, wochenlang. Die Glühbirne war eine Komponistin, sie hatte irgendeinen Tick und summte. Sie brannte andauernd, es war immer hell, immer Musik. Ich schloss oft die Augen und lauschte ihren Klängen, und irgendwann summte ich mit und trommelte leise auf den Schenkeln. Ich musizierte jede Nacht. Eine eigene Symphonie der Einsamkeit. Wochenlang pfiff die Glühbirne für mich, wir musizierten und sangen zusammen. Unsere Symphonie gehörte zum damaligen Ort. Hier summt die Birne nicht, alles schweigt.

Ich kehre um und lege mich ins Bett. Liegen ist erträglicher als Sitzen. Der Schmerz ist nicht stark. Meine Liegeposition muss ich andauernd ändern. Kurzfristig Ruhe.

SECHS

Asphaltstraße

Nach und nach änderte und vergrößerte sich unser Viertel. Auf einmal gab es alles bei uns, Verbesserungen wie neue Probleme. Die Ausdehnung des Handelsembargos, das nach dem Kuwait-Krieg über den Irak verhängt wurde, führte zu einem Bauboom bei uns. Täglich kamen viele arme Familien hinzu. Je länger das Embargo andauerte, umso größer wurde das Blechviertel. Als bereits Tausende von Häusern und Hütten entstanden waren, wurden wir eingemeindet. Die Regierung vergab eine Postleitzahl für unsere bis dahin illegale Gegend, verlegte Wasserleitungen und asphaltierte die Hauptstraße Richtung Saddam City. Endlich waren wir ein Teil von Bagdad.

Obwohl nur sehr wenige Bewohner ein Auto besaßen, freuten sich alle riesig über die neue Verbindung zur Außenwelt. Einige fuhren fortan regelmäßig mit ihren Pferde- und Eselskarren auf dem »Highway«, wie wir unsere asphaltierte Straße nannten, um Menschen und Güter zu transportieren. Sie wurden zwar ausgelacht, sobald sie in der Stadt auftauchten und versuchten, mit Bussen, Taxis und anderen Fahrzeugen mitzuhalten, aber für uns war es ein wirklicher Fortschritt. Schließlich kamen sogar ein paar Omnibusse hinzu, die von privaten Unternehmern betrieben wurden. Es entstand eine Busstation, und man konnte auf einmal vom Blechviertel über Saddam City direkt ins Zentrum fahren. Endlich hatten wir die Chance, mehr von Bagdad zu sehen. Bislang hatten wir uns gefühlt, als wohnten wir im vergessenen Teil eines Kellers.

Auch für den Wirrwarr der Häuser gab es nun Regelungen. Die Regierung erließ für das ganze Areal rechts der Müllhalde, wo sich der Abfalldamm befand, ein Bauverbot. Hier sollten künftig ein Verwaltungsgebäude, eine Klinik und eine Grundschule entstehen. Sie wurden jedoch nie gebaut.

Auf der gegenüberliegenden Seite durfte man fortan nicht mehr als vierundsiebzig Quadratmeter an Wohnraum besitzen, ganz egal, wie groß eine Familie war. Das galt nicht für die bereits ansässigen Bewohner, sondern nur für Zuwanderer, die sich nun ein Grundstück kaufen mussten. Auch Vater musste für unser Grundstück rückwirkend monatlich Geld an die Regierung zahlen. Die Wege und Sträßchen bekamen endlich Ziffern, damit ein einfaches Ordnungssystem bestand. Von eins bis zweihundertvierzig. Unser Häuschen lag in der Gasse Nummer 9. Es war erstaunlich mit anzusehen, wie ein paar Arbeiter auftauchten und die Schilder an die Wände des ersten und des letzten Hauses der Gasse montierten. Qamer und ich betrachteten diese Ziffer etwas ungläubig und begriffen mit einem Mal, dass wir ab jetzt Briefe an unsere alten Freunde in Herzliche Hölle und im Hindi-Dorf schicken konnten. Das machten wir kurze Zeit später auch, und wir wurden bitter enttäuscht. Obwohl wir doch von nun an für andere erreichbar waren, erreichten uns nie Antworten.

Trotz allem blieb unser Viertel natürlich das chaotischste Viertel der Stadt, und es war weiterhin auf keiner Karte verzeichnet. Für uns Einwohner hieß es immer noch »Blechviertel«, während man im Zentrum »Schrottstadt« dazu sagte. Das umfasste allerdings auch die ganze Gegend um Hinter dem Damm. Wir selbst nahmen es da genauer, aber wir kannten uns hier eben aus.

Mit den neuen Regelungen der Obrigkeit bekamen wir sogar ein Abwassersystem, sodass wir uns im Hof ein richtiges Bad mit Klo bauen konnten. Elektrischer Strom sollte irgendwann auch eingeführt werden, aber es kam nie so weit. Stattdessen besorgten sich die gut verdienenden Bewohner kleine Diesel-Generatoren, um Energie zu erzeugen. Sie klangen wie laute Automotoren und dröhnten und surrten pausenlos.

Die Schrottstadt wurde tatsächlich ein echtes Viertel, und wir empfanden das Leben mit einem Mal als fast behaglich, auch wenn man es noch immer nicht mit dem in anderen Gegenden Bagdads vergleichen konnte. Die Nachmittage und Abende waren für die Männer des Viertels eine entspannte Zeit. Mein Vater verbrachte diese Stunden oft im örtlichen Teehaus. Dort trank er süßen Schwarztee, spielte wie einst mein Großvater Domino oder Backgammon und plauderte mit den anderen Gästen. Er fand sogar einige Freunde, die zu unserem Stamm gehörten. Seitdem hatte er den Eindruck, wieder im echten Leben angekommen zu sein, denn sie redeten ständig über die Probleme der Sippe und suchten gemeinsam nach Lösungen. Es machte ihn überglücklich, wieder mit dem Stamm im Süden verbunden zu sein. Davor hatte er sich von der Welt abgeschnitten, isoliert gefühlt. Nun empfand er sich wieder als Teil einer Gemeinschaft. Ein weiterer Grund für seine gute Stimmung war, dass Mutter ordentlich Geld verdiente und unsere Probleme diesbezüglich kleiner wurden. Vater konnte etwas weniger arbeiten und war früher zu Hause, hatte etwas Freizeit. Und dann die Fortschritte im Viertel. So fiel einiges an Anspannung von ihm ab, und er zeigte sich gerade im Teehaus sehr gelöst, lachte laut und redete inbrünstig mit seinen Kumpanen.

Meine Schwester hingegen war die einzige Person, die noch immer alles in unserem Viertel für unverbesserlich hielt. Ihre Laune wurde extrem schlecht, genau wie damals in Herzliche Hölle, als sie vom Leben in einer großen Stadt geträumt hatte. Obwohl sie momentan nicht auf jeden schimpfte, machte sie dennoch unaufhörlich irgendwelche Bemerkungen, die zeigten, dass sie unzufrieden war. Ihr neuer aktueller Traum war, im Bagdader Zentrum zu leben.

Eines Abends, als wir gemütlich bei Tee im Wohnzimmer saßen, wirkte sie trübsinnig und fing plötzlich an, wirres Zeug zu reden.

»Die Welt ist eine Kuh, Papa.«

»Wie bitte?«

»Sie hat vier Zitzen. Ost-, Süd-, Nord- und West-Zitze. Es gibt einige, die sich direkt bei einer der Zitzen befinden. Sie saugen davon Wohlstand, werden gut genährt. Ihre Abfälle werfen sie weit von sich weg, und zwar bei denjenigen, die abseits der Zitzen leben. Und wir gehören leider zu der letzten Sorte.«

»Mensch, hast du was geraucht? Ich verstehe kein Wort.«

»Ich will dir sagen: Es gibt zwei Sorten von Menschen. Diejenigen, die auf die anderen Kacka machen, und diejenigen, auf die andauernd Kacka gemacht wird. Und auf uns wird nur gekackt.«

Mein Vater schwieg zuerst und schlug dann seine Hände zusammen, als würde er klatschen, er lachte sich kaputt. Ich ebenfalls. Aber Mutter fand das überhaupt nicht lustig, sie schien sehr verletzt zu sein. »Hört auf damit!«, schrie sie uns an. Sie blickte Qamer tief in die Augen und sagte: »Gott ist keine Welt-Kuh, du blöde Kuh! Bist du eine Gotteslästerin geworden, oder was?« Qamer sagte nichts, stand auf und verließ das Wohnzimmer.

Für alle Bewohner war das Teehaus ein besonderer Ort, auch wenn sich dort nur die Männer aufhielten. Es war das einzige Café, das Strom hatte. Leuchtende Glühbirnen baumelten dort von der Decke wie Sterne am Himmelszelt. Der Laden besaß einen riesigen Generator. Besitzer Khaled nannte man daher den »Herrn des Lichts«, seinen Laden das »Teehaus Licht«. Er verdiente richtig gut mit seinem Café und war eine der ersten Personen im Viertel, die sich einen kleinen Wagen leisten konnten, ein weißes Auto, hinter dem immer viele Kinder herrannten, um die Farbe anzufassen.

Khaled war ein einfallsreicher Geschäftsmann, der aus Sand, so schien es meinem Vater, Paläste zu bauen vermochte. Auch das einzige Fernsehgerät im ganzen Viertel stand in seinem Teehaus. In der »Wunderkiste«, wie einige es nannten, sah ich fremde Welten, saubere Straßen, elegante Kleider und zauberhafte Häuser. Natürlich war ich durch Jafers Fernseher bereits vertraut mit diesen Eindrücken, aber ich hatte schon wieder ganz vergessen, wie sich das anfühlte. Außerdem war der hier viel größer, hatte eine bessere Bild- und Tonqualität, und vor allem war alles in Farbe.

»Wir werden all das wohl nie in echt sehen«, sagte Qamer einmal, »trotz unserer tollen Asphaltstraße.« Ich betrachtete niedliche, herausgeputzte Kinder in Kleidern ohne Schmutz und Löcher. Auf dem Bettrand saßen bildschöne Mamas mit feuerrot geschminkten Lippen und hielten ein reich bebildertes Märchenbuch in den makellosen Händen ohne Schwielen. Lasen mit sanfter Stimme daraus vor, bis die verzückten Babys, artigen Jungen und kleinen Prinzessinnen die Augen schlossen und selig einschliefen.

Die Wunderkiste vom Teehaus Licht war für Erwachsene gleichermaßen anziehend, eine magische Welt, die uns alle von fremden, sauberen und märchenhaften Orten träumen ließ. Ich beobachtete, wie mein Vater und die anderen Männer vor der Kiste saßen, ihre Blicke hingen irgendwo im Nichts zwischen Bildschirm und erträumter Welt. Es waren mystische Blicke, die sonst bei tiefgläubigen Menschen zu sehen waren, wenn sie mit ihrem Gott redeten. Aber mit der Wunderkiste entdeckte ich in vielen anderen Augen den gleichen und mitunter noch entrückteren Blick als in denen der Gläubigen. Vor allem dann, wenn indische Filme gezeigt wurden. Bei diesen Streifen sahen alle Zuschauer so aus, als ob sie schweben würden, als ob sie sich zwischen Himmel und Erde befänden.

Der Platz, an dem sich das Teehaus Licht befand, entwickelte sich langsam zum wichtigsten Treffpunkt des Viertels. Gegenüber von Khaleds Laden schlug eine Familie einen Nagel in die Wand und hängte ein Schild daran auf: »Selbstgemachte Süßigkeiten«. Ein Typ gründete eine Baufirma, wie die Tafel über seiner Haustür bald verriet. Ein anderer Geschäftsmann stellte eine Tischtennisplatte auf und vermietete sie mit Schlägern und Bällen. Außerdem standen einige Männer jeden Morgen mit ihrem Werkzeug auf dem Platz und waren bereit, für niedriges Gehalt auf irgendeine unterbesetzte Baustelle zu gehen. Es gab ein Lebensmittelgeschäft, einen kleinen Basar, eine Bäckerei und eine Moschee. Unser Highway führte fast bis hierhin, also war auch eine Busstation ganz nah. Das alles machte den Ort zum Mittelpunkt des Viertels.

Im Laufe der Zeit versammelten sich dort die unterschiedlichsten Gruppen. Mehr und mehr Straßenverkäufer kamen und mit ihnen neugierige Kunden. Nachmittags, wenn es nicht mehr so heiß war, strömten unzählige Menschen zum Platz. Ältere Männer saßen auf Stühlen und beobachteten die Passanten, oder sie ließen sich im Teehaus nieder, um Domino zu spielen. Andere versammelten sich um die Tischtennisplatte und hämmerten sich ununterbrochen die Bälle zu. Mädchen bildeten einen Kreis und unterhielten sich, um danach hin und her zu stolzieren. Viele Anwohner saßen vor ihren Hütten und schauten dem Treiben und Trubel auf dem Hauptplatz zu.

Wirklich alle kamen hier zusammen. Fußballer und andere Sportler, Taubenzüchter, Sänger, Lyriker, ebenso wie Diebe und Religiöse. Sie hielten sich fast täglich dort auf. Auch Mitglieder der Baath-Partei, die sich mehrere Büros an verschiedenen Standorten im Blechviertel und ein Hauptbüro direkt an der Highway-Asphaltstraße eingerichtet hatten. Sie trugen offen Waffen bei sich, musterten die Anwesenden misstrauisch und betrachteten vor allem die religiöse Gruppe mit Argusaugen. Sie fragten herum, ob alles in Ordnung sei, und zogen dann wieder ab wie die Sheriffs in alten Westernfilmen. Jedes Mal wenn Saddams Männer kamen, verstummte das Lachen, verstummten die Gespräche und all die anderen Geräusche des Lebens, aber sobald die Partei verschwunden war, wurde es wieder laut.

Atwan, der Boss der Baath-Partei in unserem Blechviertel, der das Sagen über alles hatte, wurde von allen gefürchtet. Er war absolut skrupellos und unberechenbar. Der Mann gehörte zu den Reichsten unter uns und war einer der wenigen Bewohner, die ein richtiges, massives Haus mit zwei Stockwerken erbauen ließen. Im letzten Krieg hatte er den rechten Arm verloren, den anderen konnte er nur noch mühsam bewegen. Er war damals schon Offizier gewesen, ausgezeichnet mit mehreren Sternen an den Schultern und auf der Brust. Aufgrund seiner Behinderung musste er sich auf das Schreien von Befehlen beschränken und ließ seine Handlanger die Drecksarbeit für ihn machen. Man munkelte, auch sein Glied habe etwas von der Granate abbekommen, die in seiner Nähe explodiert war. Er sei impotent, so lauteten die Gerüchte, und könne sich nicht mehr mit seiner Frau im Bett vergnügen. Ich habe diesen Mann kein einziges Mal lächeln gesehen. Er sah immerzu ernst und streng aus. Ganz anders seine Gattin Suad mit ihrem freundlichen, offenen Gesicht. Sie war eine bildschöne Frau um die vierzig. Wenn sie aus dem Haus ging, waren Männer, Frauen und Kinder ebenso fasziniert von ihrer Schönheit wie von der Lebendigkeit, die sie ausstrahlte. Ihre farbenfrohen und edlen Kleider tanzten so unbeschwert durch unsere schlammigen Gassen, als wären es Einkaufsstraßen in London oder Paris. Sobald sie am Hauptplatz auftauchte, schwiegen die Anwesenden und beobachteten sie wie einen Fernsehstar. Doch trotz ihrer unbeschwerten und einnehmenden Erscheinung hatte auch sie einen sehr schlechten Ruf. Vermutlich, weil sie auf offener Straße gerne mit den Jungs und Männern kokettierte. Die meisten glaubten, sie habe eine Affäre mit Murad, der als Frauenheld bekannt war. Jeder wusste von seinen zahlreichen Liebschaften. Dabei sah er nicht gerade hübsch aus. Zumindest ich fand ihn wirklich abstoßend. Er war leicht untersetzt und hatte einen kleinen Bauch. Aber er hatte schöne, tiefschwarze Augen. Vielleicht versprühte er wie ein Tier irgendwelche Lockstoffe oder trug magisches Parfüm auf. Aus irgendeinem Grund hatte er eine besondere Wirkung auf Frauen, und einige starrten ihn so lüstern an, als wäre er ein Stück leckere Sahnetorte. Murads Anziehungskraft war vermutlich der Grund dafür, dass die arme Suad ein schreckliches Schicksal ereilte.

An einem Freitag frühstückten Mutter, Qamer und ich im Hof. Vater schlief noch tief. Wir saßen auf dem Boden, und bevor ich mir ein Stück Brot mit Rührei in den Mund schieben konnte, hörten wir Geschrei. Es kam von überall her. Zahlreiche aufgeregte Stimmen, darunter auch Rufe von Männern: »Beeil dich!«, »Schnell, Mann, schnell!«

Sofort rannte ich nach draußen und die Gasse entlang. Mutter und Qamer riefen mir hinterher, dass ich zurückkommen solle, doch ich lief weiter; während sie vor der Haustür stehen blieben. Viele weitere Menschen eilten Richtung Hauptplatz, und ich ließ mich mitreißen. Dort sahen wir eine Frau. Feuer und Rauch stiegen von ihr auf, sie kreischte und taumelte im Kreis. Einer der Nachbarn warf eine Decke auf die Frau und wickelte sie damit ein. Einige riefen, man solle sie ins Krankenhaus bringen, andere riefen immer wieder vor Entsetzen: »Allah, stehe uns bei!«

Die Frau blieb kurz stehen, schaute in die Ferne, warf die Decke von sich, ging ein paar Schritte vorwärts, dann wieder zurück, schließlich fiel sie um. Mit einer Mischung aus Blasen auf und Löchern in der Haut, dort, wo sie nicht schwarz verkohlt war, lag Suad dann auf unserem Hauptplatz. Ich konnte sie nur an der Kette auf ihrer Brust und den Ringen an ihren Fingern erkennen. Ihr Kopftuch und ihre Haare waren verbrannt, sodass sie wie kahl geschoren aussah. Ihre Augen hatten sich zusammengezogen und wirkten wie verkniffen. Die Lippen hatten sich durch die Hitze zurückgezogen, sodass ihre weißen Zähne frei lagen, die sich deutlich von ihrer verbrannten Haut abhoben. Der Geruch war ungewöhnlich und ließ mich schwindeln.

Es sei ein Unfall gewesen, sagte man später. Aber wie soll das passiert sein, wer überschüttet sich denn aus Versehen mit Öl? Ihr Mann wurde von einigen im Viertel wie ein Held gefeiert, weil er seine Ehre verteidigt hatte. Angeblich hatte er seinen Mitarbeitern befohlen, die schlafende Suad mit Petroleum zu überschütten und anzuzünden.

Am Abend fragte ich meinen Vater, der mich im Arm hielt und tröstete: »Wieso nur, Papa?«

»Ich weiß nicht, mein Sohn!«

»Es wird behauptet, es sei ein Unfall gewesen«, sagte Mutter. »Also sollte man keine weiteren Fragen stellen!«

»Unfall – dass ich nicht lache«, erwiderte Qamer, ohne den Kopf zu heben. »Das ist immer die Erklärung für alles, was den Frauen hier zustößt.«

»Schweig, Kind, schweig!«, warnte Mutter.

Auch Murad verschwand an diesem Tag aus dem Viertel. Man sagte, er sei entweder in den Norden oder in den Iran geflohen.

Nach dem Tod von Suad hatte ich tagelang Albträume. Auch Qamer war ungewöhnlich schweigsam und trauriger, als sie zugeben wollte. Viele im Viertel waren völlig verstört nach dieser Geschichte. Verbrechen hatte es immer schon gegeben, Prügeleien, Messerstechereien oder Pistolenschüsse. Aber Suads Todesschreie hallten noch Jahre später in unseren Ohren wider.

ICH ZIEHE MICH aus, stehe vor dem Wasserhahn und versuche, mich überall zu waschen. Ich kann fast alle Knochen an meinem Körper sehen, überall nur Knochen und Haut. Es ist eine Ewigkeit her, dass ich mich richtig gewaschen habe. Ich habe nur noch an einer Stelle Fett, im Unterbauch. Da hängt so ein fettiger Wulst, es fühlt sich sehr weich an in dem Bereich. An den Schultern kann ich seltsame Streifen erkennen. An den Schenkeln sehe ich auch welche. Meine Haut löst sich wohl vom Körper.

Ich höre Geräusche im Block. Ich ziehe mich an. Die Zellentür wird geöffnet. Der Aufseher steht davor, und ein junger, glatt rasierter Mann tritt ein. Er trägt einen weißen Kittel und hält eine kleine weiße Tasche in der Hand, auf die ein roter Schlangenstab gedruckt ist.

»Guten Tag.«

»Guten Tag.«

»Wie geht es Ihnen heute? Haben Sie noch Beschwerden?«

»Bauchkrämpfe habe ich nicht mehr. Aber …«

»Was?«

»Ich habe noch andere Schmerzen.«

»Wo?«

Ich zeige auf den Hintern.

»Und was?«

»Pickel oder Knoten. Sie brennen und jucken nach dem Stuhlgang.«

»Hose runter, und legen Sie sich bitte auf die Seite.«

Ich tue es, schaue in die Augen des Aufsehers, der sich wegdreht.

»Jetzt ziehen Sie Ihre Knie an, Richtung Ihres Gesichts.«

Der Arzt holt zwei Schutzhandschuhe aus seiner Tasche und zieht sie an, schmiert den Zeigefinger mit einer Creme ein. Er greift nun mit der Hand an meinen Hintern, hebt eine Backe hoch und schaut. Dann legt er den Finger auf meinen After und bohrt hinein.

»Sie haben eine Analthrombose. Vermutlich mehrere. Ich muss sie aufschneiden. Höchstwahrscheinlich noch eine Analfissur. Aber dagegen kann ich jetzt nichts tun, ich behandle die Thrombose. Ein kleiner Eingriff.«

»Was ist eine Analthrombose?«

»Pickel«, sagt er und dreht sich um. »Man wird Sie in dreißig Minuten zu mir bringen.«

»Danke, Herr!«

SIEBEN

Friedhof der Namenlosen

Als ich in die »Bruder-Mittelschule« in Block 70 kam, hörte ich damit auf, Plastiktüten auf dem Einäugigen-Basar zu verkaufen. Es sei ein Job für die kleinen Jungen, sagte Vater. Ich sei nun ein Mann. Er hatte recht, denn alle, die dort mit mir gearbeitet hatten, waren zwischen sieben und elf Jahre alt gewesen. Ich war ziemlich glücklich, diesen Job nicht mehr machen zu müssen. Der Basar lag weit entfernt von meinem Zuhause. Wenn meine Schule nicht in der Nähe gewesen wäre, hätte ich mehrmals täglich mit den Eselskarren hin und her fahren müssen. Diese Fahrten kosteten aber Geld, und das wäre teuer geworden. Also ging ich immer direkt mit der Schultasche auf dem Rücken zum Basar, um Geld und Zeit zu sparen. Ohne Pause war es zwar anstrengend, aber was sollte ich machen?

Außerdem geriet ich mehrfach wegen dieses Jobs in Schwierigkeiten. Ich hatte Stress mit anderen Tütenverkäufern und mit einer kleinen Bande. Ihr Anführer war kein muskulöser Junge, eher dünn, aber er war sehr stark. Einmal habe ich gesehen, wie er viel größere und kräftigere Jungs verprügelte. Er stand dort wie ein Boxsack und kassierte einige harte Schläge, ohne mit der Wimper zu zucken. Doch als er selbst einen mit seiner knochigen Hand erwischte, ging dieser sofort zu Boden. Wir, die kleinen Tüten- und Getränkeverkäufer, sollten ihm und seinen Leuten immer etwas bezahlen, damit sie uns in Ruhe ließen.

Wöchentlich, immer donnerstags, standen sie den ganzen

Tag über vor den Eingängen des Basars und warteten auf uns. Das erste Mal wollte ich nichts abgeben, woraufhin mich zwei von ihnen ordentlich verprügelten. Sie nahmen mir jedoch nicht mein ganzes Geld ab, sondern tatsächlich nur ihren Anteil. »Wir sind keine Banditen, sondern faire Geschäftsleute«, erklärte der Boss. »Wir nehmen nur, was uns zusteht. Denn solange es euch gut geht, geht es uns gut.« Er sagte das ganz freundlich, während ich mich mit blutender Lippe vor ihm auf dem Boden krümmte.

Ich wollte meinem Vater nichts davon erzählen und behauptete später, es habe Streit mit anderen Kindern gegeben, weil sie Qamer beleidigt hätten, deshalb die blauen Flecken und die aufgeplatzte Lippe. Vater war skeptisch und glaubte mir kein Wort: »Es ist schön, dass du deine Schwester verteidigst, aber wenn jemand Qamer angegriffen hätte, hätte sie ihn vermutlich allein mit der Kraft ihrer Worte so zugerichtet, wie du gerade aussiehst. Also – was ist passiert?«

Ich erzählte ihm alles. Er besuchte die Eltern des Grobians und erntete nur Beschimpfungen durch den Vater des Jungen. Der harte Bauarbeiter kannte nur eine Sprache: draufhauen. Sein Sohn half ihm bei der Arbeit, und in seiner Freizeit führte er seine Bande vor dem Basar. Vater versprach mir, dass er mich fortan donnerstags immer abholen würde, aber oft ließ ihm die Arbeit keine Zeit. Also erlernte ich notgedrungen die Kunst des Versteckens vor Gefahren. Ich wurde ein Schatten, der fast unbemerkt zwischen den Menschen umherhuschte. Ich war schlank und klein, sodass man mich nicht so schnell bemerkte. Wenn jemand in Richtung des Dammes ging, folgte ich lautlos in seinen Fußstapfen, verschwand hinter seinen Schultern aus dem Blickfeld. Einmal dachte zwar jemand, ich wolle ihm die

Geldbörse klauen, und fühlte sich verfolgt, aber die meisten nahmen mich gar nicht wahr. Sobald ich am Damm war, fuhr ich mit dem sicheren Karren weiter nach Hause. So schlüpfte ich durch die Hände der Basarbande.

Demnächst sollte ich nun aber meinem Vater helfen und die Gegenstände, die er auf dem Freitagsmarkt nicht loswerden konnte, nach der Schule zum Kauf anbieten. In der Nähe der Eselskarren-Haltestelle am Damm saß ich in einer Reihe mit anderen Verkäufern am Straßenrand, einige boten Sandalen oder Zigarettenstangen an, andere sogar alte elektronische Geräte. Ich saß auf meiner Schultasche oder auf dem Boden und versuchte, die kleinen Gegenstände zu verkaufen, die Vater auf der Müllhalde sammelte: Haken, Schrauben, Knöpfe, Steckdosen, Schalter, Kabel, Messer, Löffel und viele andere Sachen. Ich verkaufte selten etwas. Einheimische kauften kaum bei mir. Nur ab und zu kamen gut aussehende Kunden mit glänzenden Autos aus anderen Vierteln vorbeigefahren, hielten vor mir und schauten sich die Sachen an. Sie nahmen mir ab, was sie gerade gebrauchen konnten, und bezahlten exakt den aufgerufenen Preis, ohne groß zu verhandeln. Diese Kleinbeträge waren ihnen offensichtlich egal. Ein Einheimischer des Blechviertels dagegen hätte minutenlang mit mir über den Preis einer Stecknadel diskutiert und behauptet, sein schwaches Herz beginne plötzlich zu stechen oder er könne seine sechs Kinder fortan nicht mehr versorgen, wenn ich zum selben Preis nicht auch noch einen Nagel drauflegte.

Vater gönnte sich in dieser Zeit oft eine Pause, um an anderen Dingen zu arbeiten. Er richtete sich bei uns im Hof eine Ecke ein, die er »Werkstatt« nannte. Sie bestand aus einem Stuhl und einem Tisch, auf dem Werkzeuge wie Hämmer und

Zangen lagen. Er begann, dort Kisten, Regale oder Hocker aus Holz zu basteln, die er auf dem Hauptplatz des Viertels verkaufen wollte. Einmal half ich ihm dabei, seinen Namen einzuritzen. »Hussein Handarbeit« kratzte ich mit einem kleinen Messer in ein Hockerbein. Mein Vater war sehr stolz auf sein Werk.

Es war schön, zu sehen, wie er sich veränderte und glücklicher wurde. Aber je mehr Zeit er mit seiner Arbeit verbrachte, desto mehr entfernte er sich von Mutter. Sie umarmten sich kaum noch und waren sich nicht mehr so nah. Seit einem Jahr schliefen sie nicht einmal mehr auf derselben Matratze. Angeblich, weil Vater zu laut schnarchte. Trotzdem gingen sie nett miteinander um. Es war eine seltsame Mischung aus Nähe und Distanz, die zwischen den beiden entstand. Doch sie wirkten irgendwie zufrieden mit diesem Zustand. Jeder hatte seine eigene Welt, in der er sich wohlfühlte: Vater mit seiner Arbeit und den Stammesfreunden im Viertel und Mutter mit ihrem Job in der Moschee und der Wahrsagerei. Zwei unterschiedliche Welten, die sich in unserem Haus trafen.

Meine Schwester stritt sich andauernd mit Mutter. Vater und ich hatten den Eindruck, die beiden wussten manchmal selbst nicht, weshalb sie sich gegenseitig auf die Nerven gingen. Alles, was Qamer machte oder sagte, fand Mutter unangemessen oder unverschämt. Und alles, was Mutter machte oder sagte, fand Qamer wiederum doof, altmodisch oder abergläubisch. Aber Mutter war auch sehr stolz auf Qamer und konnte das nicht völlig verbergen. Das bekam ich immer dann mit, wenn ich sie mit den Nachbarinnen reden hörte. Dann schwärmte sie von ihrer Tochter, ihrer Intelligenz, ihrer Stärke, ihrer Schönheit.

Qamer hatte mit einer Ausbildung zur Krankenpflegerin angefangen. Sie sah nicht mehr aus wie das kleine Mädchen von früher, sondern war schnell zu einer echten Frau gereift. Das bemerkte ich zuallererst an den gierigen Blicken aller Männer, die sie nun auf der Straße musterten. Manchmal, wenn wir uns an einer Kreuzung in der Stadt befanden, hatte ich Sorge, sie könnte sogar Unfälle verursachen. Viele Autofahrer verlangsamten ihr Tempo, drehten den Kopf nach ihr um und vergaßen für einen Moment den Verkehr. Ich hatte bis dahin nie über Qamers Aussehen nachgedacht, weil sie meine Schwester war. Doch jetzt sah auch ich sie mit neuen Augen. Sie brauchte keinen Lippenstift, um ihre vollen Lippen zu betonen. Sie hatte hohe, edle Wangenknochen, einen schlanken, langen Hals, und ihre Augenbrauen waren gleichmäßig geschwungen. Ihre Haare fielen in sanften Wellen bis zu den Schulterblättern. Ein Kaffeebraun, genau wie die Farbe ihrer Augen. Ja, sie war wirklich schön.

»Ich habe den Eindruck«, sagte mal eine Nachbarin, »dieses Mädchen ist eine Mischung aus einer niedlichen Hauskatze und einem wilden Tiger. So süß sie auch wirkt, jederzeit kann sie dich anfallen.« Das beschrieb ihr Temperament perfekt. Sogar die Jungs im Viertel hatten irgendwie Angst vor meiner Schwester. Sie hielten sie für gefährlich, denn Qamer machte sich über sie lustig, beschimpfte sie, schrie sie an wie ein pöbelnder Säufer, und manchmal zog sie ihre Sandalen aus und schlug damit demjenigen, der die Grenze der Höflichkeit überschritten hatte, mitten ins Gesicht. Ihre roten Latschen waren ziemlich berühmt im Viertel. Wenn sie diese auszog, wusste man sofort, was folgen würde, und die meisten ergriffen die Flucht. Qamer kannte wirklich alle Schimpfwörter, die es im Arabischen gab, und dachte sich immer neue Beleidigungen aus. »Du bist so viel wert wie der Dreck unter den Hufen der Ziegen.« Oder: »Du Müllhaldenheld solltest zurück zu den stinkenden Ratten gehen, die deine Sippschaft sind.« Ich fand das herrlich und konnte mich jedes Mal vor Lachen kaum halten. Zumindest so lange, wie ich selbst nicht betroffen war und wir zwei uns stritten. Das kam aber nur höchst selten vor.

Qamer war auf jeden Fall nicht wie die anderen Mädchen, die alles erduldeten, sich damenhaft benahmen und stumm weitergingen, wenn die Jungs sie belästigten. Nein, Qamer stellte sich ihnen und drehte den Spieß um. Jeden, der sich an sie heranwagte, röstete sie auf dem Feuer ihres Zorns. Weil mir das beim Zusehen so viel Freude machte, griff ich nur in Notfällen ein, obwohl ich, als ihr Bruder, sie doch verteidigen sollte. Andererseits hatte sie schon immer den stärkeren Willen von uns beiden besessen, sodass sie meine Hilfe nicht brauchte. Qamer kümmerte sich selbst um ihre Angelegenheiten.

Einmal waren wir auf dem großen Markt Mridi in Saddam City. Er lag an der Joader, der größten Straße dieser Gegend, wo sich viele Geschäfte, ein Krankenhaus und die Schule für Gesundheitsberufe befanden. Überall auf der Straße und auf dem Basar standen Leute, die alles Mögliche verkauften. Alle riefen gleichzeitig nach Kundschaft. Junge Burschen machten auf dem Bürgersteig für sich Werbung. Vor ihnen auf dem Boden lagen viele Kassetten zum Verkauf, ein Kassettenrekorder spielte laute Musik. Es war ein sehr hektischer und vielfältiger Basar. Sogar Tiere konnte man dort kaufen, Tauben, Schlangen und Kampfhähne.

Auf der Joader gab es immer Stau, und Autos schoben sich langsam durch das Gedränge. Und ausgerechnet in diesem Chaos machte jemand meine Schwester an. Er hielt mit seinem Wagen neben uns und rief aus dem Fenster: »Ein Engel, der auf dem Bürgersteig spazieren geht! Ich glaube, ich brauche eine Brille – oder bist du etwa echt? Steig ein, Süße, und wir fliegen davon!« Ich wollte ihn sofort beschimpfen, aber Qamer hielt mich zurück. Sie lächelte und antwortete dem Jungen: »Ein Esel, der Auto fahren kann! Ein Wunder der Evolution! Steig aus, Süßer, und ich zeige dir, wie echt ich bin!«

Er kurbelte das Fenster sofort hoch und haute ab. Qamer und ich lachten uns tot über ihn und das verblüffte Gesicht, das er gemacht hatte, weil ein Mädchen so etwas zu ihm gesagt hatte.

Die Damen in unserer Nachbarschaft waren geteilter Meinung über Qamers Verhalten. Manche hielten sie für einen Jungen im Körper einer Frau, weil sie vieles tat, was als unweiblich galt. Sie war nicht zimperlich und so streitbar wie die schlimmsten Typen im Viertel. Qamer hatte ja nicht einmal Angst davor, sich zu prügeln.

Ich persönlich hatte den stürmischen Charakter meiner Schwester immer bewundert. Sie war stark und wusste genau, was sie wollte. Sie tat alles, um ihre Ziele zu erreichen und sich selbst dabei zu schützen. Schaffte sie einmal etwas nicht, sagte Qamer, sie habe es immerhin versucht und alles dafür getan, was ihr zu diesem Zeitpunkt möglich gewesen sei. So konnte sie im Endeffekt nie scheitern, sondern nur dazulernen. Es war eine bewundernswerte Einstellung.

Um all diese Eigenschaften beneidete ich meine Schwester sehr. Ich war wie die Mehrheit im Viertel. Ich probierte selten, gegen etwas anzukämpfen und Dinge zu verändern oder sie infrage zu stellen. Ich nahm das meiste so hin, wie es kam.

Obwohl wir so unterschiedlich waren, hatten wir immer ein sehr gutes, inniges Verhältnis. Natürlich stritten wir manchmal, wie alle Geschwister es tun, aber unsere Bindung war unglaublich eng. Dabei war ich leider mehr auf sie und ihre Hilfe angewiesen als umgekehrt. Einmal wusste ich nicht mehr weiter und hatte ein riesiges Problem. Ich meine, in unserem Viertel hatte man ständig irgendwelche Sorgen, aber dieses Mal kam ich wirklich nicht alleine aus dem Schlamassel heraus.

Ich hatte täglich mit Rabauken zu tun, die gern mit Messern und Rasierklingen herumfuchtelten. Es waren kleine Gangster, die vor der Schule warteten, um das Taschengeld der schwachen Schüler zu stehlen. Manchmal musste ich sogar über die Schulmauer klettern oder andere Umwege in Kauf nehmen, um diesen Kerlen auszuweichen. Das gelang mir meist sehr gut, die Kunst des Versteckens beherrschte ich meisterhaft. Ich arrangierte mich und nahm einfach fast kein Geld mehr mit, oder ich trug zur Selbstverteidigung auch eine Rasierklinge bei mir. Irgendwann bildete sich dann unter den großen, kräftigen Schülern eine Gruppe, die uns, die Kleinen, vor den Gangstern verteidigte. Dafür sollten wir ihnen dann wiederum ab und zu etwas aus dem Schulkiosk spendieren, ein Getränk oder ein belegtes Brot. Dieser Schutz war deutlich günstiger, als den Wegzoll zu bezahlen.

Aber bei zwei Jungs in unserem Viertel wusste ich wirklich

nicht, was ich noch tun sollte. Der eine hieß Ali und der andere wurde Pharao genannt. Beide wohnten in Gasse 60, nicht gerade in meiner Nähe, doch sie tauchten oft am Hauptplatz des Viertels auf. Eines späten Nachmittags, als ich von der Arbeit zurückkehrte – ich trug die Dinge, die ich nicht hatte verkaufen können, in einem großen Karton –, bemerkte ich, dass ich verfolgt wurde. Sie hatten mich abgepasst und warteten wahrscheinlich auf den richtigen Moment, um mir ein Messer an die Kehle zu halten und mich auszunehmen. Ich bekam Angst, denn sie waren viel größer als ich und bestimmt schon über zwanzig Jahre alt. Einer packte mich an der Schulter und hielt mich fest.

»Hey, Kleiner, wir könnten deine Hilfe gebrauchen. Lust, mitzukommen?«

»Was? Wohin?«

»Das siehst du dann schon.«

Ich riss mich los. »Nein, danke, ich muss nach Hause, sonst suchen mich meine Eltern.« Und weg war ich mit meinem Karton.

Doch Pharao rannte hinter mir her, holte mich ein und stoppte mich. »Hör zu, morgen nach deiner Arbeit kommst du rüber zur Halde, oder wir holen dich! Und komm allein.« Er hob sein T-Shirt an, und ich sah einen Dolch in seinem Hosenbund aufblitzen. »Verstanden?« Dann griff er mit beiden Händen nach mir und schüttelte meinen ganzen Körper durch. »Ja« war alles, was ich sagen konnte.

Ich rannte schnell weiter, zitterte vor Furcht und wusste überhaupt nicht, was ich nun tun sollte. Wie sollte ich mich gegen zwei Riesen wehren? Außerdem hatte ich eine Heidenangst vor dem Dolch. Und ich wusste nicht, was sie überhaupt mit mir vorhatten. Es konnte wirklich alles passieren, wenn ich dort auftauchte. Entweder würden sie mich auf der Müllhalde umbringen, mich für sich arbeiten lassen oder mich durch Abschneiden eines Fingers von ihrer Gefährlichkeit überzeugen. Es war auch denkbar, dass sie mich vergewaltigen wollten. Es gab Gerüchte im Viertel, dass so etwas schon einmal einem Jungen passiert sei.

Vielleicht sollte ich meinem Vater von der Bedrohung erzählen? Was würde er wohl über mich denken? Ich sei schwach und könne mich nicht selbst verteidigen?

Ich eilte nach Hause und verkroch mich im Wohnzimmer. Am Abend, als alle da waren, war ich sehr schweigsam. Qamer fragte mich, ob ich noch mit ihr zum Hauptplatz spazieren wolle, aber ich lehnte ab. Normalerweise schlenderten wir abends oft noch zusammen herum, aßen Sonnenblumenkerne und erzählten uns, was wir tagsüber erlebt hatten. Qamer verstand sofort, dass etwas nicht stimmte. Nachdem unsere Eltern ins Bett gegangen waren und wir uns auf die Matratze gelegt hatten, fragte sie mich: »Shams, wer macht dir solche Angst, dass du nicht darüber reden willst?«

»Ach, niemand«, sagte ich und drehte mich weg. Sie streichelte mir über den Kopf, was ich so sehr liebte.

»Bruderherz, wenn ich ein Problem habe und Hilfe brauche, komme ich doch auch zu dir. Und andersrum war es bisher immer genauso. So sind wir.«

»Ja«, murmelte ich.

»Wir erzählen Mama und Papa nichts davon. Gemeinsam finden wir schon eine Lösung. Also – was hast du?«

Es dauerte eine Weile, bis ich richtig mit der Sprache rausrückte und ihr von den beiden Typen erzählte.

»Das werden die nicht noch ein zweites Mal wagen! Die mache ich fertig!«

Qamer sagte das mit so viel Inbrunst und Stärke, dass ich ihr das sofort glaubte. Es fühlte sich an, als wären all meine Probleme gelöst. Jeder andere Bruder hätte gelacht, wenn seine Schwester solch große Töne gespuckt hätte. Aber wenn Qamer so etwas sagte, dann glaubte ich ihr das aufs Wort. Ich kannte sie gut genug, um zu wissen, dass sie nie etwas behauptete, was sie nicht erreichen konnte. Und wenn sie mir versicherte, dass sie diese Typen fertigmachen würde, dann konnte man sich auch wirklich sicher sein, dass sie etwas tun würde, was die beiden möglicherweise für den Rest ihres Lebens vom Verbrechertum kurieren würde.

»Morgen hole ich dich von der Schule ab und gehe mit dir zur Arbeit. Von dort gehen wir zusammen nach Hause. Wenn die Typen auftauchen, zeigst du sie mir. Okay?«

»Ja«, sagte ich. Ich war sehr erleichtert, umarmte Qamer und schlief an sie gekuschelt ein.

Schon auf den ersten Metern unseres Nachhausewegs zeigten sich Pharao und Ali. Sie warteten vor der Bushaltestelle auf mich. Vielleicht war es auch nur Zufall, dass sie dort standen. Ich gab Qamer ein Zeichen. »Wir laufen weiter bis zu uns«, sagte sie, und ihre Hände zitterten, wohl weil die zwei deutlich bedrohlicher aussahen, als sie es erwartet hatte. Vielleicht zitterte Qamer aber auch vor Wut.

Die beiden folgten uns bis zum Anfang unserer Gasse und blieben dann stehen, als würden sie abwarten. Zu Hause angekommen, holte Qamer etwas aus der Küche, kam wieder zurück und sagte: »Und jetzt gehen wir wieder zu ihnen, komm mit! Und sammel ein paar Steine vom Boden!«

Wir gingen ganz langsam unsere Gasse hinunter. Die Typen lungerten noch immer bei uns herum. Qamer ging mit mir direkt auf sie zu, blieb vor ihnen stehen, starrte sie an und sagte lange nichts. Ali und Pharao blickten ziemlich unbeeindruckt zurück.

»Nett, dass du uns deine hübsche Schwester gleich mitbringst«, sagte Ali. »Das wird ein Spaß.« Er leckte sich die Lippen.

»Verpisst euch!«, zischte Qamer. »Sonst werdet ihr den Tag bereuen, an dem euer Vater mit seinem mickrigen Schwanz die nichtsahnende Ziege gefickt hat, die euch geboren hat!«

Sie zog ein Messer unter ihrem Kleid hervor und drohte damit.

Pharao lachte sie aus. »Willst du mir mit diesem Küchenmesser Angst machen oder ein Brot schmieren?« Er zückte seinen Dolch. »Zuerst steche ich deinen feigen Bruder ab und dann ficke ich dich in alle Löcher, du Fotze!«

Als wäre sie von einem Blitz getroffen worden, fing Qamer an, so laut zu schreien wie die Sirene eines Feuerwehrautos. »Hiiiiiilllfffeee! Ahhhhhh, oh Gott! Neeeeein! Kinderschänder! Vergewaltiger! Mörder! Hiiiillllfe! Ohhhhhhhhh! Ohhhhhhhhh! Ohhhhhhhhh!«

Die beiden Männer sahen einander verunsichert an und verstanden nicht, was gerade geschah, denn sie hatten ja noch überhaupt nichts gemacht. Qamer hingegen sprang mit dem Messer auf Pharao zu und erwischte ihn beinah am Hals. Er wehrte sie ab, versuchte aber, sie dabei nicht mit seinem Dolch zu stechen. Ich warf nun Steine auf die beiden Jungs. Plötzlich und wie auf ein Kommando hin stürmten mehrere Mädchen und Frauen aus der Nachbarschaft aus ihren Häusern und

Hütten und rannten durch die Gasse: »Männer, Hilfe! Hilfe! Die Kinder sind in Gefahr! Ohhhhhhhhh! Ohhhhhhhhh! Ohhhhhhhhh!« Als gäbe es zwischen allen Häusern ein Alarmsystem, verbreitete sich die Warnung in unserer Nachbarschaft. Auch Kinder rannten herbei und warfen ebenfalls Steine oder ihre Schuhe auf die beiden Typen, die sich ängstlich duckten. Nun kamen auch Jungen und Männer mit Knüppeln, Bratpfannen, Holzbrettern mit Nägeln oder den geballten Fäusten herbeigerannt. Die beiden Ganoven wurden kreidebleich. Von überall kamen Menschen, alle schrien durcheinander und warfen Dinge nach ihnen. Pharao versuchte, mit seinem Dolch irgendwie die vielen Menschen von sich fernzuhalten, aber als plötzlich jemand aus der Masse eine Pistole zweimal in den Himmel abfeuerte, rannten die beiden Ziegensöhne endgültig davon.

Mein Vater, der im Teehaus Licht saß, wurde schnell von ein paar Jungs informiert und tauchte kurze Zeit später auf. Alle Männer unserer Gasse 9 versammelten sich bei uns zu Hause. Qamer behauptete, dass die beiden zwei spielende Mädchen unsittlich berührt und mit ihrem Dolch bedroht hätten, damit sie still bleiben und mitkommen würden.

»Welche Mädchen waren das?«, wollten die Männer wissen.

»Irgendwelche aus der Gegend. Habe sie schon ein paarmal gesehen, kenne sie aber nicht wirklich. Keine Ahnung, wie sie heißen. Ich habe es genau gesehen und gehört, wie die beiden sich an den Mädchen vergehen und sie entführen wollten! Es war so schrecklich!« Qamers Stimme zitterte. »Also bin ich hingerannt und wollte sie aufhalten. Da hat mich der eine mit seinem Dolch angegriffen und schmutzige Dinge gesagt. Die beiden Mädchen sind zum Glück sofort weggerannt und haben sich in Sicherheit gebracht.«

Qamer musste auf das heilige Buch schwören, dass sie die Wahrheit sprach. Als ich das Wort »Koran« hörte, dachte ich: Sie haben uns erwischt, jetzt fliegt alles auf. Qamer würde nicht lügen und riskieren, von Gott bestraft zu werden. Doch sie log. Ohne auch nur einen Augenblick zu zögern. Sie legte ihre rechte Hand auf das Buch, hob die Linke hoch und sagte: »Ich schwöre bei Allah, seinem Propheten Mohammed und bei dem Koran, dass ich die Wahrheit erzählt habe.«

Jetzt hatten Pharao und Ali endgültig ein riesiges Problem. Alle Männer unserer Gasse bewaffneten sich. Dazu kamen weitere Stammesfreunde von meinem Vater. Sie zogen gemeinsam in der Dunkelheit los und gingen zu den Familien der beiden Jungs.

Wie sie es regelten, erfuhren wir am nächsten Tag: Das Problem wurde nach den Gesetzen des Stammes gelöst, und die Polizei wurde nicht informiert. Die Väter von Ali und Pharao entschuldigten sich und peitschten ihre Jungs auf offener Straße mit einem Gürtel aus. Sie mussten außerdem eine Entschädigung an unseren Stamm zahlen.

Für ein Jahr durften sich die beiden gar nicht mehr im Blechviertel blicken lassen, sonst müsste eine weitere Geldstrafe bezahlt werden und man würde die Polizei informieren. Es wurde ihnen außerdem verboten, sich jemals wieder in die Nähe der Gassen 1 bis 20 zu begeben. Täten sie es dennoch, wären die beiden Jungs vogelfrei und man hätte das Recht, sie zu erschießen.

Qamer wurde von allen Nachbarn als mutige Frau gefeiert. Und ich konnte nicht glauben, dass ich so schnell aus diesem komplizierten Problem herausgekommen war. Ich sah die beiden Ziegensöhne nie wieder.

Zu jener Zeit wurde mir klar, wie die Regeln des Zusammenlebens in einem Stamm funktionierten und was das bedeutete. Ich konnte es in den Augen meines Vaters sehen, der stolz und erleichtert war. Auf die Männer seiner Sippe war Verlass und er fühlte sich stark. »Ohne Stamm würden die anderen uns fressen«, sagte er. »Wir sind nicht auf uns allein gestellt, wenn solche Probleme auftauchen.«

Auch meine Schwester bewunderte ich sehr, denn sie verstand im Vergleich zu mir viel mehr von den Zusammenhängen des Lebens unserer Leute. Warum fiel mir das immer so schwer, obwohl ich auch mittendrin lebte? Erst nach ein paar Tagen kapierte ich, warum Qamer in ihrer Lügengeschichte behauptet hatte, dass Ali und Pharao zwei junge Mädchen bedroht hätten und nicht etwa einfach zwei Kinder, was auch Jungs mit eingeschlossen hätte. Und sie musste es mir erklären. »Ich darf nicht mal allein am Abend spazieren gehen«, sagte Qamer. »Nur in Begleitung.« Das stimmte. Ab Einbruch der Dunkelheit hatten Mädchen draußen alleine nichts mehr zu suchen. Denn es bestand die Gefahr, dass ihre Ehre beschmutzt wurde. Das galt vor allem für junge Frauen, aber auch kleine Mädchen waren davon nicht ausgenommen. Wenn ihnen etwas passieren würde, wäre ihr Leben und zugleich das ihrer ganzen Familie zerstört. »Wenn ein Mädchen keine Jungfrau mehr ist oder schwanger wird, dann gibt es keine Rückkehr mehr. Es kann niemals heiraten und ist eine Schande für die ganze Familie. Ob es ein Opfer ist oder nicht – wen interessiert das? Alle reden nur noch von der Ehre.« In beiden Fällen müssten die Familien ihre Töchter verschwinden lassen, sie umbringen oder fortschicken. »Ein Junge schämt sich ein Leben lang, wenn er vergewaltigt wird. Und wenn er auf Sex mit Männern steht, wird er eben ›Schwuchtel‹ genannt. Aber ein Mädchen?« Es gab einige Geschichten dieser Art im Blechviertel. Immer wieder hörten wir Gerüchte. »Vermutlich ist die Liste der verschwundenen Mädchen in Bagdad länger als die Flüsse Tigris und Euphrat zusammen«, sagte Qamer. Allein aus unserer Gasse kannten wir einen Fall.

Layla war zwei Jahre älter als meine Schwester. Sie wurde am Tag ihrer Hochzeit von ihrem Ehemann zu ihrer Familie zurückgeschickt. Wie es Tradition war, hatte sich der Bräutigam in der Hochzeitsnacht zur Braut ins Schlafzimmer begeben. Layla wartete dort schon auf ihn, nachdem sie puren Dattelsirup getrunken hatte, denn die Frucht soll aphrodisierend wirken. Die engsten Freunde des Bräutigams begleiteten ihn bis ins Schlafzimmer zu Layla. Dann mussten sie das Haus verlassen. Nur Laylas Schwiegermutter durfte vor dem Schlafzimmer auf das Ergebnis warten. Der Bräutigam musste nun möglichst schnell mit einem mit Blut befleckten Tuch rauskommen, und seine Mutter sollte dann mit dem Tuch vom Fenster aus winken, sodass alle Frauen sehen konnten, dass die Braut die »Eröffnung« erlebt hatte. Doch bei Layla blieb das Bettlaken schneeweiß.

Sie wurde also zurück nach Hause in unsere Gasse geschickt. Die ganze Familie sah man fortan nicht mehr. Es wurde erzählt, ihre zwei Brüder und der Vater gingen nur noch spätnachts in der Dunkelheit raus, weil sie sich so schämten und ehrlos fühlten. Nach Monaten verließ die Familie ihr Haus für immer und zog weg. Was mit Layla geschah, ist nicht bekannt. Man sah sie einfach nicht mehr. Einige vermuteten, sie sei auf dem »Friedhof der Namenlosen« verscharrt worden. Diese anonyme Begräbnisstätte lag vor dem kleinen Bach zwischen dem Damm und dem Blechviertel und war ein Massengrab für Ehrlose und andere Opfer. Personen ohne Verwandte, Babys, die bei der Geburt starben, Menschen, die im Streit getötet wurden und die man verschwinden lassen musste, oder eben Mädchen wie Layla. Der offizielle Friedhof kostete viel Geld, und dort durften nur diejenigen bestattet werden, die einen so hohen Preis »wert« waren.

Solche Schwierigkeiten endeten für die Jungs immerhin nicht mit dem Tod. Ich kannte das von meinem Freund Saber. Obwohl er mir nichts davon erzählt hatte, wusste ich, dass er mit einigen Männern des Viertels keine guten Dinge erlebt hatte. Manchmal zitterte er am ganzen Körper, sobald ihn ein Mann erblickte und im Vorbeigehen anlächelte. Wir waren zwar alle der gleichen Gefahr ausgesetzt, aber Jungs wie Saber waren dazu prädestiniert, ihren Arsch für alle anderen hinhalten zu müssen. Er hatte keine Eltern und keine Geschwister, hatte keinen Stamm, war ein Waisenkind und mutterseelenallein. Vermutlich, weil mein armer Freund so viel abbekommen hat, blieben wir anderen verschont.

IN HANDSCHELLEN FÜHRT man mich zurück ins Krankenhaus. »Der Patient Shams Hussein«, sagt der Wächter und salutiert.

»Auf den Tisch. Hier, hinter den Vorhang. Hose runter und auf die Seite legen«, sagt der Arzt, ohne mich dabei anzusehen.

Im Licht einer Lampe sieht er sich alles genau an. Ich spüre die Hand, dann den Finger, der sich in meinen After bohrt.

»Ich werde die Stelle betäuben, dann die Analthrombose aufschneiden und das Blut abfließen lassen. Sie werden nach der Betäubung nichts mehr spüren.«

Die Spritze schmerzt. Der Arzt tastet nach einigen Sekunden mit irgendetwas den Afterrand ab.

»Fühlen Sie jetzt Schmerzen?«

»Nichts.«

Der Arzt beginnt, mit einem scharfen Gerät zu bohren. Ich spüre nichts. Ich schaue nur die Wand an. Schade, ich würde gern einen Blick auf die Welt dahinter werfen, hinter diese Wand gucken. Als ich in dieses Zimmer geführt wurde, habe ich es hastig betrachtet. Ich erkannte einen kleinen Tisch, einen Glasschrank mit Medikamenten, den Untersuchungstisch, auf dem ich jetzt liege, einen grünen Vorhang. Jetzt sehe ich nur die weiße Wand.

»Wir sind fertig.« Seinem Akzent nach zu schließen, stammt der Arzt aus der Hauptstadt.

»Danke.«

Er holt eine Salbe aus dem Schrank und drückt sie mir in die in Schellen gelegten Hände. »Nach dem Stuhlgang dürfen Sie diese Salbe benutzen.«

ACHT

Moravia auf dem Basar

Bevor ich überhaupt erstmals an Erotik dachte, machte ich meine erste erotische Erfahrung, und zwar in der Schule. Für das Erlernen neuen Wissens war die Schule ja schließlich da. Genau genommen hatte es mit einem Haus direkt gegenüber dem Schulgebäude zu tun. Es war ein großes Haus mit Stall und einem ummauerten Hof, auf welchem Kühe gehalten wurden. Manchmal breitete die Tochter des Hauses den Kuhmist auf dem Dach des Hauses aus. Sie formte daraus Brennmaterial für die Feuerstätten und ließ die Kugeln in der Sonne trocknen. Das Mädchen war vielleicht zwei oder drei Jahre älter als ich. Die Familie verkaufte ihre Ware direkt vor Ort. Daher roch diese Seite der Straße erbärmlich. Jedes Mal beim Vorbeigehen wollten wir uns die Nase zuhalten. Doch sobald das schöne Mädchen auf dem Dach erschien, vergaß man sofort den Gestank, und alle Jungs der Schule ließen sich gerne von ihrem Anblick ablenken. Dabei war sie ziemlich stämmig. Doch erstens war ich auf einer Schule, die ausschließlich ausgehungerte, pubertierende Jungmänner besuchten, und zweitens hatte sie fast schneeweiße Haut, als käme sie aus Europa. Sie trug immer lange Kleidung, aber sie war auch viel draußen. Keine Ahnung, wieso sie nicht wenigstens im Gesicht oder an den Händen braun wurde. Sie war eine unbeschreibliche Schönheit für uns braun gebrannte Burschen. Wir kletterten sogar auf die Schulmauer, um sehen zu können, wie sie auf dem Dach kniete. Jedes Mal kam unser Schuldirektor herausgerannt, wenn er das sah, und jagte uns mit einer Rute davon oder drosch direkt auf die Langsameren ein. Die Rute hatte sogar einen Namen. Unser Direktor nannte sie »die Lehrmeisterin«. Jeden Morgen wartete er kampfbereit vor der Tür der Schule, und wenn jemand auch nur eine einzige Minute zu spät kam, bekam er einen heftigen Kuss von der Lehrmeisterin. Nahezu jeder hatte im Verlauf eines Monats mehrmals blaue und rote Flecken am Hintern.

Aufregend wurde es für uns auch, wenn die Kühe brüllten und stöhnten und sich paaren wollten. Wir hatten im Laufe der Zeit gelernt, ihr normales Muhen von ihren Brunstrufen zu unterscheiden. Kurz darauf dann brachte ein Mann aus der Nachbarschaft seinen Stier zum Decken vorbei und ließ sich dafür bezahlen. Dieses glückliche Rindvieh bestieg dann reihum die Kühe auf dem Hof. Sobald die gehörnte Silhouette des Stiers, der von seinem Halter an einem Seil geführt wurde, in der Ferne zu sehen war, versammelte sich die halbe Schule auf der Mauerbrüstung und guckte diese Rinder-Pornos. Von unserem Aussichtspunkt aus war das ganze Schauspiel gut zu beobachten. Jedes Mal wurde das Brüllen der Tiere laut und wir alle grölten, lachten und jubelten, wenn der schwere Stier eine neue Kuh von hinten bestieg und seine Bewegungen machte. Es dauerte mindestens drei Begattungen, bis uns der Direktor bestrafte. Schnell waren unsere Ärsche und Arme dann so rot wie unsere Wangen, aber erst mal ließ er uns in Ruhe zugucken. Entweder guckte er selbst gerne zu oder er fand unsere Begeisterung ganz amüsant.

Auf jeden Fall begann mein Körper zu jener Zeit, sich zu verändern. Ich sah bald nicht mehr wie ein niedlicher Junge aus, ich schoss in die Höhe, bekam breitere Schultern und wurde richtig kräftig, auch ohne ständig schwere Ware zu schleppen wie mein Vater. Außerdem fühlte ich mich wie ein Werwolf, weil ich überall Haare bekam. An den Beinen, unter den Achseln, auf der Brust, dem Bauch und auf der Oberlippe. Erst nur einen feinen Flaum, aber es wurde mehr und mehr.

Auch Mädchen und Frauen sah ich nun völlig anders an, nahm sie neu wahr. Ich musterte sie ausführlich, starrte mir regelrecht die Augen aus dem Kopf und war plötzlich so fasziniert von ihnen, als wären es Wesen von einem exotischen, fremden Planeten. Ich fühlte mich zu ihnen hingezogen, wollte sie anfassen und ihren Körper erforschen. Dass meine aufdringlichen Blicke ein Problem waren und ich mich zügeln musste, wurde mir schnell klar, weil die Betroffenen mich beschimpften und weil ich in Saddam City einmal einer Frau so sehr hinterherstarrte, dass ich gegen einen Strommast lief.

Auch die Freundinnen meiner Schwester waren nicht vor meiner Gier gefeit. Als Qamer eines Tages mit ihrer Freundin Sanja bei uns in der Küche kochte, stand ich in der Tür und guckte. Meine Schwester kam zu mir und wischte mir mit einem Lappen über den Mund.

»Hey, was soll das?«, beschwerte ich mich.

»Ich dachte, du sabberst jeden Moment«, flüsterte sie mir zu. »Starr sie nicht so an! Du wirst ja noch kurzsichtig! Das ist peinlich. Du tust, als hättest du noch nie eine Frau gesehen.«

»Ich bewundere ihre Schönheit«, sagte ich, ohne den Blick von Sanja abzuwenden.

»Da hilft nur noch ein Zauber unserer Mutter!«

Es dauerte nicht lange, und ich durfte auch nicht mehr bei meiner Schwester schlafen. All die Jahre hatten wir fast immer eine Matratze geteilt, ohne dass etwas Besonderes geschehen war. In einer Nacht aber änderte sich das. Ich wachte auf, Qamer lag neben mir. Ich rückte ein paar Zentimeter näher und wollte sie umarmen, aber anders als sonst, enger, dichter, meinen Körper an den ihren pressen. Das hatte nichts mit Inzest zu tun, sondern war eine Folge unserer Vertrautheit, davon, dass wir uns schon immer so nahe gewesen waren. Ich legte mich direkt hinter sie und klammerte mich an ihren Leib. Ich spürte die Wölbung ihres festen Pos und fühlte, wie mein Schwanz hart wurde. Ich rieb mich sanft an ihr, bis mir das Herz bis zum Hals schlug und meine Wangen glühten. Ich verharrte für einen Moment bewegungslos, dann fing ich wieder vorsichtig an. Die Wärme, die Nähe, es war herrlich. Ich vergrub mein Gesicht in Qamers Haaren und war wie benebelt. Plötzlich bewegte sich meine Schwester. Ich bekam Angst, doch sie sagte kein Wort. Sie drückte ihren Hintern ebenfalls leicht an mich, griff nach meiner Hand, legte sie auf ihren Bauch und schlief einfach weiter, als wäre nichts passiert. Ich blieb lange wach in dieser Stellung liegen. Das war das pure Glücksgefühl, was ich spürte. So wohl und geborgen hatte ich mich noch nie zuvor gefühlt.

Mehrmals noch lagen wir nächtelang auf diese Art zusammen. Wir verloren nie ein Wort darüber. Immer das gleiche Ritual. Sie schlief oder tat zumindest so, während ich mich ihr zärtlich näherte.

Eines Tages kaufte meine Mutter eine zweite Matratze, weil sie wohl ahnte, dass etwas nicht stimmte; sie sagte, das sei jetzt meine. Als junger Mann müsse man alleine schlafen. Ich fühlte mich ertappt und war nicht sicher, ob sie etwas wusste oder ob es nur Zufall war. Weder Mutter noch Vater sprachen uns darauf an. In der ersten Nacht, die ich auf meiner Matratze verbringen sollte, schlich ich mich wieder zu Qamer. Sie schaute mich lächelnd an, nahm mich in den Arm, küsste mich auf die Wange und schlief wieder ein. Das war das letzte Mal, dass wir so beieinanderlagen. Meine Schwester und ich haben auch Jahre später nie darüber geredet, so als ob diese Nächte nie stattgefunden hätten, als ob sie nur die Fantasie eines pubertierenden Jungen gewesen wären.

Das Erwachsenwerden war keine einfache Sache. Ich begann mehr und mehr, mich für mein Aussehen zu interessieren. Heimlich rasierte ich meinen Schnurrbart, weil mir einer meiner Schulkameraden erzählt hatte, dass das Haar dann bald stärker und männlicher aussehen würde. Er hatte recht. Auch ließ ich mir eine andere Frisur machen. Der neue Coiffeur am Hauptplatz war mit uns Jungs sehr beschäftigt. Es gab gerade einen neuen Haarschnitt, den viele haben wollten, »Old School« nannte man ihn: ein tiefer Seitenscheitel, oben längeres Haar, die Seiten mussten kurz sein. Als mein Vater mich mit meinem neuen Haarschnitt sah, wirkte er sehr überrascht. Später hörte ich, wie er zu meiner Mutter sagte: »Warum wollen alle wie Hähne aussehen?« Außerdem gab es noch einen anderen Trend: Schlaghosen. Viele Männer hatten die gerade an, aber sie waren sehr teuer. Doch ein Schneider auf der Joader-Straße in Saddam City rettete uns alle. Für den Preis einer Schlaghose nähte er uns zwei Schlaghosen. Sein Laden hieß »Bermuda«. Ich ging zu ihm, wählte die Stoffe, und nach einer Woche hatte ich eine schwarze und eine braune Schlaghose.

Trotz meines Hahnenkammes und der Schlaghose sahen viele Mädchen im Viertel in mir noch immer ein Kind und unterhielten sich lieber mit den älteren Jungs. Ich war wie besessen von ihnen und versuchte ständig, irgendeines der Mädchen nur durch meine Blicke und durch Zuzwinkern zu verführen oder einem der Mädchen irgendwie näher zu kommen. Wenigstens eine flüchtige Berührung im Vorbeigehen.

In jener Zeit machte ich viele Dinge, für die ich mich im Nachhinein schämte. Doch ich wiederholte sie wieder und wieder, als wäre ich süchtig. Meine Schwester erlebte viele peinliche Momente mit mir. Ich versuchte oft, sie anzuschauen, wenn sie sich im Bad wusch. Es gab ein paar Risse und zwei Löcher in der Wand zwischen dem Bad und der Küche. Ein paarmal erhaschte ich einen Blick auf ihren nackten Körper. Ich war in diesen Momenten unendlich dankbar für die schlechte Bausubstanz im Blechviertel, denn in Steinhäusern wäre das Spannen deutlich schwieriger gewesen. Es war nie ein ganzes Bild zu sehen. Immer konnte ich nur einen Ausschnitt erkennen, der jedes Mal aus dem Blickfeld verschwand, sobald sie sich bewegte. Kleine, rote Brustwarzen, ihr langer Rücken, die sehnigen Oberschenkel. Ich fühlte mich nachher, als hätte ich meine Schwester beschmutzt und irgendwie ausgenutzt. Ich kämpfte innerlich dagegen an, doch ich konnte mich kaum länger als einige Minuten beherrschen. Vielleicht hätte man damals am Euphrat bei mir den Exorzismus durchführen sollen, denn ich war wie besessen.

Einmal stand ich auf den Zehenspitzen und verlor für einen Moment das Gleichgewicht, mein Oberkörper polterte gegen die Wand zum Badezimmer. Ich ergriff sofort die Flucht und verschwand in den Gassen der Nachbarschaft. Als ich später am Tag ins Bad ging, hatte jemand ein schwarzes Tuch an die Wand genagelt, und fortan war das Schauspiel vorbei.

Aber ich war bei Weitem nicht der Einzige, der in diesem Alter durchdrehte. Viele in meiner Klasse hatten dieselben Bedürfnisse. Wir gingen nach dem Unterricht zur Mädchenschule und warteten davor. Wenn die Mädchen dann kamen und an uns vorbeigingen, machten wir sie an und riefen ihnen schmutzige Sachen hinterher. Einige lächelten kokett, andere schimpften uns aus und warfen Steine. Die Mehrheit aber ignorierte uns kleine Idioten einfach nur und ging ungerührt weiter.

Hin und wieder brachten Schüler auch Fotos von nackten Frauen mit in die Klasse. Manchmal hatte jemand richtige Hardcore-Zeitschriften, in denen man genau sehen konnte, wie Sex funktionierte. An einem arbeitsfreien Nachmittag ging ich einmal gemeinsam mit Saad, der im Unterricht neben mir saß, auf den Mridi-Basar, wo wir nach weiteren Zeitschriften und Fotos suchten. Die waren eigentlich illegal, aber unter der Hand wurden sie in rauen Mengen angeboten. Wir fanden an jenem Tag nur kleine asiatische *Hentai*-Bücher. Es waren schmutzige Zeichnungen darin, ausführliche Bildergeschichten, die Sex in allen Stellungen und Varianten darstellten. Sonst gab es nur noch gebrauchte Zeitschriften und sehr wenige Bücher. Saad, der in Block 72 wohnte, gab auf, verabschiedete sich. Als ich auch schon aufgeben und ebenfalls nach Hause gehen wollte, erblickte ich plötzlich ein Buchcover mit dem Gemälde einer halbnackten Frau. Es war das einzige Buch, das die Händlerin bei sich am Stand liegen hatte, ansonsten verkaufte sie hauptsächlich gebrauchte Spielsachen und Klamotten. Offensichtlich war es eine Übersetzung der Erzählungen eines Autors namens Alberto Moravia. Auf der ersten Seite stand: »Erotische Storys«. Ich kaufte es sofort.

Das war das erste Mal in meinem Leben, dass ich ein Buch kaufte. Früher hatte ich manches Mal Bücher aus dem Müllberg mit nach Hause gebracht und sie durchgeblättert oder zusammen mit Qamer darin gelesen. Andere Bücher gab es bei uns im Haus nicht. Mutter war Analphabetin und Vater konnte nur einigermaßen lesen und schreiben, denn er hatte als Kind nur den Koranunterricht in einer Moschee besucht. Das einzige Buch, das wir zu Hause hatten, war der Koran. Er lag immer auf dem Fensterbrett im Wohnzimmer. Täglich befreite meine Mutter das heilige Buch vom Staub, der sich darauflegte, trug es vorsichtig in beiden Händen wie ein Neugeborenes, küsste es und legte es wieder an seinen Platz zurück. Dabei konnte sie kein Wort darin lesen und hatte alle Suren auswendig lernen müssen, indem man sie ihr wieder und wieder vorsprach. Qamer und ich lasen nie freiwillig im Koran, nur wenn Mutter es von uns verlangte. Zum Beispiel nachdem sie ihr Abendgebet gesprochen hatte, lasen wir ihr etwas aus dem heiligen Buch vor. In der Schule mussten wir im Religionsunterricht zur Genüge im Koran lesen und unzählige Passagen auswendig lernen. Ansonsten besaßen wir nur ein Radio mit Batterien. Wenn wir Strom und einen Fernseher gehabt hätten, wäre es vermutlich gar nicht dazu gekommen, dass Qamer und ich gern die Bücher vom Müllberg lasen. Meine Schwester war auch immer auf der Suche nach einer Frauenzeitschrift, welche *Die moderne Frau* hieß. Aber mehr als zwei Ausgaben hat sie nicht auftreiben können. Beide waren seit Jahren in ihrem Besitz und so oft durchgeblättert worden, dass sie bald auseinanderfielen. Es war eine libanesische Zeitschrift, die von Stars sowie von hübschen Frauen und adretten Männern aus der besseren Gesellschaft handelte. Irgendwann konnte sie die Texte darin fast auswendig und kannte jeden Quadratmillimeter der Fotos. Ich sollte ihr immer Lektüren besorgen, die mit »Abenteuern« oder »Moderne« zu tun hatten. Tatsächlich alles, worin diese beiden Wörter irgendwie vorkamen, sollte ich ihr mitbringen, und sei es ein Buch mit dem Titel *Die abenteuerliche Geschichte der Bratpfanne* oder *Die modernen Mumien*.

Nun tat ich in der Nacht kein Auge zu und las das Buch von Moravia in einem Rutsch. Ich war überrascht davon, wie man die Vorgänge zwischen Mann und Frau sprachlich so mitreißend beschreiben konnte. Nachdem ich das Buch in der folgenden Nacht ein zweites Mal gelesen hatte, gab ich es nach dem Wochenende weiter an Saad. Er war davon überhaupt nicht begeistert und fragte, was er mit solch einem Blabla solle. Ohne Fotos interessierte es ihn nicht.

Seit dieser Lektüre begann ich ganz bewusst, bei den Trödelverkäufern auf den Basaren nach Büchern zu suchen. Es ging mir zu Anfang nur um erotische Literatur wie diejenige von Alberto Moravia, aber später freute ich mich wirklich über jedes Buch, worauf »Roman«, »Erzählung« oder »Geschichte« geschrieben stand. Es bereitete mir eine unendliche Freude, mich von den Schicksalen literarischer Gestalten fesseln zu lassen, ihre intimsten Momente, Sorgen, Ängste und Nöte mitzuerleben oder in fremde Welten entführt zu werden. Und das alles nur durch Worte, die von rechts nach links auf dünnes Papier gedruckt waren. Bald schon begann ich mir Notizen zu machen, Beobachtungen aufzuschreiben, Gedanken zu allem Möglichen und natürlich auch meine Sex-Träume. Ich wollte Moravia sein. Lesen und Schreiben wurden zu einem Beruhigungsmittel für mich, zu einem Ventil für meinen pubertären Hormonüberschuss. Von Tag zu Tag wurde ich durch die Literatur stabiler. Mit jeder Zeile, die ich las oder schrieb, erlangte ich mehr Selbstkontrolle und wurde ruhiger.

Zunächst war aber keine Zeit für andere Lektüre oder Gedanken und Sorgen um die Größe meiner Hoden. Die zentrale Abschlussprüfung der Mittelschule stand bevor. Wie alle Schüler im ganzen Land musste ich bei dieser Prüfung mindestens einundsechzig von hundert Punkten erreichen, um das Gymnasium als weiterführende Schule besuchen zu dürfen. Andernfalls würde ich an einer Bildungsstätte wie der Schule für Wirtschaft und Technik landen, die später keine normale Zulassung an einer Universität ermöglichte. Dabei wollte ich so gerne studieren. Ich hatte Angst vor diesen Berufsschulen, den »Anstalten ohne Zukunft«, wie man sie nannte. Denn für die meisten hieß es nach dem Abschluss, Soldat werden zu müssen, es sei denn, man konnte sich einen Platz an einer Privatuniversität leisten. Doch monatlich einen solchen Haufen Geld aufzubringen wäre für mich niemals möglich.

Meine Eltern fürchteten um meine Zukunft und hatten die berechtigte Sorge, dass ich an dieser Abschlussprüfung scheitern würde. Schließlich war ich nie ein besonders guter Schüler gewesen. »Du darfst alles werden«, schärfte mein Vater mir ein, »ganz egal, aber auf keinen Fall Soldat! Hörst du?«

Oft kamen mir meine Eltern seltsam verschwiegen und undurchsichtig vor. Ich konnte nie richtig einschätzen, ob sie glücklich, traurig oder irgendetwas dazwischen waren. Sie redeten kaum jemals offen über ihre Gefühle oder Wünsche. Es ging immer nur um uns Kinder und die praktischen Fragen des gemeinsamen Lebens. Am meisten sorgten sich meine Eltern natürlich, wenn wir kein Geld mehr hatten oder es kein Essen zu Hause gab. Das merkte dann selbst ich ihnen an.

Sie waren keine gebildeten Menschen, sie wollten einfach nur, dass wir Möglichkeiten bekamen, die ihnen verwehrt gewesen waren. So kamen wir auch zu unseren Namen: *Qamer* heißt einfach »Mond« und *Shams* bedeutet »Sonne«. Wir sollten hoch hinaus. Immer wieder betonte Vater: »Ihr sollt so frei und mächtig werden wie euresgleichen am Himmel. Die Menschen sollen zu euch aufblicken und in eurem Licht baden.« Das war dick aufgetragen, aber er wollte nur das Beste für uns.

Ich habe sie nicht enttäuscht. Tatsächlich schaffte ich es, ein großes Hindernis zwischen mir und meiner Zukunft zu überwinden. Ich bestand die Prüfung mit sage und schreibe vierundsiebzig von hundert Punkten. Die Armee durfte sich also nicht mehr auf mich freuen. Im Herbst erwartete mich eine neue Schule, das »Erbgut-Gymnasium für Jungen« in Block 72.

Bevor ich aufs Gymnasium kam, arbeitete ich den Sommer über als Aushilfe bei Abu Salim. Er war Busfahrer und gehörte zu unserem Stamm. Sein Sohn, der ihm bislang unter die Arme gegriffen hatte, musste sich auf die Abiturprüfung vorbereiten, sodass ich seine Stelle übernehmen konnte. Ich verbrachte den ganzen Tag mit Abu Salim, von morgens bis abends. Zum Glück war er sehr nett zu mir und hat mich gut behandelt. Der

Mann redete gern, insbesondere, wenn es um seine großen Leidenschaften ging, Autos und Fußball. Bei allen anderen Themen war er eher schweigsam, hörte aber aufmerksam zu.

Ich war für die Fahrkarten zuständig, wobei es gar nicht wirklich Fahrkarten gab wie bei den staatlichen Verkehrsbetrieben. Wenn jemand in den Bus einstieg, kassierte ich einfach sofort das Geld von ihm, sammelte es in einer Plastiktüte, die ich in meine Hosentasche steckte. Außerdem putzte ich den Toyota Coaster beinahe jeden Abend von innen und von außen. Ansonsten trug Abu Salim mir allerlei Kleinigkeiten auf, die er ungern selbst machte. Dabei verdiente ich gutes Geld. Busfahrerhelfer zu sein war ein Traumjob, den ich mir von nun an für jeden Sommer vorstellen konnte. Aber eine solche Stelle war selten, denn in aller Regel arbeiteten die Söhne der Fahrer oder andere nahe Verwandte in den Bussen. Abu Salim hatte zum Glück nur einen Sohn neben seinen vier Töchtern und sonst keine Verwandten.

Die Tage liefen immer ungefähr gleich ab. Abu Salim saß am Steuer, während ich vor der Bustür stand und laut rief, wohin wir fuhren. Oder ich zeigte nur mit der Hand in unsere geplante Fahrtrichtung. Im Blechviertel rief ich an der Haltestelle einfach »Saddam City, Saddam City, Saddam City!«, und ein paar Minuten später war unser Bus voll mit Fahrgästen, die keine Zeit oder Lust hatten, die günstigeren Eselskarren zu nehmen. Auf der großen Joader-Straße in Saddam City hingegen bedeutete eine gerade ausgestreckte Hand, dass wir geradeaus fuhren bis zum Platz 55, an den Rand des Viertels. Wenn ich mit der rechten Hand die Augen bedeckte, wussten die Leute, dass es Richtung Bagdader Zentrum ging, nach Bab al-Sharqi. Keine Ahnung, wie sich diese Gebärdensprache entwickelt hatte, aber sie war hier gang und gäbe. Wenn ich meine Hand wie ein verlängertes Ohr an die rechte Wange hielt, bedeutete dies, dass die entgegengesetzte Seite unser Ziel war: Bab al-Moatham. Vielleicht hatten sich solche Kommunikationsgesten eingebürgert, weil der Verkehr und der Stadtlärm so laut waren und weil viele Menschen nicht lesen konnten, sodass Schilder mit Aufschriften keine Lösung gewesen wären.

Auf die staatlichen Doppeldeckerbusse wartete eigentlich niemand, denn in Saddam City ließen sie sich nur selten blicken. In meiner ganzen Zeit als Busfahrerhelfer sah ich nur zwei dieser roten Riesen im Zentrum, die sich so langsam zwischen Bab al-Sharqi und Bab al-Moatham bewegten wie alte Schildkröten.

Auf den Straßen fuhren also hauptsächlich Busse, die privat betrieben wurden. Sie hatten keine Liniennummer und fuhren keine feste Route. Der Fahrer entschied selbst, wohin sein Bus fuhr, je nachdem, was sich gerade anbot. Unsere Strecke war jedoch fast immer dieselbe. Joader nach Bab al-Moatham und wieder zurück. Hier gab es immer genug Fahrgäste. Manchmal auch von Bab al-Moatham zum Kadhimiya-Viertel und auf dem Rückweg über Platz 55 oder bis zum Ende der Joader-Straße mit dem Blechviertel als Endhaltestelle. Bei komplett besetztem Bus musste ich auf dem Boden neben der Tür sitzen. Das war etwas unbequem, aber so konnte ich im Vorbeifahren auf Orte in der Stadt achten, die ich sonst kaum bemerkt hätte. Manchmal redete ich auch mit den Fahrgästen in der ersten Reihe oder lauschte ihren Gesprächen wie ein Geheimpolizist.

In einem Bagdader Bus zu fahren war immer aufregend und abwechslungsreich. Nur ganz früh am Morgen, wenn die Menschen zur Arbeit fuhren, oder aber am späten Mittag, wenn sie erschöpft zurückkehrten, waren sie nicht ganz so gesprächig. Alte Männer rauchten eine Zigarette nach der anderen, und ihre Rauchwolken sahen aus wie der Dampf aus den Industrieschornsteinen der Fabriken am Rande der Stadt. Einige redeten gerne lautstark mit ihrem halbtauben Nachbarn über private Schwierigkeiten, über ihre gesundheitlichen Probleme oder über die erfolglose Suche nach einer neuen Wohnung. Es gab alte Frauen, die sich ständig beschwerten, dass alles so teuer geworden sei. Wieso bloß seien die Tomaten mittlerweile unbezahlbar, und wie nur sollte man vom Gegenwert der Lebensmittelmarken überleben? Die Marken bekam man vom Staat und konnte sie gegen Reis, Zucker, Mehl, Tee und manchmal auch eine Stange Zigaretten einlösen. Jede irakische Familie hatte seit dem Embargo einmal monatlich Anspruch auf diese Marken. Die Mütter und Ehefrauen hoben die Hände in die Luft, als beteten sie zu Allah. Es sei einfach nicht genug für vier ganze Wochen. Außerdem werde alles von Mitgliedern der Baath-Partei abgewickelt und ausgegeben, und diese diebischen Drecksäcke würden die Ware gegen kleinere Billigprodukte austauschen. Ein Glück, wenn kein Spitzel mitfuhr und die Frauen nach der Busfahrt nicht verhaftet wurden.

Am gemütlichsten war es, wenn die Studenten aus den Bagdader Universitäten in die City zurückkehrten. Dann wurde viel gelacht und alles Mögliche kommentiert. Sehr oft erzählten und träumten sie vom Ausland. Einige behaupteten, es gebe zurzeit weltweit etwas, das sich »Satellitenfernsehen« nenne. Das klang für mich wie aus einem Science-Fiction-Film. Man könne damit über Satelliten im Weltraum eine große Anzahl an TV-Sendern empfangen, egal, wo und wie abgelegen man lebe. Ich konnte das kaum glauben. Im ganzen Land gab es eigentlich nur zwei Sender im Fernsehen, »Irak-TV« und »Jugend-TV«, wobei letzterer dem Sohn des Präsidenten gehörte. Keine Ahnung, was man brauchte, um ein solches »Satellitenfernsehen« zu empfangen, sie sagten etwas von »Schüsseln«. Jedenfalls würde man diese Geräte bei uns niemals kaufen können, und wenn, dann würde Saddam sicher das Signal blockieren. Und bis diese Dinge im Blechviertel auftauchen würden, würde es sowieso noch ein Jahrhundert dauern, dachte ich. Wir träumten ja noch vom Strom und von fließendem Wasser.

Die andere Welt gehörte uns nicht. Aber beim Busfahren hörte ich ständig von ihr. Vom Luxus und von den Wundern im Leben anderer. Im Leben von Bekannten, Verwandten, Freunden von Freunden von Menschen, die mit diesem Bus fuhren. Ich hörte von Leben, die sich in Zürich, London oder Wien abspielten. Dort musste es wirklich schön sein. Es gebe gemütliche Busse, die pünktlich fuhren, saubere, hell erleuchtete Straßen, Arbeit für jeden, und man könne sogar ein Mädchen vor den Augen seines Vaters küssen! Der würde sich darüber sogar freuen, statt wie bei uns die Flinte zu holen.

»Unvorstellbare Dinge für mich, aber dort sollen sie vorstellbar sein«, sagte ein Fahrgast und alle lachten.

»Das ist ja wie im Lande von Gog und Magog«, sagte ein anderer. »Irgendwann wird Gott sie bestrafen und vernichten.«

»Hoffentlich schaffen wir es, diese Menschen und Länder zu sehen, bevor der Untergang kommt!«

Und dann sah ich an einem dieser sommerlichen Arbeitstage zum ersten Mal in meinem Leben einen echten Ausländer. Als er in Bab al-Sharqi einstieg, sprach er mich auf Englisch an, aber ich verstand natürlich kein Wort. Ein Student spielte dann Dolmetscher und erklärte mir, dass er zum »Grabmal des unbekannten Soldaten« wolle. Ich sah den jungen Mann ganz fasziniert an. Er sah für mich asiatisch aus. So, wie ich Jackie Chan oder Bruce Lee aus ihren Filmen kannte. Als ich das Geld verlangte, zeigte er mir mehrere Dinar-Scheine in seiner Hand und schien deren Wert nicht zu kennen. Ich nahm das passende Geld heraus und gab ihm den Rest zurück. Jackie Lee steckte sein Geld in einen Geldbeutel und saß schweigend zwischen uns braunen Irakern mit dem krausen Haar. Alle im Bus begutachteten ihn, mal mehr, mal weniger auffällig. Einige waren sehr aufgeregt, manche Mädchen lächelten, und ein Teenager lachte blöd über die Schlitzaugen. Ein anderer Junge, der die ganze Zeit über an einer Zigarette im Mundwinkel kaute, fragte den Studenten, ob er für ihn übersetzen könnte.

»Ich will wissen, ob er so wie Bruce Lee durch die Luft springen und Kung-Fu-Sachen kann.«

Sein Freund, der neben ihm saß, lachte sich kaputt.

»Mann, mach uns nicht lächerlich vor dem Fremden«, sagte der Student. »So einen Scheiß übersetze ich nicht. Frag ihn was Vernünftiges.«

»Ach komm schon. Das interessiert mich wirklich. Die können doch alle so kämpfen, oder nicht? Ich frage mich, was er hier macht.«

»Was würdest du denn sagen, wenn er uns fragte, ob wir auf Kamelen reiten oder vier Frauen und zwanzig bildschöne minderjährige Mädchen aus Aserbaidschan als Sexsklavinnen haben. Sei froh, dass es überhaupt noch Menschen gibt, die zu uns kommen und den Irak sehen wollen.«

Ein anderer sagte: »Aber wie kann man so bescheuert sein?

Der könnte auch in Griechenland am Strand liegen oder in Beirut. Da ist es wenigstens sicher.«

Aber so richtig traute sich der Student nicht, den Asiaten auszufragen, sodass das Rätsel seiner Anwesenheit für uns alle ungelöst blieb. Als der Mann ausgestiegen war und orientierungslos vor dem Bus stand, winkten ihm drei Mädchen aus der letzten Reihe zu und lächelten verschämt. Er winkte zurück und grinste ein schneeweißes Lächeln. »Diese Zähne!«, rief ein älterer Fahrgast. »Hätte ich nur noch einmal solch gerade, weiße Zähne. Oder hätte ich sie jemals gehabt!« Als der alte Mann nun lachte, sah ich in seinem eingefallenen Mund nur eine vom Tabak schwarze Zunge und einen kleinen, brüchigen Zahnstummel.

Alle Fahrgäste, auch Abu Salim und ich, hatten sich unglaublich über den Fremden gefreut. Er war ein kleiner Hoffnungsschimmer in einer Zeit, in der viele davon träumten, das Land zu verlassen und ins Ausland zu gehen.

Am Wochenende machten wir auch manchmal Fahrten raus aus Bagdad. Diese Reisen liebte ich sehr. Der komplette Bus wurde dann von Frauen wie meiner Mutter gemietet, die sich zu den heiligen Schreinen und Moscheen bringen ließen. Diese Ausflüge waren sehr entspannt. Das Kassieren ging schnell, und ich hatte die Möglichkeit, mit Mädchen in meinem Alter zu plaudern, die ihre Mütter begleiteten. Auch Essen und Getränke bekam ich massenweise von den Damen geschenkt. Das liebte ich, und es hätte gerne jeden Tag so sein können. Es waren fast immer dieselben Stätten der Heiligen oder sie sahen sich jedenfalls sehr ähnlich, Minarette und große Moscheen, oft in wunderbaren Landschaften gelegen, an einem Flussufer, auf einem Hügel oder zwischen den Feldern.

Manches Mal wünschte ich mir, dass diese Momente nie enden würden. Am häufigsten hatte ich diesen Wunsch vor der Al-Chidr-Moschee, wo der Prophet Al-Chidr, »der Grüne«, einmal geweilt haben soll. Das war jener Prophet, der Om al-Anuarr erleuchtet hatte, die »Mutter der Lichter«, die ich selbst in Babel gesehen hatte.

Am Ufer des Tigris stand ich einmal vor seiner Moschee. Hier versammelten sich die Frauen, junge und alte, auch Kinder, und mit der Dämmerung zündeten alle Kerzen an, legten sie auf ein winziges Holzgestell und ließen sie auf dem Fluss schwimmen – ein Bild der Erleuchtung und Schönheit. Ich hätte stundenlang dasitzen und beobachten können, wie die Mädchen ihre Wünsche und Träume leise vor sich hin sprachen, ihre Kerzen ins Wasser gleiten ließen und dabei zusahen, wie das Licht ihre Hoffnungen trug und in die Ferne schwamm, Licht hinter Licht, Träume über Träume, getragen von den sanften Wellen des Propheten.

Man sagte, jede Frau, die heiraten oder schwanger werden wolle, könne hier ihren Wunsch aussprechen und eine Kerze anzünden. Al-Chidr werde sich um den Rest kümmern. Wenn es nicht klappen würde, sollten sie im nächsten Jahr wiederkommen, dann aber ihre Gewänder ausziehen und über das symbolische Grabmal des Al-Chidr werfen, bevor sie ihre Kerzen anzündeten. Danach würden sie alles bekommen, was sie sich wünschten.

Manchmal machten wir auch Fahrten nach Al-Taji, einem Ort am Rande von Bagdad. Dann fuhren wir einen ganzen Bus voller junger Männer, die dort im Camp Taji als neue Soldaten ihre Grundausbildung erhielten. Viele von denen, die wir von dort zurückfuhren, sahen fix und fertig aus, als wären sie gerade zu Fuß von Bagdad nach Basra gelaufen. Ich hoffte sehnlichst, dass mir das in diesem Leben erspart bleiben würde. Auf einer dieser Fahrten saß ich mal an die Tür gelehnt und schmökerte die ganze Zeit über in einem Buch und schaute gar nicht aus dem Fenster. Das Buch war von einem türkischen Autor namens Aziz Nesin, und es war so gut, dass ich mich nicht losreißen konnte. Ich hatte es auf dem Basar gefunden. Einer der Soldaten war sehr verwundert, als er mich sah. »Ich habe echt noch nie einen Busfahrerhelfer gesehen, der Bücher liest oder überhaupt lesen kann. Gut so, Kleiner!«

Ich lächelte ihn an und fühlte mich geschmeichelt.

»Kaufst du die Bücher auf dem Büchermarkt Suq as-Saray in der Mutanabi-Straße?«

»Ja klar, ist super dort«, sagte ich, obwohl ich von diesem Ort noch nie gehört hatte. Ich wollte mir keine Blöße geben, ich wollte wie ein großer Literaturkenner klingen. In der Realität fischte ich die Bücher aus einem Müllberg oder kaufte sie gebraucht von den Trödelverkäufern auf dem Basar. Der Fahrgast fragte nicht weiter nach und nickte nur zustimmend. Er hatte mich neugierig gemacht. »Büchermarkt« klang wie ein Stadtviertel, in dem es nur um Literatur ging. Da musste ich hin.

ICH BIN ZURÜCK in der Zelle, lege mich auf die Matratze. Langsam kommen die Schmerzen, die Wirkung des Betäubungsmittels lässt nach. Ich stehe auf. Sitzen ist schwierig. Liegen ist unangenehm. Was soll ich jetzt machen? Stehen ist nicht viel besser. In allen Lagen schmerzt es. Zusammen mit dem Mittagessen, das aus gekochten Kartoffeln, einer Gurke, einer Tomate und drei Stück Brot besteht, bekomme ich auch Medikamente. Eine Tablette. Ich weiß nicht, was es ist. Ich hoffe auf eine Schmerztablette. Wenige Minuten nach der Einnahme spüre ich keine Schmerzen mehr. Ich mache die Augen zu.

NEUN

Palast der Miserablen

Entgegen meiner Vorstellung von Gebäuden, die aus aufgeschichteten Büchern bestanden und Türen aus Folianten hatten, war der Büchermarkt nicht mehr als eine lange Gasse. Links und rechts auf den Gehsteigen saßen Verkäufer, und vor ihnen auf dem Boden lagen Bücher in unzähligen Farben und Formen. Die Literaturinteressierten schlenderten vorbei und beäugten das ein oder andere Werk. Als ich diese Straße zum ersten Mal vor mir sah, fühlte ich mich an den Staatsbesuch eines Präsidenten erinnert, den ich mal im Fernsehen gesehen hatte: Militärs in Paradeuniformen hatten auf beiden Seiten einer prächtigen Allee salutiert, und die Hymne war zu seinen Ehren erklungen. Der hohe Gast war mit erhobenem Haupt über einen endlosen roten Teppich marschiert. An diesem Tag fühlte ich mich wie ein solches Staatsoberhaupt, und die Bücher und ihre Verkäufer standen Spalier für mich. Shams, die kleine Leseratte aus Schrottstadt, hatte sein Schlaraffenland gefunden.

Ich schaute mir fast jede Publikation an, die dort feilgeboten wurde, und in meinem Kopf explodierte ein Feuerwerk. Ich fragte mich, wie man es nur schaffen sollte, all diese wunderbaren Bücher zu lesen. Nach mehr als zwei Stunden des Umherschlenderns machte ich eine kurze Pause, weil ich tatsächlich Kopfschmerzen bekam. Ich trank kaltes Wasser und musste unbedingt etwas essen. Vor zwei großen Töpfen auf einem Holzwagen stand ein alter Mann und rief: »Lablabi, leckeres

Lablabi!« Ich bekam eine Schale mit wenigen, aber hervorragend gewürzten Kichererbsen und reichlich Brühe mit Zitrone. Ich wusste nicht, was sein Geheimnis war, aber wie dieser Mann das Gericht zubereitete, war einzigartig in Bagdad. So geschmackvoll – schon nach zwei Löffeln war ich süchtig.

Zum Glück gab es auf dem Büchermarkt viele schattige Stellen vor den Häuserfronten, der Sommer war in jenem Jahr unbeschreiblich heiß. Fast vierundvierzig Grad waren es tags zuvor gegen Mittag gewesen. Auch heute brannte die Sonne unerbittlich nieder, und ich hatte Angst, die Bücher könnten Feuer fangen oder so ausbleichen, dass sie unlesbar wurden. Nach dem Essen ging ich ins Shahbandar-Café. Ein Bücherverkäufer hatte mir erzählt, dass sich dort angeblich Schriftsteller und andere Künstler treffen würden. Ich setzte mich direkt vor einen Standventilator, trank einen heißen Tee und lauschte und schnappte Gesprächsfetzen auf über Literatur, über weltverändernde Ideen und die Möglichkeiten im Ausland. Um der Mittagshitze zu entgehen, musste ich jedoch bald wieder aufbrechen. Auf dem Weg nach Hause kaufte ich zwei Bücher von Aziz Nesin und eine Ausgabe von *Die moderne Frau* für meine Schwester.

Nach den Ferien wurde es meine Gewohnheit, jeden Freitag zum Markt zu fahren. Unter der Woche half ich meinem Vater und verkaufte nach der Schule kleinen Kram am Straßenrand vor dem Damm. Ich fieberte jedem Freitag und dem Büchermarkt entgegen, als sehnte ich mich nach einem Wiedersehen mit meiner Traumfrau.

Die Mutanabi-Straße war nicht einfach nur ein Treffpunkt der Buchhändler, Schriftsteller, Kritiker, Journalisten, Studenten und eifrigen Leser, sondern war auch ein Ort, der wie ein

Paralleluniversum zu Bagdad wirkte. Als träte man durch ein magisches Portal aus der chaotischen, lauten und harten Stadt hinaus in einen zauberhaften Garten voll Ruhe und Harmonie, wo Buchstaben wie Insekten durch die Luft schwebten und literarische Wesen wie Einhörner zum Leben erweckt wurden. Obwohl viele diesen Ort kannten, fühlte es sich wie *meine* Entdeckung an. Als hätte ich ein unbekanntes Land in Besitz genommen und meine Fahne in den Boden gesteckt. Fortan flatterte für alle sichtbar eine im Wind knatternde Flagge mit der Aufschrift »Shams«.

Den Soldaten, der mich im Bus auf diese Gasse aufmerksam gemacht hatte, sah ich leider nie wieder. Ich hätte mich gerne bedankt und ihm die Füße geküsst. Stattdessen traf ich viele andere interessante Menschen, wie Hisham, den ältesten Sohn von Onkel Jafer, und erfuhr auch zahlreiche neue Dinge.

Ich war überrascht, als ich Hisham zum ersten Mal auf dem Markt sah. Er saß mit übereinandergeschlagenen Beinen auf einem Stuhl, und man konnte nicht erkennen, dass er eine Prothese trug. Als ich vor ihm stand und er mich erkannte, sprang er auf, stolperte und fiel gegen mich. Ich wusste nicht, ob er mich umarmen wollte oder ob es ein Unfall war, aber ich drückte ihn. Es war wirklich eine Freude, jemanden aus Jafers Familie wiederzusehen, unser Kontakt war in den letzten ein, zwei Jahren so gut wie abgerissen.

Neugierig fragte Hisham mich aus, wie es allen gehe, wo wir jetzt wohnten. Erst nach drei Tassen Tee aus einer Thermoskanne kam die Sprache auf die Literatur. Hisham arbeitete jeden Freitag als Bücherverkäufer, den Rest der Woche verdiente er sein Geld als Fotograf in seinem kleinen Atelier in Block 71.

Außerdem schrieb er selbst vornehmlich melancholische Gedichte, wie er sagte, und er hatte sogar schon zwei Gedichtbände veröffentlicht. Damit war er ein Vorbild für mich.

Hisham war begeistert davon, dass ich mich auch so sehr für Literatur interessierte. Dankbar lauschte ich seinen Empfehlungen und Ratschlägen, auch wenn ich einige der komplizierten Begriffe nicht verstand.

Mit Hisham entdeckte ich fortan das Leben in den Bagdader Literaturcafés. Wir schlürften Tee zusammen und lauschten den Gesprächen der anderen, wenn wir nicht selbst gerade fachsimpelten. Ich fühlte mich wie eine gurrende Taube zwischen bunten Ziervögeln, so fremd kam ich mir am Anfang vor. Es war ein Wunder für mich als Kind des Müllviertels, als kleiner Schüler, mitten unter diesen klugen Köpfen zu sitzen. Ich sah dort viele berühmte Leute, nicht nur Autoren, auch Schauspieler, und ich war mittendrin.

Einmal lud mich Hisham zu einer seiner Lesungen ein. Er gehörte zu einer kleinen Schriftstellergruppe, die sich regelmäßig in einem Schreibwarenladen traf. Wir saßen also in einem Stuhlkreis zwischen Regalen voll mit Papier, Blöcken, Notizheften und Hunderten von Bleistiften und Füllfederhaltern.

Mein Freund las ein paar Gedichte vor, die so trübselig waren, dass ich mir echt Sorgen um ihn machte. Dann redeten wir über das Schreiben generell und die Schwierigkeiten einer Veröffentlichung. Eine junge Frau fragte, wie Hisham beim Verfassen seines Gedichts auf die zentrale Metapher gekommen sei. Sie las die Verse vor, die sie meinte:

»Ich bin so verträumt,
dass ich nur auf dem Mars
mit dem Schnee
spielen könnte.«

Sie erzählte, dass Wissenschaftler erst kürzlich Eis auf dem Mars entdeckt hätten. Ob er wohl davon inspiriert worden sei? Hisham fühlte sich geschmeichelt. Er habe dieses Gedicht schon vor Jahren geschrieben, direkt nach dem Krieg 1991, und das mit dem Eis sei ihm neu. Ein alter Mann sagte: »Poeten sind nicht selten auch Propheten!« Alle brachen in Gelächter aus und klopften sowohl Hisham als auch dem Greis auf die Schulter.

Irgendwie ergab es sich mit der Zeit, dass ich, der kleine Shams, fortan meinem Großcousin-wer-weiß-wievielten-Grades jeden Freitag dabei half, Bücher großspurig anzupreisen. Sein Geschäft lief gut. Dabei verkaufte er kein einziges echtes Buch, sondern ausschließlich Kopien von Büchern. Einmal besuchte ich mit ihm eine Druckerei in einem anderen Viertel. Er drückte dem Besitzer ein Buch in die Hand und sagte, er wolle gern zwanzig Stück davon haben.

»Das liegt alles am Scheißembargo«, erklärte er mir. »Bücher aus anderen Ländern sind genauso unmöglich zu bekommen wie alle Lebensmittel, die wir nicht selbst produzieren. Der irakische Dinar ist durch die Blockade praktisch wertlos. Zweitausend Dinar haben mittlerweile den Gegenwert nur eines Dollars! Selbst ein gut verdienender Beamter bekommt nicht einmal dreitausend Dinar monatlich als Gehalt. Also sage und schreibe einen Dollar fünfzig. Du schuftest einen Monat lang und könntest dir in den USA nicht mal ein Sandwich davon kaufen. Die Bücher aus dem Ausland sind einfach unbezahlbar geworden, selbst wenn man sie im Irak vertreiben dürfte.«

Ich sah ihn neugierig an, weil mir die Tragweite des Embargos erst jetzt so richtig bewusst wurde, und Hisham fuhr fort: »Die Lastwagenfahrer, die zwischen Amman in Jordanien und Bagdad hin- und herfahren, um Medizin und Lebensmittel zu transportieren, die von der UNO erlaubt sind, schmuggeln immer mal wieder eine interessante Neuerscheinung zu uns rüber. Wir vervielfältigen sie dann und machen unsere Landsleute glücklich. Wenn es die Kopien nicht gäbe, hätten wir wohl irgendwann jedes Buch gelesen, das es hier gibt, und wir müssten wieder von vorne anfangen.«

»Wieso lebst du nicht nur vom Schreiben?«

»Das ist naiv. Für mein Geschreibsel bekomme ich zwar allerlei Lob und Kritik, aber kein Geld. Ich bin nicht berühmt, und meine Gedichtbände muss ich entweder verschenken, damit sie überhaupt jemand liest, oder ich bekomme gerade so wieder rein, was ich selbst für den Druck ausgegeben habe. Ohne den Foto-Laden und ohne die Kopien würde ich verhungern.«

Hishams Worte machten mir bewusst, dass auch ich wohl kaum von einer Karriere als Schriftsteller träumen durfte. Aber als ein Ausgleich zum Schuften vor dem Damm und zur Lernerei in der Schule konnte ich mir das Schreiben auch für mich vorstellen.

Eine andere Person, die mit dem Büchermarkt neu in mein Leben trat, war Sabah. Sie saß inmitten der Händler auf einem Klappstuhl und verkaufte kalte Getränke aus einer Kühltasche, hauptsächlich Sinalco. Ich kaufte immer eine Flasche bei ihr, trank sie in einem Zug leer und gab Sabah die leere Flasche zurück. Ich wurde einer ihrer treuesten Kunden. Denn ich stand auf sie. War wirklich hin und weg von ihr. Sie war ungefähr in meinem Alter, vielleicht fünfzehn oder sechzehn Jahre alt. Und mit jedem Freitag und jeder geleerten Flasche redeten wir mehr miteinander und näherten uns an. Sabah erzählte mir, dass sie den Platz von ihrer Mutter übernommen habe, seit sie selbst alt genug sei, hier zu sitzen und zu verkaufen. Ihre Mutter hatte noch Grush-Cola verkauft, aber Sabah konnte nur Sinalco als Alternative zu Wasser anbieten. Ich wunderte mich darüber. Von Hisham erfuhr ich, dass Grush-Cola wohl einer kanadischen Firma gehörte. »Nach dem Golfkrieg haben die blöden Kanadier wegen des Embargos dann aber auch keine Grush-Cola mehr geschickt. Pepsi und Coca-Cola sind schon seit Ewigkeiten verboten, imperialistische Getränke der Amerikaner. Also sind unsere Auswahlmöglichkeiten an Erfrischungsgetränken ziemlich beschränkt. Nur Sinalco ist uns treu geblieben. Die kommt aus der Schweiz oder aus Deutschland.«

Also trank ich jeden Freitag eine Sinalco bei Sabah. Sie wohnte in einem weit entfernten Viertel namens Al-Shuala, in dem sich viele Südiraker aufhielten. Ich hatte gleich an ihrem Dialekt bemerkt, dass wir ursprünglich aus derselben Ecke kamen. Vielleicht verstanden wir uns deswegen so gut. Ihr älterer Bruder brachte sie und die Flaschen jeden Freitag mit seinem Pick-up-Truck zum Büchermarkt und holte sie zur Abenddämmerung wieder ab. An den restlichen Tagen half sie ihrem Vater bei der Arbeit in seinem kleinen Café, das in Al-Shuala lag.

Sabah redete meistens nicht so viel. Das übernahm ich für uns beide. Doch mit der Zeit konnte ich mehr und mehr aus ihr herauskitzeln. Sie lächelte mir jedes Mal schon von Weitem zu, wenn sie mich sah. Obwohl sie auf dem Büchermarkt arbeitete, konnte sie weder lesen noch schreiben. Deswegen war ich anfangs so überrascht von ihrer Intelligenz und davon, wie viel sie von der Welt verstand. Sabah hatte einen sehr wachen, aufmerksamen Geist, und sie schnappte so viel aus Gesprächen, dem Radio oder wo auch immer auf, dass sie mehr wusste als mancher Lehrer bei uns in der Schule. Sie war sehr froh darüber, wöchentlich für ein paar Stunden aus Al-Shuala rauszukommen und unter anderen Menschen zu sein. Umgeben von so vielen Intellektuellen und Büchern, fühlte sie sich sehr wohl. Es war eine angenehme Abwechslung zu dem rauen Arbeiterviertel, in dem sie lebte, eigentlich ganz so wie bei mir. Außerdem wurde sie hier nie belästigt. »Solange ich nicht rechteckig werde und meine Haut nicht mit Buchstaben beschrieben ist, wird sich hier keiner für mich interessieren. Wenn jemand zu mir kommt, dann nur, weil er Durst hat. In Al-Shuala ist das ganz anders. Da fühle ich mich wie die armen Bananen damals bei uns während der Kuwait-Krise. Alle sind gierig und wollen ein Stück von mir.«

Ich musste lachen, obwohl es sehr traurig war. Es erging nicht nur ihr als Frau so, dass sie den Büchermarkt als Oase der Ruhe empfand. Auch für mich war er ein Rückzugsort. Hier musste ich keine Angst davor haben, dass mir jemand aufs Maul hauen könnte oder Typen wie Ali und Pharao oder die Schulbanditen plötzlich vor mir stehen könnten.

Sabah wirkte etwas wild, schon allein aufgrund ihrer zerschlissenen Kleidung und einer kleinen Narbe über der Augenbraue. Sie klang nicht selten so kampflustig wie Qamer und schimpfte lauthals los, wenn jemand sie doch einmal ärgerte. Zum Beispiel, indem er sich beschwerte, dass die Sinalco nicht richtig kalt sei oder das Wasser irgendwie anders schmecke als sonst. Diese Ähnlichkeit zu meiner Schwester machte sie mir von Anfang an sympathisch, während sie auf andere abschreckend wirkte. Auf dem ganzen Markt war sie als unverschämt bekannt, aber der Durst trieb die Leute zurück zu ihr. In Wahrheit war Sabah ein sehr empfindsames und liebes Mädchen, wie ich mit der Zeit feststellte, das einfach nur gelernt hatte, dass man manchmal Zähne zeigen muss, um nicht selbst gefressen zu werden. Nach sechs oder sieben Freitagen wollte sie kein Geld mehr von mir für die Sinalco und stieß sogar manchmal mit mir an. Wenn es nicht so viel Kundschaft gab, weil es mal nicht so heiß war, verbrachte sie die Mittagspause mit mir. Dann gönnten wir uns ein Fladenbrot mit Falafel oder eine Schale Lablabi. So konnte ich mich revanchieren und sie mehrmals einladen. Irgendetwas Magisches verband uns miteinander. Nur einige Minuten mit ihr allein und ich fühlte mich großartig. Dabei gaben wir ein ulkiges Paar ab: eine kämpferische Sinalco-Verkäuferin, die nicht lesen konnte, und ein stiller Bücherwurm aus dem Blechviertel.

Doch obwohl ich so verknallt war, wurde nicht mehr aus uns. Es blieb keine Zeit für Romanzen. Sabah musste Getränke verkaufen. Manchmal hockte ich mich nur für ein paar Minuten zu ihr. Ich half ihr, ein paar Flaschen zu verkaufen, um dabei einige Worte zu wechseln. Das machte mich glücklich. Zu anderen Begegnungen kam es aber nie. Unter der Woche war es unmöglich, sie zu treffen. Ich war mit der Schule beschäftigt und musste am Nachmittag meinem Vater bei der Arbeit helfen. Und sie wohnte am anderen Ende der Stadt. Fast neunzig Minuten würde die Fahrt mit dem Bus dauern, und man musste dreimal umsteigen. Das kostete ziemlich viel, und Sabah musste ja sowieso die ganze Zeit über im Café ihres Vaters arbeiten. Eine beschissene Situation, die mich tief betrübte. Endlich fand ich mal jemanden, ein so zauberhaftes Wesen, und dann lagen buchstäblich Welten zwischen uns. Außerdem war sie verlobt. Dazu noch mit einem Verwandten, der als Polizist arbeitete. Also keiner, mit dem man sich anlegen sollte. Schon in wenigen Monaten sollte sogar ihre Hochzeit stattfinden, und dann würde ich Sabah gar nicht mehr sehen. Ob sie ihn liebte oder nicht, wusste sie selbst nicht recht. Sie sagte nur, er wolle sie im Namen der Familie und Allahs heiraten, also werde alles schon gut. Das war mein Irak. Hier gab es keine Liebesromane.

Hisham wohnte mit seinen drei Kindern, zwei Jungen und einem Mädchen, und seiner Frau Magda in derselben Gasse wie sein Vater Jafer. Ich bewunderte seine Frau sehr. Sie war unglaublich gelassen und strahlte eine innere Ruhe aus, als lebte sie in einem Zen-Garten. Außerdem war ihre Herzlichkeit unbeschreiblich, und man fühlte sich in ihrer Gegenwart, als legte einem jemand eine warme Kuscheldecke um die Schultern. Ich bedankte mich unentwegt bei ihr, einfach weil ich ausdrücken wollte, wie nett ich sie fand. Darin lag ihre Macht, wie Hisham selbst sagte. Mit ihrem einnehmenden Lächeln und dem freundlichsten Gesichtsausdruck, den die Menschheit je gesehen hatte, gab seine Frau einem das Gefühl, man könne nie eine ausreichende Gegenleistung für den Frieden und die Ruhe erbringen, die man bei ihr empfand. Es war, als stünde man endlos in ihrer Schuld.

Magda kochte oft mein Lieblingsessen, das in ihren Augen nicht als richtige Mahlzeit galt, sondern allenfalls als Snack für zwischendurch. »Ein paar Falafelbällchen reichen doch nicht für einen kräftigen jungen Mann!« Danach stupste sie mir immer mit dem Zeigefinger in den Bauch, als wollte sie meinen Ernährungszustand überprüfen. Daher stopfte sie mich mit Unmengen an »Nahrungsergänzungsmitteln«, wie sie es nannte, voll. Ohne Ende Fladenbrot, leckere Linsensuppe oder auch mal hausgemachte Pistazien-Halva als Nachspeise. Die Familie war nicht reich, aber Magda wusste, wie man aus dem wenigen, was man trotz des Embargos kaufen konnte, ein wahres Festmahl zubereitete.

Dabei habe ich nur so oft Falafel gegessen, weil sie auf dem Büchermarkt für mich bezahlbar waren und mich stundenlang sättigten. Nicht ohne Grund wurden die frittierten Bällchen aus Kichererbsen auch »das Fleisch der Armen« genannt. Natürlich wünschte ich mir eigentlich saftiges Kebab, aber das konnte ich mir nicht leisten. Hätten Magdas Falafel weniger gut geschmeckt, hätte ich sie auch weniger häufig essen wollen. Aber die Art, wie sie die zerdrückte Masse mit viel Knoblauch und Petersilie mischte und mit den Fingerspitzen eine Prise von diesem und von jenem Gewürz hinzugab, war ihr Geheimnis. Das hätte man problemlos Saddam auftischen können. Hishams kleine Familie wirkte auf mich nahezu unecht, als blätterte ich in einem kitschigen Kinderbuch. Aber so waren sie nun mal, und trotzdem hatten auch sie die üblichen Probleme: kein Strom, wenig Geld, Angst vor der Geheimpolizei.

Zu Hisham hatte ich über Monate hinweg eine sehr intensive Beziehung aufgebaut, und wir waren oft gemeinsam unterwegs, auch unabhängig vom Büchermarkt. Eines Freitagabends sollten wir uns mit seinen Freunden treffen. Alle seien gespannt darauf, mich kennenzulernen.

»Wie das?«, fragte ich. »Was hast du ihnen denn von mir erzählt?«

»Natürlich nur Gutes. Komm einfach mit und finde es selbst heraus!«

Das Haus, in das wir gingen, lag in einer engen Gasse, nicht weit von der Akademie der Künste entfernt. Die Wohnung hatte zwei Zimmer, Küche, Bad und einen französischen Balkon. Alles sah ordentlich und sauber aus. Es gab gemütliche Sofas und mehrere Sessel. Aus dem Blechviertel kannte ich solche Räume gar nicht, dort saßen wir auf Teppichen. Auf dem Couchtisch standen eine Teekanne, eine Flasche Wasser und ein einfacher Obstteller. Daneben lagen Zeitungen und Bücher. An den Wänden hingen viele Gemälde und eine Landkarte. Nirgends war ein Bild des Präsidenten zu sehen, was ich tatsächlich noch in keinem irakischen Gebäude erlebt hatte. Hisham erklärte mir später, dass es in dieser Gegend kaum Kontrollen gebe, ganz anders als bei uns. »Außerdem gehört die Wohnung Kamal, einem blinden Mann. Welcher Polizist würde sich für ihn und seine Wände interessieren?«

Zwei Gäste waren schon da. Fatima, vielleicht Mitte zwanzig, und Yara, die ungefähr in meinem Alter war. Sie waren wohl verwandt mit Kamal, der selbstverständlich auch zu Hause war.

Sie nannten ihn »Onkel«, obwohl beide ihm überhaupt nicht ähnlich sahen.

»Du bist also Shams!«, sagte Kamal. »Ich freue mich, dich kennenzulernen. Hisham hat viel Werbung für dich gemacht. Ich bin Kamal, und wie du siehst, bin ich blind.« Der alte Mann saß auf einem Sofa und schüttelte mir die Hand, ohne mir direkt ins Gesicht zu sehen, was ungewohnt war.

Die beiden Frauen präsentierte er auf eine sehr lustige Art: »Das hier sind zwei besondere Geschöpfe. Es gibt generell nur zwei Arten von Menschlingen: Die erste ist Massenware aus dem Himmel. Gott vermengt etwas Erde und Wasser in seiner Schöpfungsmaschine, drückt auf einen Knopf, und hinten kommen normale Durchschnittswesen heraus. Dann spuckt er auf die leblose Hülle, und schon hat man eine Seele. So stellt Allah massenhaft Menschen her, um die Erde zu bevölkern. Es sterben ja schließlich auch genug, weil die Haltbarkeit so schlecht ist. Das sind wir. Nichts Besonderes – und mit zwölf Jahren werden wir blind oder schon mit zwanzig fallen uns die Haare aus. Wir sind Billigware aus dem China des Himmelsreiches. Doch bei manchen Erdlingen nimmt sich Gott mehr Zeit und wird zum Künstler. Diese wenigen gesegneten Menschen formt er mit seinen Händen und gestaltet jedes Detail, innen wie außen. Wie ein Bildhauer sitzt er tagelang vor seinem Werkstück und arbeitet daran, bis es in Perfektion vollendet ist. Zuletzt drückt er diesen Zauberwesen einen langen Kuss auf die Stirn und haucht ihnen so Leben ein. Nur auf diese Weise entstehen Menschen wie meine Schwester. Die Kinder solch engelsgleicher Himmelsgeschöpfe sind dann ebenfalls verdammt hübsch und haben eine nicht minder einnehmende Persönlichkeit: Fatima und Yara.«

»Dann gehöre ich wohl zu denjenigen, denen Allah ins Gesicht gespuckt hat«, sagte ich und lachte. Kamals Erzählung war witzig, aber irgendwie auch sehr abgedreht. Er hatte recht, was die beiden Nichten betraf, sie waren sehr schön, aber ich fragte mich, wie er, ohne sie sehen zu können, überhaupt wissen konnte, dass sie so hübsch waren.

»Ich mag dich«, sagte Kamal. »Deine Stimme ist mir sympathisch.«

Später am Abend kamen noch zwei Männer und eine weitere Frau hinzu. Masud, ein Buchhändler, Adnan, ein Kritiker, beide bestimmt über fünfzig, und Miriam, vielleicht Ende vierzig, eine Malerin und Sachbuchautorin, deren Mutter aus dem Libanon stammte.

Es war ein entspannter und sehr lebendiger Abend. Der blinde Kamal überraschte mich wieder, als er auf seiner Oud spielte und dazu sang. Er hatte eine traurige, sanfte Stimme und konnte unglaublich gut auf der Laute spielen. Mit seiner eher tiefen Stimmlage gab er jedem Lied einen ganz eigenen Klang. Er versetzte mich regelrecht in Trance, so sehr ließ ich mich auf die Melodien und den Rhythmus ein. Ich versank wie bei einer Meditation. Als er aufgehört hatte zu spielen, dauerte es einige Sekunden, bis alle erst vorsichtig, dann laut applaudierten, als ob jeder erst aus einem tiefen Schlaf hätte zurückfinden müssen.

»Zugabe!«, rief Yara. »Zugabe!«

»Haha, nein, Kind, später«, sagte Kamal. »Jetzt sind die Literaten dran.«

Hisham kramte einen zerknitterten Zettel aus seiner Hosentasche hervor. »Ich habe euch etwas Neues mitgebracht. Ein Gedicht von Fadhil al-Azzawi. Kennt jemand den Namen nicht?«

Ich hob meine Hand, Yara und Fatima ebenfalls. Es schien eine Generationensache zu sein.

»Oh, na dann«, räusperte sich Hisham, weil er wohl davon ausgegangen war, dass jeder wusste, wer dieser Schriftsteller war. »Al-Azzawi gilt als einer der ersten Dichter der arabischen Welt, die Prosa-Gedichte geschrieben haben. Also ein Werk ohne klassisches Versmaß, ohne Reim. Er lebt seit einer Ewigkeit in Deutschland. Solange Saddam an der Macht ist, kehrt er nicht in den Irak zurück. Hier ist also sein neues Gedicht: »Ein fliehender Geist aus einer Horrorgeschichte«. Er hat es in einem Magazin für Exil-Iraker in London veröffentlicht. Schon vor Beginn des Kuwait-Krieges ist es publiziert worden, also ist es schon ein paar Jahre alt, aber ich habe es erst vor Kurzem bekommen. Wer weiß, was wir da draußen noch alles verpassen!« Hisham machte eine dramatische Pause, um die Spannung zu erhöhen. Alles war still im Zimmer, dann begann er mit großen Gesten und tragender Stimme vorzulesen. Als er fertig war, herrschte für einige Zeit wieder diese merkwürdige Geräuschlosigkeit wie nach dem Lautenspiel.

Ich war sehr erstaunt, dass ein Iraker so über Saddam schreiben konnte. Der Text war sehr mutig und anders als alle Gedichte, die ich kannte. Ich hätte nie gedacht, so etwas mal in Bagdad zu hören. Wüsste jemand davon, man würde uns jahrelang ins Gefängnis stecken oder gleich in die Wüste fahren und dort erschießen. Ich hatte einen hochroten Kopf, weil es mich irgendwie nervös machte.

»Warum gibt es so etwas nicht öfter?«, fragte ich. »Das ist großartig. Diese Sprachgewalt. Und dann fühlt es sich so frei an. Ich kann diese komischen leblosen Gedichte, die es sonst überall gibt, nicht mehr ertragen.«

Kamal musste lachen: »Hisham! Was sagt man dazu?«

»Ach was, das ist sein gutes Recht«, sagte Hisham. »Literatur ist Geschmackssache. Außerdem ist er aus dem Blechviertel, ein echter Mann aus dem Volk, der kein Blabla von sich gibt. Shams redet immer Klartext, das mag ich an ihm.«

»Shams, eine Sonne aus dem dunkelsten Loch der Hauptstadt«, sagte nun Miriam, und alle lächelten mich an.

Irgendwie hatte ich den Eindruck, dass mich die Anwesenden wie ein exotisches Exponat ansahen. Ein Wesen aus der fernen Schrottstadt, das sich tatsächlich für so etwas Unpraktisches wie Bücher interessierte, die man nicht essen und unter denen man nicht schlafen konnte.

Auch Yara begann mich nun anders anzusehen. Zuvor hatte sie sich nicht sonderlich für mich interessiert und kaum Blickkontakt gesucht.

Hisham kehrte zu seinem Thema zurück. »Die Autoren im Exil haben natürlich alle Freiheiten. Wir dagegen müssen bei jedem Wort aufpassen. Dafür werden unsere Texte wenigstens von ein paar Menschen im Land selbst gelesen. Was bringt es, wenn man irgendwo im fernen Ausland gegen die Diktatur anschreibt, aber nur Exilanten lesen das dann? Das ändert doch gar nichts und ist nur für die Schublade geschrieben.«

»Nun ja, nicht jeder Text muss wie ein Flugblatt funktionieren«, sagte nun Adnan, der Kritiker. »Ich bin froh, dass es trotz der Selbstzensur noch immer kritische Stimmen gibt. Die meisten Werke sind doch so verfasst, dass sie viel Interpretationsspielraum bieten. Selbst wenn sie sich an die offiziellen formalen Vorgaben halten, ist der Inhalt doch einigermaßen frei. Zumindest, wenn man nicht allzu offensichtlich kritisiert. Ich meine, wofür gibt es denn Metaphern, die die Zensurbeamten nicht direkt kapieren?« Adnan knetete seine verkrampften Hände und flüsterte beim Sprechen.

»Ach komm«, mischte sich Masud ein. »Das ist doch eher Wunschdenken als alles andere. Ich bin seit mehr als zwanzig Jahren Buchhändler und habe echt alles gelesen, was ich in die Finger bekommen habe. Ich meine, ich bin zwar kein hochgebildeter Kritiker wie du, Adnan, aber so ein bisschen kenne ich mich auch aus. Und es tut mir leid, aber seit den Achtzigern wird bei uns fast nur noch Schund produziert. Von hundert Büchern ist vielleicht eines lesenswert und traut sich was. Jedes Werbeblatt für die Regierung wird in den offiziellen Medien als nobelpreisverdächtig gefeiert, und auf den Zug springen doch viel zu viele Autoren auf. Saddam weiß ganz genau, wie wichtig Literatur für die Propaganda ist, und diese rückgratlosen Hosenscheißer von Autoren lassen sich wie Ochsen vor seinen Karren spannen. Sie arbeiten alle für das Regime, und viele wissen es nicht einmal. Momentan schreibt doch jeder nur noch über die Folgen des Embargos. Und ansonsten nur abstrakte Texte, die nichts als Geschwafel sind. Da kann ich auch Buchstabensuppe essen. Hat ungefähr denselben geistigen Nährwert.«

Während Adnan sich von Masuds Worten irgendwie angegriffen fühlte, nickte Hisham. »Du hast schon recht. Ich meine, ich selbst schreibe ja manchmal abstrakt. Aber sonst können wir gar nichts mehr veröffentlichen. Was also sollen wir tun? Sollen wir jedes Mal unser Leben riskieren, wenn wir eine neue Idee haben, deren Veröffentlichung im Endeffekt doch nichts ändert? Oder eben lieber einen Kompromiss eingehen und innerhalb der Beschränkungen kreativ werden?«

Der Buchhändler fuhr fort: »Hier sterben jeden Tag Menschen, leiden Hunger, werden gefoltert oder sind auf der Flucht vor Spitzeln, Soldaten und dem ganzen Elend. Was soll ich in dieser harten Realität mit hochgestochener, komplexer Literatur anfangen, die ich erst lang und breit interpretieren muss? Es gäbe so viel Material, aber unsere Dichter haben Angst und können oder wollen nicht darüber schreiben, was wirklich wichtig ist.«

»Lasst uns aufhören zu streiten, ihr zwei Kampfhähne. Wir wollen doch Shams bei seinem ersten Besuch nicht verschrecken, auch wenn es gut ist, dass ihr so leidenschaftlich seid«, sagte Kamal. »So, und jetzt bringe ich euch noch ein Ständchen.«

Kamal nahm wieder die Oud und fing mit seinem wundervollen Spiel an. Die Stimmung lockerte sich, und den Rest des Abends sangen und lachten wir ausgelassen.

Als Hisham und ich später die Wohnung verließen, um uns auf den Heimweg zu machen, wurde er wieder etwas ernster. Langsam hinkte er neben mir her und erinnerte mich noch einmal daran, dass ich Stillschweigen über die Runde bewahren sollte. »Du weißt, dass die Wände hier Ohren haben und man kaum jemandem trauen kann. Alles, was wir dort sagen, bleibt unter uns.« Hisham legte mir die Hand auf die Schulter. »Du bist jetzt einer von uns. Herzlich willkommen im Palast der Miserablen.«

Ich wünschte mir, dass fortan jeder Tag ein Freitag wäre. Die Runde im Palast der Miserablen wurde mir sehr wichtig. Obwohl ich die Anwesenden selten außerhalb von Kamals Wohnung traf oder sah, fühlte ich mich ihnen nah und wusste bald so einiges über sie.

Adnan al-Salawi war immer glatt rasiert, ein kleiner Mann mit Schmerbauch, der nur noch einen Haarkranz auf dem Kopf hatte. Er schrieb für das Magazin *Die Stifte*, das vier Mal im Jahr erschien und vom Innenministerium herausgegeben wurde. Er hielt sich für einen Anhänger des Strukturalismus, was auch immer das genau sein mochte, und oft zitierte er einen gewissen Jacques Lacan oder irgendeinen anderen schlauen Kopf dieser Strömung. Adnan wirkte wie ein Gläubiger, der die heiligen Weissagungen seines göttlichen Pantheons wiedergab. Ich versuchte, das alles zu verstehen, indem ich auf dem Basar mal in einem Literaturlexikon blätterte oder auch einige der Artikel meines Bekannten las. Ich wollte mir ihm gegenüber keine Blöße geben und mein Nicht-Wissen verbergen, aber mir war das einfach zu hoch. Das war wie eine Fremdsprache. Ich kapierte diesen ganzen Kram nicht.

Adnan war eine bierernste Person und unterrichtete an der Bagdader Universität Vergleichende Literaturwissenschaft. Kritiker war er nur, um sich ein Zubrot zu verdienen. Schließlich war er Beamter. Er war leicht zu verunsichern – bei allem, was nichts mit Literatur zu tun hatte. Und wenn man in der Runde etwa zu lautstark das politische System kritisierte, wurde er ängstlich und sah sich jedes Mal um, als könnte jemand durch das Fenster im dritten Stock hereingucken. Es schien mir, als hätte er am liebsten die ganze Zeit über Jacques Lacan gesprochen, nicht aber über Politik und seltsamerweise auch nicht über seine Familie. Ich wusste, dass er verheiratet war und mehrere Kinder hatte. Mehr nicht. Wenn man ihn fragte, wie es allen gehe, antwortete er immer nur: »Gut, alles in bester

Ordnung.« Richtig leidenschaftlich wurde er nur, wenn er mit Masud aneinandergeriet. »Sie sind wie Wasser auf heißes Öl. Jedes Mal ergibt es eine Explosion«, sagte einmal Miriam über die beiden. Sie waren wirklich wie zwei Substanzen, die an keinem Ort der Welt zusammenzuführen waren – außer im Palast der Miserablen.

Masud Suliman hatte noch immer einen vollen, lockigen, wenn auch grauen Haarschopf, und er trug einen akkurat an den Rändern zugeschnittenen Bart. Seine beiden Töchter waren schon verheiratet und lebten mit ihren Männern zusammen. Masud war also allein mit seiner Frau. Seinen einzigen Sohn, der nach dem Medizinstudium an der Front hatte dienen müssen, hatte er im letzten Krieg verloren. Er selbst sprach darüber nie, aber Hisham erzählte mir davon. Der kampfeslustige Händler besaß mit »Al-Kitab« einen der ältesten Buchläden Bagdads. Von allen mochte ich ihn am meisten, weil er ein erfahrener Leser war und keinen schöngeistigen Firlefanz brauchte; er mochte sowohl unterhaltsame als auch nachvollziehbare Literatur. Am besten war es, wenn er anfing, über den Literaturbetrieb und die Regierung zu lästern. Er erinnerte mich dabei oft an Großvater Marzoq. Im Gegensatz zu Adnan zeigte Masud nie Schwäche. Er wirkte, als wäre er kugelsicher, und vertrat immer eine starke Meinung, ganz ungeachtet der Konsequenzen, wie es schien. Es sei denn, die oftmals zurückhaltende Miriam verbesserte ihn. Egal, was sie sagte, Masud stimmte ihr zu. Als sie beide jung gewesen waren, hatten sie wohl mal kurzzeitig eine Beziehung geführt und waren seitdem gute Freunde. Manchmal hatte ich den Eindruck, dass Masud noch immer heimlich in Miriam verliebt war. Er schaute sie länger und häufiger an als alle anderen, und sobald Miriam ihm in die Augen sah, geriet er ins Stottern.

Miriam Khalifa war eine sehr schöne Frau mit großen, schwarzen Augen und nussbraunen Haaren. Eine recht berühmte Malerin, die ständig zwischen Beirut und Bagdad unterwegs war. Wie sehr ich sie um ihre Reisefreiheit beneidete. Sie hatte einen libanesischen Pass, weil nur ihr Vater Iraker war, sie konnte jederzeit ein- und ausreisen. Ich wäre wahrscheinlich gar nicht mehr zurückgekommen, schließlich sollte Beirut eine atemberaubende Stadt sein. Wobei das wohl für jede halbwegs bewohnbare Siedlung gilt, die nicht auf oder neben einem Müllberg aus Schrott erbaut wurde. Miriam interessierte sich für alles, was mit Frauen zu tun hatte. War eine richtige Kämpferin. Sie schimpfte unentwegt über die arabischen Männer, die ihre Frauen wie Leibeigene behandeln würden. Ich fand Miriam etwas extrem in ihren Ansichten, auch wenn sie mit vielem recht hatte. Sie schenkte mir mal ein Buch, das sie mit anderen Autorinnen in Beirut veröffentlicht hatte: *Stimmen der Stummen*. Von Hisham erfuhr ich dann, dass Miriams Thema der »Feminismus« war, wovon ich zum ersten Mal hörte. Ich erfuhr aber auch, dass sie in den achtziger Jahren eine Anhängerin von Saddam gewesen war und sich erst nach dem Kuwait-Krieg von ihm distanziert hatte. Sie soll damals eine wichtige Rolle im »Frauenverein« des Irak gespielt haben: einer paramilitärischen Kampftruppe, die von Saddam zu Propagandazwecken aufgebaut wurde. Mehrmals hatte sie im Fernsehen mit einer Waffe in der Hand vor unserem Präsidenten getanzt wie ein dressierter Affe. So beschrieb es Hisham. Was dann zum Bruch geführt hatte, wusste keiner. Sie verlor kein Wort darüber. Es war aber ein offenes Geheimnis, dass sie unter

Depressionen litt und ständig Medikamente schlucken musste. Keine Ahnung, ob das in irgendeinem Zusammenhang stand. Sie hatte wohl fast sechs Monate in einer Psychiatrie in Beirut verbracht. Die Frau war irgendwie mysteriös, und man wurde nicht so richtig schlau aus ihr, was sie ohne Frage spannend machte. Genauso wie die Tatsache, dass sie immer mit Fatima aufs Klo ging. Wie gern hätte ich erfahren, was sie da geflüstert haben. Jedes Mal, wenn eine von ihnen musste, gab sie der anderen ein Zeichen, und dann gingen sie gemeinsam ins Badezimmer. Zuerst hörten wir nichts, dann Geflüster und anschließend Gelächter.

Fatima al-Dory war ein ruhiges und sanftes Wesen mit wunderschönen langen, schwarzen Locken. Sie arbeitete als Grundschullehrerin, war sehr aufmerksam und hörte genau zu, wenn ein Thema sie fesselte. Ansonsten zwirbelte sie verträumt ihre Locken um den Finger. Wenn Fatima etwas in Worte fasste, dann traf sie damit immer den Nagel auf den Kopf. Manchmal wurde sie auch sarkastisch oder sehr emotional und sprach dann laut und eindringlich. In der Gruppe war sie eher ruhig, unter vier Augen wurde sie gesprächiger.

Ihre Schwester Yara hingegen redete immer viel. Sie fragte ständig nach, weil sie vieles nicht sofort verstand, genau wie ich. So gab sie manchmal auch peinliche oder naive Dinge von sich. Außerdem kümmerte sie sich um die Wünsche der Gäste und brachte Wasser, Tee oder Bier. Die tollen Haare ihrer älteren Schwester hatte sie nicht, aber eine auffällig kurze Mähne, die ihr quadratisches Gesicht zur Geltung kommen ließ. Angeblich sollte ihre Frisur aussehen wie die Frisur einer Schauspielerin, die Meg Ryan hieß. Yara trug, wie diese Frau aus Hollywood wohl auch, gern weiße oder blaue Hemden. Ich hatte noch nie von dieser Frau gehört. Üblich war das jedenfalls ganz und gar nicht. Stoffhosen und Hemden trugen eigentlich nur Jungs und Männer. Aber ein Mädchen mit breitem Hemdkragen gab es in Bagdad selten zu sehen. Es schien, als hätte sie ihren eigenen Stil gefunden. Sie war die Jüngste ihrer Familie und die Lieblingsnichte von Kamal. Ich war nicht in ihrer Liga.

Unser Gastgeber Kamal al-Rawi studierte trotz seines Alters Literatur an der Universität. Ich war völlig baff. Ein Blinder? Hisham erzählte mir, dass Kamal aufgrund seiner Behinderung sehr berühmt an der Hochschule sei. Fast jeder kenne ihn dort. »Er ist ein Glückspilz, auch wenn seine Lage aussichtslos ist. Er findet immer irgendeine neugierige Studentin, die ihm alles vorliest. Stundenlang sitzt er da und lässt sich ein ganzes Buch runterbeten. Natürlich helfen ihm auch seine besten Freunde, seine Schwester und deren Freundinnen. Kamal hat sich ein ziemlich gutes Gedächtnis antrainiert und muss die meisten Sachen nur einmal hören, um sie sich zu merken. Und in den Vorlesungen, Seminaren und sonstigen Kursen wird natürlich sowieso die ganze Zeit vorgetragen und geredet, sodass er problemlos teilnehmen kann.«

»Wahnsinn!«

»Und der alte Specklecker hat bessere Flirtstrategien als jeder fitte Jungspund. Er gibt sich hilflos und fragt eine Hübsche nach der anderen, ob sie ihn nach draußen oder in die Seminarräume begleiten würde. Das Aussehen spielt für ihn natürlich keine Rolle, aber irgendwie wittert er die scharfen Bräute. Dann greift er ihre zarten Hände und hält sie oft noch etwas länger, auch wenn sie längst im Seminarraum sitzen.«

»Wow!«

»Auch mich hat er mal nach einer helfenden Hand gefragt,

obwohl ich keine parfümierte Frau bin. So haben wir uns kennengelernt. Seitdem sind wir befreundet.«

»Wieso studiert er denn überhaupt noch in seinem Alter? Der muss ja bald hundert sein.«

»Eher um die vierzig. Er macht das, weil er sich das früher nicht zugetraut hat. Was meinst du, was das für ein Kampf für ihn war, bis er die Schule abgeschlossen hatte. Inzwischen schreibt er sogar schon seit ein paar Jahren an seiner Doktorarbeit.«

»Was? Jetzt verarschst du mich aber.« Das klang in meinen Ohren alles wie erfunden, so unglaubwürdig erschien es mir. Das war ja so, als würde der verkrüppelte Hisham bei einem Marathon mitlaufen und womöglich gewinnen.

»Nein, ohne Scheiß. Er hat eine Studentin kennengelernt, die mit ihm freiwillig an seiner und zugleich an ihrer eigenen Doktorarbeit schreibt. Ihre Themen sind offenbar so ähnlich, dass es gut gepasst hat. Und zu allem Überfluss haben sich die beiden auch noch ineinander verliebt, und jetzt sind sie verlobt.«

»Ich bin echt ein bisschen sprachlos. Wie macht er das?«

Hisham beugte sich näher an mein Ohr und sprach etwas leiser. »Ich nehme mal an, dass er durch all das Abtasten von Gegenständen und Gesichtern so geübte Finger hat, dass er Frauen im Bett willenlos macht.«

Alle in unserer Gruppe freuten sich, dass dieser blinde Mann trotz seines Schicksals wirklich alles bestens im Griff hatte. Er spielte virtuos auf seinem Musikinstrument, konnte recht gut singen, schrieb an seiner Doktorarbeit und hatte eine Frau gefunden, die unsterblich in ihn verliebt war.

Lamia Ridwan hieß diese Studentin. Sie tauchte ab und zu auch bei unseren Treffen auf, klebte dann allerdings die ganze

Zeit über an Kamal und ließ gar nicht von ihm ab. Am liebsten wäre sie wahrscheinlich mit ihm zusammengewachsen und zu einem siamesischen Zwilling geworden. Sie interessierte sich nicht unbedingt für schöngeistige Literatur, sondern mehr für die wissenschaftlichen Theorien und Analysen von Literatur. Insbesondere aber interessierte sie sich für alles, was Kamal betraf. Genau genommen war er ihr Fachgebiet und der Titel ihrer Doktorarbeit sicher *Kamal über alles*. Neben ihrem lebendigen Forschungsobjekt beschäftigte sie noch eine andere Sache: Saddam Hussein. »Ihr kleiner Bruder wurde in der Zeit des Aufstandes hingerichtet«, erzählte uns Kamal. »Lamia hasst Saddam sehr. Sollte sie irgendwann die Möglichkeit bekommen, wird sie ihm eigenhändig das Herz ausreißen und es den Schweinen zum Fraß vorwerfen.«

Das also waren wir, acht Literaturbegeisterte in der Wohnung eines Blinden. Der Palast der Miserablen.

Unsere gemeinsamen Freitagabende fanden leider nur selten statt. Manchmal klappte es zwei Wochen in Folge, doch oft nur einmal im Monat. Jedes Mal lernte ich etwas Neues. Ich hatte schließlich viel nachzuholen, da mein Leben bis vor Kurzem kaum Bücher, Kunstwerke oder Symphonien gekannt hatte. Ich wollte tief eintauchen.

Auch, wie das Land funktionierte, in dem ich lebte, wurde mir erst durch die Treffen im Palast der Miserablen wirklich bewusst. Der Irak war überhaupt kein normales Land, sondern nur ein Flickenteppich aus Problemen. Nach vielen unserer hitzigen Freitagsdiskussionen wünschte ich mir hinterher, mitgeschrieben zu haben. Denn so viele Neuigkeiten und Informationen prasselten auf mich ein, dass ich Sorge hatte, sie zu vergessen oder nicht richtig verstanden zu haben. Ich hatte den Eindruck, dass ich mit jedem Gespräch weiser wurde. Egal, ob es um Schmuggelrouten ging, um Erfahrungen mit der Polizei oder das Leben im Ausland – immer waren wichtige Tipps dabei.

Bald hatte ich das Gefühl, zwei sehr unterschiedliche Leben zu führen, die nichts miteinander zu tun hatten: ein Leben im Blechviertel und eines im Bagdader Zentrum. Innerlich war es für mich nicht so leicht, das alles unter einen Hut zu bringen. Ich arbeitete wie ein Tier, um mit dem Geld meinen Eltern zu helfen und um gleichzeitig möglichst unabhängig von ihnen zu werden. Außerdem ging ich ja noch aufs Gymnasium und las in meiner wenigen Freizeit so viele Bücher, als wäre ich ein Fresssüchtiger, der eine Küche plündert. Selbst in der Schule hatte ich manchmal ein Buch auf den Oberschenkeln liegen, um in der letzten Reihe lieber in den Gedichten von Vladimír Holan oder T. S. Eliot zu lesen, als dem Quatsch des regimetreuen Sozialkundeunterrichts zu folgen. Ich verbrachte jede freie Minute damit, mein Wissen über Literatur auszuweiten und etwas Neues zu lernen, machte mir Listen von den wichtigsten Autoren und ihren Werken oder von literarischer und philosophischer Terminologie. Ich wollte mich bei den Freitagsgesprächen weniger verloren fühlen und irgendwann auf Augenhöhe mit meinen schlauen Mitstreitern diskutieren. Sogar bei manchen Schulkameraden und manchen Jungs im Viertel konnte ich bald damit punkten, über so komplizierte, eigenartige Dinge sprechen zu können wie über Metaphern oder die literarische Strömung der Romantik. Gut, mancher drohte mir auch Schläge an, wenn ich anfing zu dozieren, weil ich mich jetzt wohl für etwas Besseres hielte und die meisten mit diesem »Weibergewäsch« nichts anfangen könnten, wie sie sagten.

Wenn die Zusammenkünfte in Kamals Wohnung mal für ein paar Wochen nicht stattfanden, verbrachte ich gerne ein bisschen Zeit in den Literatur-Cafés rund um den Büchermarkt. Hin und wieder unternahmen Hisham und ich auch kleinere Ausflüge, um Lesungen zu besuchen oder ins Theater in Bab al-Moatham zu gehen. Dort gab es eine kleine Bühne in der Nähe der Akademie der Künste, wo Studenten selbstinszenierte Stücke spielten. *Onkel Wanja* von Tschechow war die erste Theatervorstellung meines Lebens. Es war eine unglaubliche Erfahrung, wie plastisch, mitreißend und lebendig ein echtes Drama im Vergleich zu den Sendungen sein konnte, die ich aus dem Fernsehen im Café Licht kannte. Ein anderes Mal guckten wir auf einem Theaterfestival in der Akademie *Ein Volksfeind* von Ibsen. Alle Stühle waren besetzt, viele Besucher standen, um das Stück zu sehen. Scheinbar traf es einen Nerv. Zufällig trafen wir dort auch auf Masud und seine Frau.

Zu Hause allerdings war Qamer die Einzige, die sich dafür interessierte, was ich im Bagdader Zentrum erlebte. Meine Mutter hatte sich, seit ich ein Teenager war, nie mehr richtig für mich und meine Welt interessiert. Hauptsache, ich brachte Geld nach Hause, machte meine Schulaufgaben und verursachte keine Probleme. Sie war sowieso dauernd mit ihrer Arbeit beschäftigt, redete von der »Lichtquelle« und benahm sich, als würde sie sich auf einem anderen Planeten befinden, nicht bei uns. Mein Vater kämpfte sich durch seine Tage und arbeitete oder verbrachte seine Freizeit im Teehaus mit seinen Stammesmitgliedern. Ihm war weiterhin nur wichtig, dass ich kein Soldat wurde. Sonst durfte ich alles tun.

Ich war in meiner Welt versunken und mit dem Erwachsenwerden beschäftigt. Vielleicht habe ich meine Eltern auch irgendwie ausgeschlossen, jedenfalls habe ich beiden nie von meinen Erfahrungen im Stadtzentrum erzählt. Alles, was sie wussten, war, dass ich den Freitag mit Hisham verbrachte. Für sie galt er, wie sein Vater Jafer, als einer der guten Menschen. Sie fragten überhaupt nicht nach, was wir im Zentrum eigentlich taten. Wenn sie es gewusst hätten, hätten sie es vermutlich für Schwachsinn und Zeitverschwendung gehalten und mit den Schultern gezuckt.

Jeder aus unserer Familie schwirrte sowohl innerlich als auch räumlich in anderen Sphären umher. Zusammen kamen wir nur zum Abendessen, das im Laufe des Embargos immer dürftiger wurde.

Qamer war die Einzige, die einiges aus meinem Leben mitbekam. Während sie auf ihrer Matratze saß, sich im Licht einer Öllampe die Nägel lackierte und die Haare kämmte, erzählte ich ihr von meinen Erlebnissen. Nie kommentierte sie irgendetwas negativ, nie äußerte sie ihre Meinung, sie hörte einfach zu und nickte oder lächelte. Ich genoss es, für einige Stunden bei ihr zu sein, sie in ihrem engen Nachthemd anzuschauen und völlig frei mit ihr zu reden. Auch wenn es eher ein Monolog als ein Dialog war. Manchmal sollte ich ihr den Inhalt eines Buches kurz zusammenfassen oder von unseren Diskussionsrunden berichten. Inzwischen schrieb ich auch selbst ab und an etwas, versuchte mich an eigenen Texten, die ich immer ihr als erstem anderen Menschen vorlas. Sie strahlte trotz ihrer Einsilbigkeit so viel Unterstützung und Verständnis aus, dass es mich in meinem Vorhaben bestärkte.

Manchmal schlief sie leider währenddessen ein, weil sie so müde vom Tag war. Ich war ihr nicht böse deswegen, sondern beobachtete sie dann noch eine Weile. Ihre Augenbrauen waren dünn gezupft und lagen wie Halbmonde über ihren geschlossenen Augen. Ihre schmale Nase, die sie von unserer Mutter hatte, sah nicht so lang wie meine aus und war an der Spitze etwas breiter. Eine echte »babylonische Nase« hatte sie. Als mein Blick auf ihre vollen, rosafarbenen Lippen fiel, die sie in letzter Zeit gerne mit Lippenstift betonte, musste ich an Kamals Erzählung denken: Gott gibt sich bei bestimmten Menschen besonders viel Mühe, und Qamer war wirklich eines seiner Meisterstücke.

Diese Abende mit Qamer und meinen Berichten wurden zu einem festen Ritual. Tagsüber hatten wir beide keine Zeit. Qamer war mit der Arbeit im Krankenhaus als Pflegerin beschäftigt und führte ihr eigenes Leben. Immerhin schaffte sie es zweimal, mit mir zusammen auf den Büchermarkt zu gehen. Beide Male war ich glücklich darüber, sie dabeizuhaben und ihr etwas von mir zu zeigen. Meiner geliebten Schwester, meiner ersten Zuhörerin.

DIE WÄNDE ZITTERN und der Boden bebt unter meinen Füßen. Ich stehe auf und schaue nach dem Wärter. Er ist nicht da, sein Tisch ist leer, kein Licht brennt in den anderen Zellen. Wieder ein Knall. Ich bin mir sicher, es sind Explosionen, das Einschlagen von Raketen. Ich kenne sie, diese Erschütterungen. Ich erkenne den Krieg. Seine Schritte und sein Klang sind mir nicht fremd. Wir sind uns oft begegnet. In meinem kurzen Leben habe ich größere und kleinere Kriege überlebt. Der Krieg und ich sind alte Bekannte.

Die Abstände zwischen den Explosionen werden immer kürzer, einige sind sehr heftig und nah, andere scheinen weit entfernt. In meiner Zelle, die so geräuschlos war, ist es nun unendlich laut. Ich habe nie daran gedacht, dass sich Laute aus der Außenwelt zu mir einschleichen könnten. Hierher, unter die Erde, irgendwo in das Gefängnisloch eines Militärkrankenhauses in Bagdad.

Jetzt ist es dunkel. Vermutlich Stromausfall. Meine Zelle ist nun eine schwarze Grube, wie die dunklen Höhlen in meinen Albträumen, die mich immer wieder tiefer in sich hineinsaugen. Ich setze mich ins Bett. Meine Augen gewöhnen sich schnell an die Dunkelheit, nach und nach kann ich die Dinge in der Zelle wieder erkennen. Was soll ich jetzt tun?

Irgendwann wache ich wieder auf, höre kaum noch etwas. Es ist noch immer dunkel, ich bin noch immer allein. Ich weiß nicht mehr, ob es Tag oder Nacht ist. Hier ist alles nur noch dunkel. Der Boden zittert etwas, die Einschläge sind weit entfernt. Sie sind kaum hörbar.

Irgendwann höre ich andere Geräusche. In der Dunkelheit taucht ein Mann an meiner Zelle auf. Er gibt mir eine ganze Tüte voll Brötchen.

»Danke. Was ist passiert?«

»Krieg.«

»Mit wem?«

»Mit den Amerikanern.«

»Wieder?«

»Ja. Wieder Bush! Diesmal sein Sohn.«

Ich hoffe noch. Vielleicht ist dieser Krieg meine Rettung. Ich hoffe, dass die Amerikaner alles beenden und Saddam ins Jenseits schicken. Nach dem Essen gehe ich spazieren. Die Salbe tut gut. Mein Hintern gibt Ruhe. Aber die Welt oben dreht durch. Was machen meine armen Eltern gerade? Wo sind sie?

ZEHN

Wandelgestirne

Bei einem unserer Treffen im Palast ging es heiß her, und jeder warf irgendetwas Schlaues ein. Wir haben uns alle über die irakische Form der Demokratie aufgeregt und wild durcheinandergeredet. Außerdem hatten die anderen schon das ein oder andere Bier intus.

»Das soll eine Wahl sein? Was für eine Scheiße! Er ist im Amt bestätigt worden, mit 99,96 Prozent. Kein Wunder, ohne Gegenkandidaten. Das ist eine Parodie und nichts anderes.«

»Ist doch klar, wenn die Baathisten nicht nur alle Wahlzettel, sondern auch dich ganz genau anschauen, bevor du deine Stimme abgeben darfst. Wenn du nur ›Ja‹ oder ›Nein‹ ankreuzen kannst und dir Saddam dabei über die Schulter guckt, ist es doch keine Überraschung, dass alle Stimmen in der richtigen Kiste landen.«

»Seit meiner Kindheit kenne ich nur Saddam, Saddam, Saddam. Als wäre er ein Teil meiner Familie, hängt sein Foto schon immer in unserem Wohnzimmer.«

»In meiner Wohnung gibt es kein Foto. Oder? Ich kann nicht sehen, was meine Schwester an die Wand gehängt hat.«

»Ja. Du hast keins, aber alle anderen haben eins.«

»Zu Hause haben wir nicht mal eins von meinem Großvater oder meinen Tanten und Onkeln aufgestellt. Aber eins von Saddam. In jedem Buch, das man aufschlägt, ist er irgendwo abgedruckt, entweder ein Foto von ihm oder ein schlaues Zitat, selbst im Radio oder Fernsehen geht er uns ständig auf die Nerven. Vierundzwanzig Stunden lang täglich Saddam. Entweder kriegt man eine Hör- und Sehschwäche, was ihn betrifft, oder aber starke Kopfschmerzen. Ich kann ihn nicht mehr ertragen.«

»Wie kann sich ein Typ so wichtig nehmen? Wenn wir wenigstens eine scharfe junge Frau als tyrannische Herrscherin hätten. Dann hätten wir zumindest ordentlich was zu gucken. Aber so? Nur selbstverliebte Männer mit Schnurrbart! Wird sich wahrscheinlich nie ändern.«

»Im Irak gibt es doch nur eine Möglichkeit. Irgendein Typ aus seiner Familie, vom Militär, aus dem Widerstand oder vom Geheimdienst tötet Saddam und krönt sich dann selbst zum Herrscher, bis eines Tages wieder ein neuer Meuchelmörder mit Schnurrbart auftaucht, der sich ›Befreier des Volkes‹ nennt. Es ist ein Rad, das sich endlos weiterdreht. Nur leider werden wir dabei über den Haufen gefahren.«

»Kein Wunder, dass es in der ganzen irakischen Geschichte keine zehn Jahre Frieden am Stück gab.«

»Im Ernst?«

»Ja klar. Kannst du alles nachlesen. Saddam ist doch das beste Beispiel. Erst acht Jahre Krieg gegen den Iran, dann eine kleine Pause, bis Kuwait dran war. Das hat zum zweiten Golfkrieg geführt, der wiederum den Aufstand im Süden und Norden zur Folge hatte. Davor, danach oder dazwischen noch unzählige weitere Kampfhandlungen: Regierung gegen Opposition, Opposition gegen Opposition, Araber gegen Kurden, Kurden gegen Kurden, Araber gegen Araber, Muslime gegen Christen, Volk gegen Volk und so weiter. Die Liste an Kriegen, Schlachten und Massakern ist endlos und wird jeden Tag länger.«

»Man weiß hier doch sowieso nicht, was man noch glauben kann und was nicht. Man hört im Laufe der Jahre so viel über manche dieser Konflikte, während andere ein Geheimnis bleiben und erst viel später bekannt werden. Bei all der Propaganda blickt man kaum noch durch.«

»Nicht nur das, mein Freund. Es gibt ja auch alle fünf Minuten irgendein neues Gerücht, das sich wie ein Lauffeuer verbreitet. Jemand hat von jemandem dies und das gehört, und das erzählen dann fünf andere Leute in abgewandelter Form weiter. Gerüchte sind wie Kochrezepte, die jeder mit seinen eigenen Gewürzen und Zutaten verfeinert. Allein heute habe ich im Café mindestens zwanzig neue Gerüchte gehört. Sie schlüpfen wie die Fliegenschwärme in den Sümpfen im Süden, schwirren durch das Land und stechen die Leute in den Kopf, wie es scheint. Bei einem ging es um irgendwelche Leute von der UN. Die suchen nach Massenvernichtungswaffen und finden kaum etwas davon, vermutlich weil Saddam sie genau dann abtransportieren lässt und in Bewegung hält, wenn diese Idioten mit Vorankündigung auftauchen.«

»Es gibt auch ein neues Gerücht: Wir haben die Marke Sinalco gekauft. Das Getränk wird unser nationaler Saft. Bald haben wir auf jeder irakischen Flagge das Abbild einer Flasche Sinalco neben dem Schriftzug ›*Allahu akbar*‹!«

»Habt ihr die Sinalco-Werbung auf Jugend-TV gesehen?«

Hisham und Kamal fingen an, gemeinsam zu singen: »Nach der Müdigkeit trink: Sinalco … Siiiinalco co co co, Sinalco!«

An diesem Abend ging es kaum um Literatur, es sei denn, man versteht den Irak als Epos mit viel Drama und Gewalt. Masud, Miriam und Hisham waren irgendwann so betrunken, dass sie nur noch fluchten oder über irgendwelche dummen Witze lachten.

Ich verabschiedete mich. Unterwegs musste ich an Sabah denken. Als die anderen angefangen hatten, über Sinalco zu reden, war eine Traurigkeit in mir aufgestiegen. Erst kurz zuvor hatte ich auf dem Markt erfahren, dass ich Sabah nie mehr wiedersehen würde, dass sie nun einfach weg war, für immer und ewig. Ein kleines Mädchen von vielleicht zwölf Jahren verkaufte nun die Sinalco. Ich hatte es nach Sabah gefragt.

»Ich bin ihre Schwester«, sagte das Mädchen.

»Aha, und wann kommt Sabah wieder?«

»Gar nicht mehr. Sie hat einen Polizisten geheiratet. Willst du eine Sinalco?«

Ich hatte vergessen oder verdrängt, dass das ja so geplant gewesen war. Die Monate mit Sabah waren wie im Flug vergangen, und nun würde ich sie wirklich nicht mehr sehen können. Ich musste jedes Mal an sie denken, wenn ich auf dem Büchermarkt war, auch im Palast der Miserablen, ich vermisste sie. Zum Glück war ich jedoch mit so vielen anderen Dingen in meinem Leben beschäftigt, dass es schon nach ein paar Wochen nicht mehr so schlimm war und ich kaum mehr an sie dachte. Mit Schule und Arbeit waren meine Wochen so anstrengend, dass ich an gar nicht viel denken konnte außer an Schlaf. Die Müdigkeit war teilweise unerträglich, und ich fühlte mich oft wie ein Schlafwandler. Immerhin hatte ich die Wochenenden für mich, und meine Schwester war auch als Stütze da. Aber das sollte sich bald ändern.

Qamer hatte wirklich viel geschafft. Nach der Mittelschule hatte sie das Institut für Gesundheitsberufe besucht, um Krankenpflegerin zu werden. Dann hatte sie ein Praktikum in der Klinik »Stadtmitte« gemacht und danach eine Anstellung im größten Krankenhaus von Saddam City auf der Joader-Straße gefunden.

Dort traf sie ihren zukünftigen Ehemann. Der hatte seine kranke Mutter besucht, die von meiner Schwester liebevoll gepflegt wurde. Es war ganz offensichtlich so, dass sich der Mann und seine Mutter unsterblich in Qamer verliebt hatten. Und dann kam der Tag, an dem sich alles für mich änderte. Erst wenige Stunden bevor dieser Kerl auch in meinem Leben auftauchte, erfuhr ich überhaupt von seiner Existenz. Qamer hatte ihn bislang verschwiegen und erzählte mir ganz plötzlich, als wir abends beisammensaßen, morgen würden uns Leute besuchen und um ihre Hand anhalten. Ich schwieg. Ich war völlig verdattert, spürte Verzweiflung in mir aufsteigen und sah meiner Schwester tief in die Augen, in der Hoffnung, sie habe mich nur auf den Arm genommen.

»Qamer, du … du gehst weg?«

Sie griff nach meiner Hand.

»Nicht sofort. Es wird noch eine Weile dauern. Aber irgendwann. Ja. Irgendwann werde ich weg sein.«

Ich drückte ihre Hand, bis es wehtat und sie sie zurückzog.

»Warum hast du mir kein Sterbenswort gesagt?«

»Das war keine böse Absicht. Ich wollte erst mal schauen, wie es sich entwickelt. Konnte ja nicht ahnen, dass Jasim gleich mit der Tür ins Haus fällt.«

»Jasim?«

»Ja, so heißt er.«

Ohne ein weiteres Wort sprang ich auf und ging nach draußen vor das Haus. Qamer rief mir noch nach, aber ich ignorierte sie.

Ich war so durcheinander. Als ich viel später wieder in unser Zimmer zurückkam, nahm ich meine Matratze und legte sie ans andere Ende des Raums, so weit von Qamer entfernt wie möglich. Sie beachtete mich nicht, vielleicht, weil sie eingeschnappt war oder mich sehr gut verstand und mir Zeit geben wollte. In dieser Nacht vor der Verlobung meiner Schwester konnte ich kein Auge zutun.

Am nächsten Nachmittag musste ich dabei zusehen, wie Jasim meiner Schwester einen Ring ansteckte und sie es ihm gleichtat. Er war ein wirklich gut aussehender Mann mit edlen Gesichtszügen, er sah wie ein trainierter Sportler aus. Die anwesenden Frauen jubelten und warfen Bonbons in die Luft, wie es Brauch war. Meine Mutter schenkte Getränke ein und weinte vor Glück. Vater, der zusammen mit dem zukünftigen Schwiegervater Qamers die Hochzeit erlaubt hatte, saß stolz wie ein Gockel auf dem Teppich. Nur ich stand starr vor der Tür wie Saddams Statue im Stadtzentrum. Ich fühlte mich, als hätte mir Jasim einen Arm abgeschnitten. Einsamkeit übermannte mich, und ich dachte, ich würde für immer alleine bleiben. Zugleich fühlte ich mich schuldig, weil Qamer so glücklich aussah.

Ich redete am nächsten Morgen kein Wort mit ihr, und auch in den Tagen danach war ich recht einsilbig. Ich vergrub mich komplett in meinen Büchern, versuchte immerzu draußen zu sein, um weder meine Schwester noch diesen Jasim sehen zu müssen.

Die Verlobungszeit dauerte ganze drei Monate. Es war eine sehr harte Zeit für mich. Ich hasste diesen Mann dafür, dass er mir meine Schwester wegnehmen wollte, ja weggenommen hatte. Natürlich war es kindisch und unfair Qamer gegenüber, aber ich konnte nichts gegen meine Gefühle tun. Ich war meinem Schmerz, meiner Eifersucht und meinem Zorn hilflos ausgeliefert. Ich hatte keine Ahnung, wie ich das durchstehen und wieder zum Alltag übergehen sollte. Jedes Mal wenn Jasim uns besuchte und sich im Wohnzimmer mit Qamer unterhielt, wollte ich in die Küche rennen und ein Messer holen. Ihn endgültig davonjagen. Aber Mutter stand wie ein Wachhund vor der Tür zum Wohnzimmer, als ob sie genau wüsste, was in mir vorging. Vielleicht wollte sie den beiden auch lediglich etwas Privatsphäre gönnen. Sie stellte sich mir jedes Mal in den Weg, wenn ich dem Raum auch nur zu nah kam, und sie bat mich eindringlich darum, mir irgendeine Beschäftigung zu suchen.

Ohne Frage empfand ich mehr für Qamer, als es ein Bruder sollte. Meine Gefühle waren stärker und tiefer als reine Geschwisterliebe. Je mehr ich gegen dieses körperliche und seelische Verlangen nach ihr ankämpfte, desto intensiver schien es zu werden. Ich fühlte mich, als stünde ich lichterloh in Flammen. Qamer sollte bei mir sein, mich halten und nie wieder loslassen. Es war mir völlig gleichgültig, ob die ganze Welt dagegen wäre und wir uns verstecken müssten. Ich war plötzlich wie besessen von ihr.

Total verloren und einsam trottete ich durch die Nachbarschaft. Sah nichts und hörte nichts. Nur die seltsame Enge in meiner Brust spürte ich noch.

Bis zur Hochzeit war Qamer sehr beschäftigt. Sie musste das weiße Kleid und den Schmuck organisieren, sich um die Möbel für ihre neue Wohnung kümmern. Ihre Freundinnen aus unserer Straße und ihre Arbeitskolleginnen besuchten sie oft bei uns zu Hause. Sie feierten Qamers Junggesellinnenabschied, tanzten und unterhielten sich gackernd. Eine ganze Woche lang ging das so. Ich begrüßte die Mädchen mit einem stummen Nicken, schaute sie aber kaum länger als für ein paar Sekunden an. Ich hatte nur Augen für meine Schwester. Alle anderen waren mir egal. Einige Male versuchte Qamer sogar, die Situation zu entschärfen und mich mit einer ihrer Freundinnen zu verkuppeln. Sie behauptete, eine Kollegin aus dem Krankenhaus halte mich für einen wirklich gut aussehenden Mann und ich hätte Chancen bei ihr. Ich war zutiefst beleidigt und ging einfach weg.

Erst in der Nacht vor ihrer Hochzeit redeten wir wieder miteinander. Qamer kam einfach zu mir und zwang mich gewissermaßen zu einer Aussprache.

Es war schon sehr spät am Abend, eine Nacht mit einem gleißend hellen Mond und einem Himmel voller Sterne. Ich saß allein auf dem Boden im Hof und las unter einer Öllampe ein langes Gedicht. Qamer kniete sich zu mir.

»Was liest du denn da?«

»*Enūma eliš*, den babylonischen Schöpfungsmythos.«

»Und? Ist es gut?«

»Ich bin noch ganz am Anfang.«

»Wollen wir nicht endlich miteinander reden?« Qamer streichelte mir über den Rücken, und ich zuckte zusammen.

»Worüber sollten wir noch reden?«

»Über uns. Shams, schau mir in die Augen.«

Ich sah sie an und versank in ihren endlos schwarzen Augen, die so viel Liebe ausstrahlten. Sie nahm meine Hand zwischen ihre Hände und streichelte sie.

»Hör zu, du bist mein einziger Bruder. Und ich weiß, dass

du traurig bist, weil ich jetzt weggehen muss. Es ist schön, zu wissen, dass ich dir so viel bedeute. Es tut wirklich unglaublich gut, glaub mir. Aber ich will nicht, dass wir so auseinandergehen und uns aus den Augen verlieren. Wir haben unser ganzes Leben zusammen verbracht, und ich werde dich doch genauso vermissen, du blöder Hornochse.«

Sie ließ meine Hand los und schlug mich leicht auf die Wange.

»Ich wünsche mir, dass du morgen auf der Hochzeit an meiner Seite stehst und für mich da bist. Es ist in Ordnung, wenn du das nicht willst, und ich wäre dir nicht böse. Aber ich wünsche es mir. Ich will nicht ohne dich feiern und den Mann heiraten, den ich liebe. Das würde die ganze Hochzeit kaputt machen. Dabei soll das der schönste Tag in meinem Leben werden. Und den sollst du mit mir teilen.«

Ich konnte nichts sagen und schaute meine Schwester nur lange und flehend an. Sie hatte feuchte Augen und unterdrückte ihre Tränen. Da begann ausgerechnet ich furchtbar zu weinen, obwohl ich mich zwingen wollte, stark zu bleiben. Qamer umarmte mich und hielt mich fest. Ich spürte ihren warmen Körper, sie drückte mich an ihre Brust, ihre Haare lagen auf meinem Gesicht. Sie streichelte meinen Rücken und meinen Kopf, während ich meine salzigen, feuchtwarmen Tränen auf meinem Gesicht und in ihrem Kleid spürte. Ich schluchzte wie ein kleines Kind. Nach all den Wochen brachen meine Gefühle aus mir heraus. So schmerzhaft es war, so gut tat es mir.

Nach einer gefühlten Ewigkeit flüsterte meine Schwester: »Also – kommst du morgen bitte mit?«

»Ich kann es dir nicht versprechen, so leid es mir tut.«

»Shams, du wirst mich nicht verlieren, okay?«

»Ja.«

»Ich gehe jetzt schlafen, weil ich hundemüde bin.«

»Okay.«

»Gute Nacht, Brüderchen.«

»Gute Nacht.«

Als Qamer weg war, schaute ich noch lange in den funkelnden Himmel. Ich fühlte mich erschöpft und glücklich und traurig zur gleichen Zeit. Der Mond thronte mächtig über mir und war fast voll, nur ein kleiner Teil leuchtete noch nicht. Am Tag der Hochzeit würde Vollmond sein.

Am Tag der Hochzeit war unsere Gasse vollgestopft mit Autos, und unzählige wild tanzende Menschen hatten sich vor unserem Haus versammelt. Dabei fanden sie kaum noch Platz. Mit zwei ihrer Freundinnen im Schlepptau trat Qamer aus der Haustür. Sie trug ein opulentes weißes Kleid mit Perlenstickereien und viel Tüll, ihre Lippen waren feuerrot geschminkt, die Augen etwas rauchig betont und die Haare zu einer Steckfrisur geflochten. Sie strahlte, lächelte und sah so zauberhaft aus. Mutter, Vater und ich standen im Hof und schauten sie ungläubig an. Qamer sah aus wie eine Prinzessin. Sie kam zu uns, küsste Vaters und Mutters Hand und mich auf die Wange. Der Bräutigam in seinem schicken schwarzen Anzug wartete mit seiner Familie in der Gasse. Qamer ging zu ihm hinaus und reichte ihm ihre Hand. Er führte sie zu einem Wagen, der mit Ballons und Blumen geschmückt war. Die Türen knallten zu. Dann fuhren sie davon.

Meine Mutter weinte an diesem Tag heftig, und auch mir war zum Heulen zumute, dabei waren es in ihrem Fall Freudentränen. Zum ersten Mal seit langer Zeit sah ich auch Vater sehr glücklich. Ich fühlte mich fremd und schuldig, weil ich mich nicht genauso freuen konnte.

Qamer war nun weg. Das Letzte, was von ihr geblieben war, war eine Reifenspur im Matsch. Sie hatte sich tatsächlich ihren Wunsch erfüllt, das Blechviertel eines Tages hinter sich zu lassen. Sie hatte immer davon geträumt, an einem besseren Ort zu wohnen und ein neues Leben zu führen. Ohne Chaos, ohne Müll. Auf sauberen Straßen spazieren zu gehen, in einem richtigen Haus zu wohnen und sich mit sauberen, gepflegten, gebildeten Menschen zu unterhalten. Nun hatte sie genau das erreicht, während ich mich so weggeworfen fühlte wie der Schrott auf unserem Müllberg.

Die ersten Tage und Wochen nach der Hochzeit waren unendlich langweilig. Qamer genoss mit ihrem Mann sicherlich ausgiebig ihre Flitterwochen irgendwo im Irak. Ich fragte meine Eltern nicht, ich wollte gar nicht wissen, wo genau sie waren, weil ich mir keine Details ausmalen wollte. Erst mit Qamers Abwesenheit bemerkte ich, welch großen Anteil sie daran gehabt hatte, mich in unserem Haus zu Hause zu fühlen. Die Bruchbude wirkte jetzt leer, trostlos und wie ein Gefängnis.

Meine Eltern allerdings waren sehr zufrieden, dass Qamer einen fleißigen Mann gefunden hatte, der eine gute Arbeit hatte und total in sie vernarrt war.

»Er hat sie nicht einfach nach Absprache in eine Ehe gezwungen und sie gegen ihren Willen in eine fremde Umgebung verpflanzt, wie die anderen Männer es hier oft tun. In einer Zeit, in der man kaum etwas zum Essen findet, ist das eine große

Geste und zeugt von gutem Charakter«, sagte meine Mutter. Ihre Tochter sei nun erwachsen und unabhängig. Eine richtige Frau.

Bald schon war ich sogar ganz froh darüber, dass Qamer nicht mehr in meiner Nähe war. Es tat mir gut, sie nicht mehr jeden Tag zu sehen, es linderte meinen Schmerz. Natürlich dachte ich noch oft genug an sie, aber ich widmete mich bald auch wieder häufiger meinen Interessen, war nicht mehr so besessen von ihr und vereinnahmt.

Zumindest so lange, bis Qamer und Jasim uns ein paar Wochen nach der Hochzeit zum ersten Mal als Mann und Frau besuchten. Sie trug ein glänzendes Kleid aus Seide, viel Schminke im Gesicht, haufenweise Schmuck und rote Sandalen an den Füßen. »Sie sieht aus wie ein Papagei«, flüsterte mein Vater mir etwas entsetzt zu. Ich konnte es kaum fassen, was Jasim aus meiner Schwester gemacht hatte, dieser Schuft. Mutter hingegen lobte Qamer dafür, dass sie sich so hübsch zurechtgemacht habe.

Jasim trug einen eleganten schwarzen Anzug mit Nadelstreifen. Beide sahen aus wie Menschen aus einer anderen Welt. Wie Stars auf einem Empfang oder so etwas. Ich hatte nicht erwartet, dass sie im Alltag fast genauso aufwendig herausgeputzt waren wie bei ihrer Hochzeit. Gerade von Qamer kannte ich das nicht. Vermutlich stand Jasim auf ein solches Aussehen bei einer Frau. Diese plumpe, übertriebene Art, sich zu schminken, als maskierte man sich. Das sah man häufiger auf Hochzeiten oder Verlobungen. Aber doch nicht bei meiner Schwester! Ich wollte Jasim in die Fresse boxen und Qamer einen Eimer Wasser ins Gesicht schütten. Ich war mir nicht mal ganz sicher, ob Jasim sich freiwillig so kleidete oder Qamer sich hier auslebte und ihn so haben wollte wie die Männer aus ihren Magazinen. Wie schnell sich Menschen doch verändern und einander anpassen können, dachte ich.

Qamer brachte uns an diesem Tag viele Geschenke mit. Für mich neue schicke Hemden, Stoff- und Jeanshosen, schneeweiße Turnschuhe und eine schnieke Uhr. Meine Mutter bekam mehrere Kleider aus Seide und schüttelte unentwegt den Kopf. Vater erhielt auch ein paar neue Outfits und zwei Paar seiner geliebten Sandalen, die sehr edel aussahen. Die Augen meines Vaters quollen über vor Stolz und Rührung. Wir wussten alle gar nicht, was da geschah, es kam uns seltsam vor. Entweder hatte Qamers Mann im Lotto gewonnen oder er machte krumme Geschäfte. Normal war das jedenfalls nicht. Aber niemand traute sich, genauer nachzufragen, und alle ließen wir uns das Maul mit Geschenken stopfen. Wir fühlten uns wie verkleidet und würden in den nächsten Tagen sicher von unseren Nachbarn wie Fremde betrachtet und behandelt werden.

Nach dem eher kargen Abendessen fuhren Qamer und Jasim in ihrem flotten Auto wieder nach Hause zurück. Meine Schwester kam in den nächsten Wochen immer mal wieder für ein paar Stunden zu Besuch. Jedes Mal wirkte sie sehr glücklich.

Sie lebte mit Jasim in einer kleinen Wohnung, die nicht im Zentrum, sondern auf dem Weg dorthin lag, wie Qamer sagte. Das Haus befand sich wohl direkt am Anfang von Saddam City, also weit entfernt vom Blechviertel und wirklich ziemlich nah an der Stadtmitte. Jasim war fast acht Jahre älter als sie. Er hatte seinen Wehrdienst hinter sich gebracht und kümmerte sich nun um seine Kfz-Werkstatt. Der Kerl redete wie ein Wasserfall und tat so, als hätte er von allem Ahnung. Eigentlich hätte er ein toller Autor werden können, hätte er nach der siebten Klasse weiterhin die Schule besucht. Er konnte hervorragend übertreiben und Geschichten in diversen Varianten erfinden. Auf mich wirkte er wie ein Besserwisser und Angeber, meine Eltern hingegen kauften ihm das alles ab.

Ich begann, ihn regelrecht zu hassen, obwohl ich gehofft hatte, mich mit seiner Existenz versöhnen zu können. Aber je mehr ich von ihm mitbekam, desto unsympathischer wurde er mir. Er merkte das schnell und konterte mit übertriebener Freundlichkeit, was mich jedes Mal noch mehr auf die Palme brachte. In diesem Leben würden wir jedoch sicherlich keine Freunde mehr werden. Irgendwann schlossen wir wortlos einen Frieden, der darauf basierte, dass ich ihn ignorierte und er mich.

Nach einigen Monaten aber hatte das Paar ein Problem. Obwohl sie es offenbar fleißig versuchten, wurde Qamer einfach nicht schwanger. Sie suchten mehrere Ärzte auf, und alle sagten dasselbe: Sie sollten abwarten.

»Es ist Allahs Wille. Gott nimmt das eine und gibt dafür etwas anderes. Immerhin haben sie Geld«, sagte meine Mutter. Obwohl es mich krank machte, Qamer so verzweifelt zu sehen, war es irgendwie auch eine Genugtuung, dass Jasim ganz offensichtlich keine guten Schwimmer hatte und sich dieser schmierige Automechaniker nicht reproduzieren würde. Vor allem nicht mit meiner Schwester. Irgendwann verschwand das Thema einfach, niemand sprach Qamer mehr darauf an, um ihre Schuldgefühle nicht zu verstärken.

In jenen Monaten wurde unser Leben erheblich leichter, denn Qamer unterstützte uns fortan finanziell. Ich hatte keine Ahnung, wie die beiden sich das alles leisten konnten. Man hätte meinen können, Jasim frisiere Autos für das reiche Ausland oder repariere den ganzen Fuhrpark des Präsidenten. Qamer kündigte irgendwann sogar ihre Arbeit als Krankenpflegerin und stieg komplett ins Geschäft ihres Mannes mit ein. Eines Tages kam sie in einem glänzenden grauen Wagen vorgefahren, mit ihrem Mann am Steuer. Sie kamen ernsthaft mit einer Limousine ins Blechviertel. Da liefen bald die Nachbarn zusammen, weil sie dachten, irgendwer von der Baath-Partei würde uns besuchen. Meinen Eltern und mir kam das alles verdächtig vor, wir fühlten uns nicht wohl, aber wir hatten auch Angst, darüber zu sprechen. Wir wollten nicht undankbar wirken, und schon gar nicht wollten wir aus diesem Traum aufwachen.

EINIGE WOCHEN LANG geht das so: absolute Stille und Explosionen im Wechsel. Aber heute nur Totenstille. Es scheint, als gäbe es keinen Krieg mehr. Doch ich weiß, er herrscht da draußen, denn hier drinnen hat sich nichts geändert. Ein Aufseher ist noch immer nicht da. Der Mann in Blau kommt unregelmäßig und gibt mir Brot für ein paar Tage.

ELF

Großes Geschäft

Irgendwann konnten wir uns nicht länger zurückhalten und fragten vorsichtig bei Qamer nach, wie eine Kfz-Werkstatt so viel Geld abwerfen könne. Wir verstanden ihre Ausführungen nicht ganz, da sie irgendwie um den heißen Brei herumredete. Jasim saß währenddessen stumm neben ihr, als wäre er Qamers Mitarbeiter und dürfte nur sprechen, wenn sie ihm das Wort erteilte. Normalerweise war er ja eine echte Quasselstrippe, aber nun blieb er ganz still, meine Schwester hatte die Hosen an. Sein stolzer Blick in Qamers Richtung zeigte jedoch, dass er sich freiwillig unterordnete und sich keineswegs über den Mund gefahren fühlte. Meine Schwester erklärte, sie würden als eine Art Großhändler mengenweise Ware an die Geschäfte auf den vielen Basaren Bagdads verkaufen. Als einziges Beispiel nannte sie Ersatzteile für Autos. Das Geschäft lief so gut, dass sie mittlerweile mehrere Lieferwagen mieteten, um ihre Ware zu den jeweiligen Kunden zu transportieren. Es schien ein richtiges Unternehmen zu sein – weit mehr als nur eine kleine Schraubstätte in einer Nebenstraße.

Wir freuten uns für sie und nahmen ihre Erklärung erst einmal so hin, vermutlich, weil wir hofften, dass die ganze Geschichte wahr und seriös war. Außerdem durften wir Qamer nicht zu sehr auf die Füße treten, denn wir waren mittlerweile abhängig von ihrem Geld. Andernfalls hätten wir wieder in löchrigen Hosen und von kargen Mahlzeiten leben müssen. Ich sagte vor allem deshalb nichts, weil meine Eltern so stolz waren. Die letzten Monate über hatte Vater sehr erschöpft gewirkt, das Alter war ihm mittlerweile anzumerken. Die Arbeit fiel ihm schwerer und schwerer, sodass Qamers Hilfe wie gerufen kam, da er endlich weniger schuften musste und sich schonen konnte.

Einmal im Monat kam unsere Gönnerin vorbei und verhielt sich wie Papa Noël, der Weihnachtsmann, an den unsere Christen in Bagdad glaubten. Jedes Mal brachte sie nicht nur Bargeld, sondern auch Geschenke mit. So unangenehm es mir auch war, ich bekam Taschengeld von ihr. »Shams, zieh los und kauf dir neue Bücher. Ach, kauf dir einfach alles, was du dir wünschst!«

Es war, als hätte sich das Schicksal gedreht und als stünden wir plötzlich auf der Sonnenseite des Lebens. Solche Situationen machten mich schon immer nervös, weil ich ihnen nicht traute und immer mit einem schlimmen Ende rechnete. Aber solange es gut ging, wollte ich mir natürlich den Luxus nicht entgehen lassen. Es war noch besser als damals während des Kuwait-Jahres, und Qamer erschien uns wie eine warmherzige Königin, die sich gut um ihr Volk kümmerte.

Bald kauften sich Qamer und Jasim sogar eine neue Wohnung, die tatsächlich direkt im Zentrum lag. Qamer hatte innerhalb eines Jahres ein Dutzend Männer anstellen müssen, die als Fahrer oder in anderen Bereichen für sie arbeiteten. Wie auch immer das passiert war, es war ganz klar Qamer, die das Großunternehmen führte, nicht Jasim, alle hörten auf ihr Wort. Ihre Besuche bei uns wurden allerdings immer seltener. Und wenn Qamer vorbeikam, schien sie mit den Gedanken nicht richtig bei uns zu sein, sondern ständig abgelenkt, weil irgendwas im Geschäft los war. Ich erkannte sie kaum wieder.

Qamer war ein anderer Mensch geworden, und ich war noch nicht sicher, ob mir diese Person gefiel. Sie war nicht mehr ausgelassen, sondern wirkte gestresst, sie hatte keine Zeit mehr für Unsinn, Lachen, eine kleine, sorglose Plauderei. Auch nach mir und meinem Leben fragte sie kaum noch. Selbst ihr Lächeln hatte sich verändert und wirkte nicht mehr herzlich, sondern professionell.

Als wir dachten, sie habe den Zenit schon überschritten, kam erst das wirklich, wirklich große Geschäft. Wir erfuhren von unseren Nachbarn davon, da manche von ihnen mit Qamer Geschäfte machten. Offensichtlich bot sie schon länger, oder vielleicht auch von vornherein, wer wusste das schon, mehr an als nur Autoteile. Nämlich Finanzdienstleistungen.

Ich konnte mir nichts darunter vorstellen. Ein Nachbar erklärte es uns. Qamer erhielt Geld von den Leuten, investierte dasselbe irgendwie und erwirtschaftete so hohe Renditen. Dann zahlte sie ihnen unglaubliche zwanzig Prozent monatlich als Gewinn aus. Das klang zu gut, um wahr zu sein. Kein Wunder, dass ihr die Leute die Bude einrannten. Aber dass Qamer uns das nicht erzählt hatte, stieß uns sauer auf. Sie war schon immer ein schlauer Kopf gewesen und hatte Mathematik geliebt, auch Mutters Haushaltsführung manchmal kritisiert, weil sie dies und das hätte verbessern können. Dass sie nun jedoch Wirtschaftswissenschaftlerin spielte, ohne etwas davon zu erzählen, das war mir irgendwie zu viel des Guten. Wie es aussah, hatte sie durch die Kfz-Werkstatt viel gelernt, was sie dann ausbaute und in einem anderen Betätigungsfeld nutzen konnte; vielleicht hatte sie irgendeine Marktlücke entdeckt. So erklärte ich mir das Ganze jedenfalls, da die Informationen nur spärlich waren und Qamer mauerte, wenn wir sie denn überhaupt noch zu Gesicht bekamen.

Bald eröffnete meine Schwester sogar in Saddam City ein neues Büro, mitten in einem Armenviertel. Sie mietete einen Laden direkt gegenüber dem Mridi-Basar und hängte ein Schild über den Eingang: »Qamer: Geld investieren & gewinnen«. Man konnte den einfachen Leuten hier keine Werbung anbieten, auf der »Finanzdienstleistungen« stand. Das hätte keiner kapiert. So eine einfache Abfolge mit »investieren« und »gewinnen« war wohl das Richtige. Drei Stühle und ein Tisch standen in dem kleinen Raum. Ein Vers aus dem Koran hing in einem goldenen Rahmen an der Wand, eine Wasserpfeife stand darunter, und vor dem Büro wartete ein Junge, der neue Kunden begrüßte und zu Qamer führte, obwohl man ihr auch direkt von draußen zurufen konnte. Es war seltsam, sie zu sehen, wie sie an ihrem Tisch saß, den Schlauch der Wasserpfeife im Mund, und den Rauch vor sich hin pustete wie ein Sultan. Noch seltsamer war es, die Männer bei ihr Schlange stehen zu sehen, als wären sie Schüler, die zum Direktor bestellt worden waren. Jeder riss sich darum, seine Ersparnisse Qamer auszuhändigen, damit sie eine Hand voll Dinare zu Säcken voll Gold machte. Und es schien so, als ob das Wunder hier tatsächlich wahr werden könnte.

In der ersten Zeit wurde Qamer von allen geliebt, und Leute schüttelten ihr unendlich dankbar die Hände, fielen ihr weinend um den Hals oder warfen sich vor ihr auf die Knie.

Ich beobachtete das alles mit wachsender Skepsis, auch wenn ich mich sehr für Qamer freute. Meine Schwester war mir fremd geworden, und ich wusste nicht, ob wir je wieder zueinanderfinden würden. Sie ging ihren Weg ohne Rücksicht auf Verluste. Qamer war unabhängig von jedermann, wie es schien, sie wirkte so wichtig und mächtig wie ein Mafiaboss in einer ägyptischen Serie. Viele fürchteten ihren Einfluss und respektierten sie zugleich wegen ihrer Leistungen. Meine Eltern und ich profitierten am meisten davon, denn Qamer gab uns permanent Geld und brachte Geschenke. Und zum ersten Mal in unserem Leben begegneten auch uns die Mitmenschen mit Respekt. Natürlich gab es Neider, die uns skeptisch beäugten, aber die meisten waren uns wohlgesinnt, schließlich ging es vielen unserer Nachbarn durch die Finanzgeschäfte ebenfalls besser als zuvor.

Wenn Qamer uns besuchte, kamen die Männer des Blechviertels kurz vorbei, nur um sie aus Höflichkeit zu begrüßen, als müsste man einer wichtigen Person Ehrerbietung erweisen. Und als ich einmal im Teehaus hörte, dass sie »das Wunder aus dem Blechviertel« genannt wurde, hätte ich am liebsten mit ihr angegeben und gerufen, dass ich ihr Bruder sei.

Ich ließ mir meinen Anteil von Qamer wie Schmerzensgeld geben und betäubte mich damit. Es tat mir weh, wie kühl und distanziert unser Umgang mittlerweile war. Aber ich konnte mir massenweise Bücher kaufen, draußen alles essen, wann und wo ich wollte, und ab und zu konnte ich mir auch neue T-Shirts in leuchtenden Farben kaufen. Ich hockte stundenlang im Café, winkte den Kellner so oft herbei, wie ich wollte, und bestellte alles Mögliche, ohne nachzudenken.

Das Jahr, an dessen Ende ich die Abschlussprüfung der zwölften Klasse schreiben musste, wurde das anstrengendste meines Lebens. Es brachte mich an den Rand eines Zusammenbruchs. Alles begann mit meiner Mutter. Seit Qamer nicht mehr bei uns wohnte, bewältigte sie den Haushalt allein. Ganz plötzlich jedoch wurde sie krank. Sie hatte Probleme mit ihrem Knie und konnte kaum noch gehen. Jeder Schritt bereitete ihr Schmerzen, und das Gelenk schwoll auf seine eineinhalbfache Größe an. Nach mehreren Untersuchungen fand man heraus, dass sich darin Flüssigkeit sammelte. Aber diesen Vorgang unter Kontrolle zu kriegen war sehr aufwendig und kompliziert. Außerdem ging es im Krankenhaus in Saddam City sehr chaotisch zu, und seit dem Embargo gab es kaum mehr Medizin. Daher bekam Mutter in einer privaten Klinik in der Stadtmitte ab und zu Spritzen, die Qamer und Jasim bezahlten. So konnte man wenigstens ihren Schmerz lindern und die Entzündung eindämmen. Man wollte sie dort auch irgendwann operieren, sobald die Schwellung zurückgegangen war. Das würde unglaublich viel Geld kosten. Dort sprach man nicht von Dinar, sondern von Dollar. Siebenhundert grüne Scheine kostete die Operation. Ein Vermögen! Wenn Qamer und ihr Jasim nicht gewesen wären, hätten wir das niemals bezahlen können.

Diese schwierige Zeit brachte meine Eltern wieder näher zusammen. Mein Vater schlief wie früher mit Mutter auf derselben Matratze, verbrachte viel Zeit mit ihr zu Hause, kochte für uns, und einmal habe ich die beiden sogar erwischt, wie sie zusammen im Bad duschten und lachten. Das war seit unserer Abreise aus dem Süden nicht mehr vorgekommen.

Mutter konnte wegen ihrer Schmerzen kaum schlafen und wusste nicht, wie sie sich bequem hinlegen sollte. Jeder Druck auf das Knie ließ sie hochfahren. Nur die überteuerten Spritzen und päckchenweise Schmerztabletten halfen ihr, doch etwas Schlaf und Ruhe zu finden. Es war eine seltsame Erkenntnis, dass man sich in Glückszeiten entfremdete, aber durch eine Krankheit wieder zueinanderfand. Mein Vater übernahm sogar das Putzen in der Moschee, und ich kümmerte mich nach der Schule um sein Geschäft.

Bald jedoch stand fest, dass Mutter tatsächlich nie wieder richtig würde gehen können. Als man bei der Operation das Knie öffnete, sah man, dass die monatelange Entzündung das Gelenk so stark geschädigt hatte, dass man es nicht heilen konnte. Man tat das Nötigste, hoffte auf das Beste. Zwar verschwanden die Dauerschmerzen, doch das Knie blieb steif, und Mutter musste sich von nun an auf einen Gehstock stützen.

Ihre Arbeit in der Moschee musste sie natürlich aufgeben. Die Wahrsagerei zu Hause auszuüben verbot Vater ihr nach wie vor, sie solle sich nicht übernehmen und nicht wieder ständig Fremde bei uns zu Besuch haben. Mutter sollte sich nur um den Haushalt kümmern. Doch sie trickste, und die Frauen besuchten uns trotzdem zu Hause, wenn Vater nicht da war. An den Pilgerfahrten zu den Stätten der Heiligen konnte Mutter ebenfalls noch teilnehmen, da man von den Bussen aus nie weit gehen musste. Und Qamer kompensierte natürlich den Moschee-Verdienstausfall. Es war sicher schwierig für Mutter, dass sich ihr Leben durch das kaputte Knie so verändert hatte, aber unglücklich wirkte sie auch in dieser Zeit nicht.

Doch bald darauf schon wurde unser Leben so erschüttert, dass alles andere nur noch wie eine Lappalie wirkte. Es war schon sehr spät abends, als es an der Tür klopfte, beinahe Mitternacht. Ich machte auf, und ein Mann mit Pistole stand mir gegenüber. Ich wich erschrocken einen Schritt zurück und starrte ihn an.

»Ist Qamer da?«, fragte er.

Ich war sicher, den Mann schon einmal im Teehaus gesehen zu haben. »Äh, nein, sie ist bei ihrem Mann. Was wollen Sie von ihr?«

»Ist dein Vater da?«, fragte der Mann weiter, ohne auf meine Frage einzugehen.

Mein Vater kam auf meinen Ruf hin verschlafen an die Tür, und der Mann fuchtelte mit der Pistole vor seinem Gesicht umher. Vater war sofort hellwach. »Hör zu, Hussein! Sag deinem Miststück von einer Tochter, dass sie mir mein Geld zurückgeben soll, sonst gibt es Tote!«

»Freund, immer mit der Ruhe. Komm herein und erklär uns, worum es überhaupt geht«, sagte mein Vater. »Und steck die Pistole weg. So was beeindruckt mich alten Soldaten kein bisschen, für jedes Problem gibt es eine Lösung.«

Der Mann beruhigte sich etwas. Wir setzten uns gemeinsam auf den Teppich. Vater und ich erfuhren, dass der Mann seine gesamten Ersparnisse Qamer gegeben hatte. Er habe monatlich zwanzig Prozent Gewinn von ihr ausgezahlt bekommen. Aber die letzten beiden Zahlungen sei sie schuldig geblieben, und er habe gehört, Qamer sei pleite. Auch ihr Büro sei seit Wochen geschlossen. Mein Vater beruhigte den Mann, so gut es ging, und versprach, ihm das Geld zu erstatten.

»Ich werde gleich morgen mit Qamer und ihrem Mann reden.«

»Tu das. Sei versichert, dass ich wiederkomme.«

Damit ging er. Danach konnte natürlich keiner von uns ein Auge zumachen. Wir sprachen auch kaum miteinander, weil das ganze Spekulieren nichts gebracht hätte, wir wussten nichts Genaues. Aber wenn es stimmen sollte, wäre es der Super-GAU. Bei Geld hörte der Spaß auf, und die Leute wurden zu Tieren. Und wenn man Tiere mit Ködern lockt, kann es sein, dass man selbst gefressen wird.

Am nächsten Tag, schon vor dem Frühstück, klopfte der nächste Typ an die Tür. Und nach ihm kamen im Laufe des Vormittags noch viele weitere. Verzweifelte, wütende, aggressive und jammernde Menschen, die alle Geld von uns wollten. Einige waren mit Stöcken, Messern oder Gewehren bewaffnet. Meine Mutter hatte große Angst, saß in der Küche und betete zum Herrn des Lichts.

Vater stellte sich offen in den Hof und versprach allen, er werde eine Lösung finden. Jeder werde sein Geld bekommen. Was sonst sollte er auch sagen? Ob das möglich war, da hatte ich jedoch meine Zweifel. »Wenn ihr mich ständig belagert, kann ich nicht weg, um mit meinem Schwiegersohn und Qamer zu reden. Ich werde die Sache für euch klären, aber dafür müsst ihr mir nun etwas Zeit und Luft geben.« Einige zogen ab, andere zögerten noch, aber nach und nach leerte sich der Hof, und es sprach sich herum, dass momentan nichts bei uns zu holen sei, man noch ein oder zwei Tage warten müsse.

Gegen Mittag tauchte eine Dame auf, die meine Mutter gut kannte. Es war eine Kundin von ihr, der sie mehrmals die Hand gelesen hatte. Offensichtlich war Mutter blind für Vorhersagen gewesen, die uns selbst betrafen, und so hatte sie die Frau nicht vor dem Verlustgeschäft warnen können. Die Frau heulte und schrie. Sie müsse sich einen Strick nehmen, meine Mutter sei eine Lügnerin, ihr Leben sei zerstört. Alles sei weg. Ersparnisse aus Jahrzehnten. Mühsam verdient. Sie habe nichts mehr. Sei blank bis auf die Unterhose. »Wie soll ich jetzt meine drei Kinder ernähren? Allein, ohne Mann, ohne Geld? Wie nur?« Die Frau schlug die Hände vor den Mund, blickte Richtung Himmel, genau genommen zur Zimmerdecke, und riss die Arme in die Höhe. »Oh Allah, wieso quälst du mich so?« Sie sah Mutter mit feurigem Blick an und spuckte auf unseren Teppich. »Verflucht sei deine Tochter, möge sie elendig verhungern, wenn sie arme Menschen so betrügt!«

Uns schlug das alles sehr aufs Gemüt. Es war eine extrem ernste Situation. Mutter und ich warteten nervös zu Hause, während Vater zu Qamer fuhr. Den wenigen Männern, die nach Vaters Verlautbarung noch vorbeikamen, sagte ich, dass er dabei sei, alles zu klären, und dass sie sich gedulden müssten.

Als Vater abends zurückkam, war er so blass, wie es aufgrund seines südirakischen Hauttons physisch eigentlich gar nicht möglich war. Er sah aus wie Ziegenkäse. Weder Qamer noch ihr Gatte waren zu Hause gewesen. Jasims Familie hatte dasselbe erlebt wie wir. Es waren viele zu ihnen gekommen und hatten sich vor dem Haus postiert, um auf Jasim und Qamer zu warten. Einige übernachteten sogar dort. Doch die Kinder blieben verschwunden, als hätte der Geheimdienst sie festgenommen.

Auch wir warteten vergeblich auf die beiden. Jeden Tag standen mehr Menschen vor unserem Haus, und sie wurden immer wütender. Flaschen wurden an unsere Hütte geworfen, Vater wurde geschubst oder es wurde gegen die Tür getreten. Noch war nichts Schlimmeres passiert. Aber es war nur eine Frage der Zeit.

Wir sprachen darüber, das Blechviertel zu verlassen, um

uns in Sicherheit zu bringen. Aber man konnte sich hier nicht einfach so unbemerkt davonschleichen. Wenn jemand das mitbekäme, würden wir nicht weit kommen, es wäre wie ein Schuldeingeständnis, als hätten wir etwas zu verbergen. Das wäre in der Situation unser Todesurteil gewesen. Uns blieb nichts übrig. Wir waren Gefangene in unserem eigenen Haus.

Mein Vater schlug vor, den Leuten wenigstens alles zu geben, was wir nicht unbedingt brauchten. Meine Uhr, die Ersparnisse, Mutters Schmuck, mein zweites, drittes und viertes Paar Schuhe. Wir verkauften sogar unsere Teppiche, um das Geld weiterzugeben. Schon nach ein paar Tagen saßen wir in einem nahezu leeren Haus. Letztlich hatten wir uns sogar mehr abnehmen lassen, als wir eigentlich hatten geben wollen, sodass uns nicht einmal das Nötigste geblieben war. Nachdem die Leute gemerkt hatten, dass wir einlenkten, brachen alle Dämme, es kam zu regelrechten Plünderungen. Wir taten nichts und schauten nur zu. Selbst Pfannen und Stühle nahmen diese Geier mit. Es ging ihnen nicht nur um Sachen von Wert, sondern wohl auch darum, uns etwas heimzuzahlen und uns leiden zu sehen.

»Ohne Geld und ohne Ehre. Das ist das Ende«, sagte mein Vater mit brüchiger Stimme. »Wie konnte sie uns das nur antun? Wir können den Leuten nicht mehr unter die Augen treten, sind geächtet im Viertel.«

Bei den Nachzüglern, die jetzt noch zu uns kamen, rissen wir gleich die Tür auf, traten zur Seite und präsentierten den leeren Raum. »Nur hereinspaziert. Bedient euch!«, sagte mein Vater und stülpte seine Hosentaschen nach außen. »Ich habe nichts mehr! Und jetzt raus! Und wagt es ja nicht, mir zu drohen, denn ich habe nichts mehr zu verlieren.« So stand Vater mit blutunterlaufenen Augen da und hielt einen blauen Schlauch schlagbereit in der Hand. Zum Glück kam es nie zu einer echten Eskalation; alle zogen schnell wieder ab, weil wir ein wahrhaft erbärmliches Bild abgaben.

In unserem Viertel gab es tatsächlich unendlich viele Kunden von Qamer, wie sich in diesen Tagen herausstellte. Sogar von Abu Sinan, dem Imam der kleinen Moschee, hatte Qamer Geld genommen.

Ich verließ kaum das Haus und versuchte, meine Eltern zu unterstützen, so gut ich konnte. Wir hofften so sehr, dass Qamer endlich zurückkehren würde, damit dieser Irrsinn aufhören würde, aber auch nach mehr als einer Woche gab es noch immer keine Spur von ihr oder Jasim. Dann plötzlich kursierte eine Neuigkeit im Viertel, die etwas Licht in das Ganze brachte.

Es ging um einen Typen namens Rami. Seine Firma hieß »Ramiko-Investment«. Es wurde erzählt, dieser Rami Ramiko stecke hinter allem. Er habe das Geld von Zehntausenden von Landsleuten aus vielen Teilen des Irak veruntreut. Die Regierung selbst habe Haftbefehl gegen ihn erlassen und Rami als einen Betrüger im großen Stil entlarvt. Sein beschlagnahmtes Restvermögen habe sich auf Milliarden Dinar belaufen.

Er hatte angeblich ein Netz über das ganze Land gespannt, bestehend aus Frauen und Männern, die ihn vertraten und Filialen für ihn eröffneten. Er hatte sie mit falschen Informationen über sein Unternehmen geködert und in dem Glauben gelassen, es handle sich um legale Geschäfte, während er ein riesiges Schneeballsystem aufbaute, das dadurch am Leben gehalten wurde, dass ständig neue Kunden auf seine Versprechen und die seiner Mitarbeiter hereinfielen. Die Gewinnausschüttungen an die alten Investoren wurden vom Geld der neuen Einzahler finanziert. Irgendwann musste das in die Luft fliegen, wenn der Nachschub ausblieb.

Natürlich war uns sofort klar, dass auch Qamer für diesen Rami Ramiko gearbeitet hatte, und damit war auch klar, dass sie nie wieder zu uns zurückkehren konnte. Denn die Regierung suchte nicht nur Rami, sondern auch sämtliche Mittelsmänner und -frauen. Und die wütenden Kunden wären allein schon Grund genug gewesen, das Land zu verlassen. Es brach uns das Herz.

Doch in der darauffolgenden Nacht klopfte es ganz leise an unsere Tür, und am Rhythmus des Klopfens erkannte ich sofort, dass es Qamer war. Ich sprang vom Boden auf und rannte zur Tür.

»Ich bin es«, flüsterte sie tatsächlich von draußen.

Ich riss die Tür auf, und auch Mutter und Vater kamen schon dazu. Qamer huschte ins Haus, und wir alle fielen uns in die Arme. Es flossen Tränen über jede Wange, und obwohl wir versuchten, leise zu sein, war jeder von uns ganz außer sich. Qamer sah miserabel aus. Abgemagert, tiefe, dunkle Augenringe, trockene, spröde Lippen. Kein Schmuck und keine Seide. Ihre Augen waren glasig und entrückt. Ich war erschüttert. Meine Qamer war die stärkste Frau gewesen, die ich kannte, und nun saß da vor uns nur noch ein Häufchen Elend.

Mein Vater wollte wissen, was genau geschehen war. Trotz der Wiedersehensfreude war er mit einem Mal trocken und hart. »Entweder sagst du mir, was genau passiert ist, oder du verlässt jetzt unser Haus und kommst nie wieder zurück.«

Ich wusste, dass auch meinem Vater diese Worte wehtaten, aber er wollte, ja er musste stark wirken. Mit tränenverschleiertem Blick sah ich, wie Qamer noch weiter in sich zusammensank.

»Ich weiß es nicht, ehrlich. Ich verstehe das alles selbst nicht. Alles war gut, und dann plötzlich fliegt alles in die Luft.«

»Du hast für einen Betrüger gearbeitet. Wo ist das ganze Geld der Menschen?«

»Die Regierung selbst hat es. Sie hat alles von Rami konfisziert.«

»Dann sitzen wir richtig in der Scheiße.«

Qamer weinte und ihre Unterlippe zitterte beim Sprechen. »Ich war doch nur eine kleine Angestellte in der Firma. Ein Bekannter hatte mir davon erzählt, und dann habe ich mir das erklären lassen und es einfach mal ausprobiert. Dabei verstand ich das Konstrukt dahinter auch nicht wirklich. Für die eigentlichen Investitionen in verschiedene Sachen war Rami zuständig, wir sollten die Leute nur zum Investieren überreden und ihnen erklären, dass das ein ausgeklügeltes System aus diversen, sich gegenseitig sichernden Anlageformen sei. Wahrscheinlich gab es das alles gar nicht. Oh Gott, was habe ich nur getan? Die armen Leute! Ich wollte ihnen doch nichts Böses.« Qamer vergrub ihr Gesicht in den Händen und weinte fürchterlich. »Ich verkaufe alles, was ich noch habe. Dann gebe ich so viel Geld an die Leute zurück wie möglich. Mehr kann ich nicht tun.«

»Wenn du Pech hast, werden dich die Leute lynchen, bevor du dazu kommst. Und wenn nicht, ist es nur ein Tropfen auf den heißen Stein.«

Qamer schwieg, weil sie wusste, dass Vater recht hatte. Mutter hielt die Hand meiner Schwester. Dann sagte Qamer ganz leise: »Ich habe gehört, dass Saddams Sohn Udai die Firma zerschlagen hat. Er ließ Rami festnehmen und hat das Geld beschlagnahmt. Keine Ahnung, ob das stimmt.«

»Dann ist mir alles klar«, sagte Vater. »Wenn das Sackgesicht mit drinsteckt, hat er das alles vielleicht sogar von vornherein so eingefädelt. Erst diesen Rami damit beauftragen, die Leute auszunehmen, dann sich selbst als Verbrechensbekämpfer feiern lassen. Oder er hat das laufen lassen, weil er wusste, dass er Rami eines Tages drankriegen und das Geld einstreichen würde. Der Prinz ist keinen Deut besser als sein Vater.«

Wir schwiegen. Wenn Saddam und seine Leute im Spiel waren, dann gab es keinen Ausweg. Es war Schicksal, und dagegen konnten wir nichts tun.

Qamer schlief zusammen mit Mutter im Schlafzimmer, weil ihr die Nähe guttat. Vater und ich schliefen im Wohnzimmer. Wobei Vater überhaupt nicht schlafen konnte. Er saß stundenlang in der Hocke, später stand er auf und zog eine Schachtel aus der Zigarettenstange, die wir mit der monatlichen Lebensmittelmarke vom Staat erhalten hatten. Er griff nach einem Aschenbecher und Streichhölzern. Das war das erste Mal, dass ich ihn rauchen sah. Schon mit der ersten Zigarette wirkte sein Gesicht etwas entspannter, aber er wurde auch ganz blass dabei. Ich hatte mich aufgesetzt und beobachtete ihn, wie er, von leichtem Husten unterbrochen, immer neue Rauchwolken ausstieß. Wir schwiegen lange, dann fragte ich, ob ich auch eine haben dürfe. Wortlos schubste er die Schachtel zu mir rüber. Ich zündete mir eine Kippe an und zog zu stark daran, sodass ich mich krümmte vor Husten. Mir wurde schwindlig und schlecht. Ich drückte sie nach einigen Zügen aus, legte mich wieder hin und schlief ein.

Qamer blieb nun ganz bei uns, ihr Mann war bei seiner Familie. Meine Schwester stand jeden Tag sehr früh auf, verließ das Haus, wenn es noch stockdunkel war, und kam erst spätnachts wieder zurück. Was genau sie in dieser Zeit trieb, wussten wir nicht. »Ich schaffe Geld für die Leute ran« war das Einzige, was wir von ihr dazu hörten.

Es kursierten bald viele neue Gerüchte über Rami und den Sohn des Präsidenten. Ebenso Geschichten über Familien, die der Betrug zerstört hatte, wahre Tragödien. Ein Mann hatte wohl seine Frau, seine Kinder und sich selbst erschossen, weil er nun pleite war. Eine Frau hatte sich die Pulsadern aufgeschnitten und war gestorben. Ein Vertreter von Rami wurde auf offener Straße erstochen, ein anderer Mitarbeiter mitsamt Familie in seinem eigenen Haus mit Knüppeln erschlagen.

In diesen Tagen, als viele ihre mühsam zusammengetragenen Ersparnisse verloren hatten, spürte man die volle Härte des Embargos. Zuvor war es einigermaßen gegangen, weil man Durststrecken mit den wenigen Rücklagen hatte überbrücken können. Ein Notgroschen war immer da gewesen. Aber jetzt waren alle bettelarm. Und wir selbst hatten das Gefühl, unseren hässlichen Beitrag dazu geleistet zu haben, als hätten wir jemandem persönlich die Brieftasche geklaut.

Qamer verkaufte tatsächlich alles, was sie besaß. Sie gab wenigstens den Leuten in unserem Viertel, so viel sie konnte, sodass man uns zunehmend in Ruhe ließ. Am Anfang hatte sie sich verstecken müssen, genau wie Jasim, aber der Zorn verflüchtigte sich, weil die Menschen mit dem Überleben beschäftigt waren und arbeiten mussten. Außerdem wurde Qamers Wille zur Wiedergutmachung anerkannt. Trotzdem musste sie vorsichtig sein, denn zahlreiche brutale Typen suchten sie noch immer. Als sie eines Nachts mit einem blauen Auge und einer blutigen Lippe nach Hause kam, ohne sagen zu wollen, wer das gewesen war, fragte Vater nach dem aktuellen Stand der Reparationen.

»Sag mal, wie viel Geld hast du von den Menschen genommen? Was hast du verdient?«

»Das willst du nicht wissen.«

»Qamer!«

»Es waren Millionen, Papa.«

Vater hustete, als rauchte er wieder. »Millionen! Kind, bist du des Wahnsinns?«

Qamers Unterlippe bebte.

»Und wie viel hast du davon zurückbezahlt?«

»Irgendwas um die Hälfte.«

»Oh Gott«, sagte Vater. »So eine verfluchte Scheiße.« Er zündete sich eine Zigarette an und rauchte sie in wenigen Sekunden bis auf den Filter runter.

Qamer beschloss kurz darauf, Bagdad zu verlassen und mit ihrem Mann in den Süden zu ziehen. In der Nähe von Herzliche Hölle lebten immer noch Verwandte von uns. Onkel und ihre Familien, die wir selten sahen. Nur zu Hochzeiten und an Trauertagen tauchten sie auf. Sonst hatten wir keinen regelmäßigen Kontakt zueinander. Ganz offensichtlich war Qamers Situation mindestens mit einer Beerdigung vergleichbar. Sie sollte nun zu einem Onkel reisen, der versprochen hatte, ihr zu helfen, eine Arbeit und sogar eine eigene Wohnung zu finden.

In der Nacht vor ihrer Abreise redeten Qamer und ich miteinander.

»Vermutlich sehen wir uns so schnell nicht wieder«, sagte sie.

»Ach was, ich komme dich besuchen.« Dabei wusste ich, dass das kaum möglich sein würde.

»Ich hoffe es.«

»Bleib stark, hörst du, große Schwester?«

»Ach Shams, mein lieber Shams. Von meiner Stärke ist nichts mehr übrig. Ich bin doch nur noch ein Schatten meiner selbst.«

»Sag das nicht! Ich kenne dich! Du hast mehr Kraft, als du vielleicht glaubst. Ich bin sicher, dass du wie ein Phönix aus der Asche zurückkehrst.«

Sie war dankbar, dass ich ihr Mut machen wollte, und gab mir einen Kuss auf die Wange. Doch wenn ich ehrlich war, glaubte ich selbst nicht an meine Worte. Ich hatte eher die Befürchtung, dass Qamer im Süden in Armut und als Hausmütterchen leben würde, während ihr Mann für einen Hungerlohn in einer Werkstatt würde schuften müssen.

Ich blieb in dieser Nacht lange in unserem Hof stehen und schaute in den Sternenhimmel, der mir nun aus Glassplittern statt aus funkelnden Edelsteinen zu bestehen schien. Wie Vater zündete ich mir eine Zigarette nach der anderen an. Ich wollte den Schmerz in meiner Lunge spüren und meinen unruhigen Geist durch die Droge betäuben.

LETZTES MAL, VOR ein paar Tagen, gab der Mann in Blau mir zwei Tüten mit insgesamt achtzehn Brötchen. Er sagte zu mir: »Dieser Krieg wird nie enden.« Mehr wollte er mir nicht erzählen und verschwand einfach wieder. Jetzt habe ich keine Brötchen mehr.

ZWÖLF

Ungeheures Leid

Einige Tage nach Qamers Abreise verließ ich zum ersten Mal seit Wochen wieder das Blechviertel. Ich hatte den Büchermarkt und meine Freitagsfreunde unendlich vermisst. Ich konnte es kaum erwarten, Hisham und die anderen wiederzusehen. Als ich ihn abholte und wir gemeinsam zum Büchermarkt gingen, wurde mir bewusst, wie präsent der Ramiko-Fall überall war. Hisham hatte natürlich auch davon gehört, was mit Qamer geschehen war. Er behauptete, dass die ganze Geschichte mit Rami nur eine große Inszenierung gewesen sei.

»Die Staatskasse war leer wegen des Embargos, und so haben sie jetzt viel Geld eingenommen. Sie haben die gesamten Ersparnisse der Bevölkerung eingesammelt. Rami ist nicht der Einzige, es wurden noch zwei andere Männer und eine Frau verhaftet, die das gleiche Geschäft betrieben. Sie waren mit Sicherheit nur Marionetten.«

»Vater vermutet auch so was. Aber was hilft uns das jetzt? Qamers Leben, unser Leben, das Leben von so vielen Familien wurde zerstört. Das ist alles, was feststeht.«

Hisham schwieg für eine lange Zeit, dann fragte er mich: »Wie geht es denn deiner Mutter und deinem Vater? Ihr macht zurzeit wirklich viel durch.«

»Wir haben nichts mehr. Gar nichts mehr. Alles, was wir uns so mühevoll nach der Flucht aus dem Süden erarbeitet haben, ist futsch. Meine Eltern sind schockiert und traurig. Vater hockt nur zu Hause und will nicht mehr rausgehen oder arbeiten. Er schämt sich und kann die Blicke der anderen und das Getuschel nicht mehr ertragen. Mutter betet andauernd und weint.«

»Mann, tut mir leid. Aber weißt du was? In meinem Laden kann ich gerade eigentlich ganz gut Hilfe gebrauchen. Wie wäre das? Du könntest nach der Schule zu mir kommen. Dann kannst du das Fotografieren lernen und ein paar Stunden die Woche für mich arbeiten. Ist besser als nichts. Ich gebe dir von allem, was wir einnehmen, zwanzig Prozent. Das ist viel. Aber weil ich nicht bei Rami investiert habe, kann ich mir das leisten. Und ich will euch was Gutes tun.«

»Wow, ich weiß gar nicht, was ich sagen soll.« Ich umarmte Hisham aus tiefer Dankbarkeit. »Das werde ich dir nie vergessen. Ich bin so verzweifelt, ich würde auch Klos schrubben oder Fußnägel schneiden, wenn es sein müsste.«

»Alles klar. Wenn du willst, kann es sofort losgehen. Dann lassen wir den Büchermarkt für heute ausfallen und gehen gleich in den Laden, und ich zeige dir ein paar Dinge. Lass uns keine Zeit verlieren.«

Zwar sah ich an diesem Freitag die anderen aus dem Palast der Miserablen nicht, aber dafür wies Hisham mich ein und erklärte mir, wie man die Kamera einstellte und das Licht positionierte, und noch am gleichen Tag durfte ich schon ein erstes Porträtfoto für jemanden machen.

Dieser Job war zwar keine Rettung, aber zumindest ein kleiner Lichtblick in dieser dunklen Zeit. Meine Eltern sahen bald aus, als wären sie um zehn Jahre gealtert. Der Bart meines Vaters hatte sich von grau meliert zu schlohweiß gewandelt. Mutter hatte tiefe Sorgenfalten auf der Stirn und um die Mundwinkel bekommen, sie sah müde aus. Sie sagte, das göttliche

Licht in ihr sei erloschen und die Heiligen seien endgültig verstummt. Trotzdem begann sie irgendwann wieder damit, Hände und Kaffeesatz zu lesen. Dieses Mal bei uns zu Hause, aber es gab nur sehr wenige Kunden, weil nur sehr wenige Menschen noch den Prophezeiungen meiner Mutter glaubten, vermutlich nur Leute, die nicht bei Qamer investiert und auch keine betroffenen Verwandten oder Freunde hatten. Vater duldete es.

Wir brauchten alle eine Weile, bis wir uns an die neue Situation gewöhnt hatten. Wir hatten nun kaum Geld. Es dauerte lange, aber irgendwann schaffte es auch mein Vater wieder, aus dem Haus zu gehen. Er suchte allerdings nach einer neuen Geschäftsidee. Er behauptete, auf dem Müllhaufen gebe es kaum noch Dinge, die man verkaufen könne. Der Müll sei nun, nach so vielen Jahren des Embargos, tatsächlich nur noch reiner Abfall. Irgendwann beschloss er dann, Saft zu verkaufen. Er saß in seiner Werkstatt vor der Küche und richtete sich einen kleinen Wagen mit vier Rädern her. In einem großen Glasbehälter mischte er so lange Datteln mit Wasser, bis sie eine Einheit bildeten, dann schob er den Wagen vor sich her, ging von einer Gasse zur anderen und verkaufte seinen Dattelsaft. Wenn seine Füße ihn nicht mehr tragen konnten, stand er am Hauptplatz und rief nach Kunden: »Dattelsaft! Gesund und lecker!«

Ich musste ebenfalls unbedingt Geld verdienen. Das Angebot von Hashim war gut, aber es war trotzdem zu wenig und würde nur bedingt helfen. Bevor ich richtig anfing, bei ihm zu arbeiten, hörte ich schon wieder auf. Und ich hörte auf, zur Schule zu gehen, denn ich begann, auf einer Baustelle zu arbeiten. Es war schwer, einen Auftrag zu ergattern. Ich stand am Hauptplatz des Viertels vor der Moschee und dem Teehaus mit Hunderten von Männern und wartete auf Leute, die Bauarbeiter brauchten. So war es üblich. Jedes Auto, jeder Lkw, jedes Fahrzeug, das vor uns hielt, wurde sofort von vielen Arbeitsuchenden umringt, die laut rufend auf sich aufmerksam machten. Sie waren, wie ich, bereit dazu, jeden Job zu erledigen.

Ich hatte Glück und erwischte schon am ersten Tag einen Lkw, der uns bis an den Rand von Bagdad fuhr. Eine Armeestellung sollte dort gebaut werden. Vier Wochen lang schuftete ich wie ein Irrer und verdiente gutes Geld, das uns fast zwei Monate lang über Wasser hielt. Die Arbeit war sehr hart. Von morgens bis abends schleppte ich Zementsäcke und Betonplatten hin und her. Jeden Abend kehrte ich nach Hause zurück und war völlig fertig. Nicht nur körperlich ausgelaugt, sondern auch seelisch leer. Denn ich konnte am Abend nicht mehr lesen, weil mir die Augen zufielen, nicht schreiben, nicht denken und auch nichts mehr fühlen außer meinen schmerzenden Rücken und meine aufgeschürften Hände. Nichts von dem, was mich ausmachte, hatte noch Raum.

Nach dieser Kurzanstellung wollte ich wieder zur Schule gehen, aber dort wurde ich abgewiesen. Der Schuldirektor hatte mich von der Schule geworfen, weil ich vier Wochen lang unentschuldigt gefehlt hatte. Wieder half Onkel Jafer und begleitete mich zur Schule, um dem Mann lange ins Gewissen zu reden. Ich musste gefühlt eine Stunde lang vor dem Büro stehen und warten. Irgendwann riefen die beiden mich zu sich. Der Direktor sah nicht mehr so streng aus wie zuvor und behandelte mich nicht länger wie einen Schwerverbrecher. Ich musste ihm hoch und heilig versprechen, dass ich in diesem Schuljahr keinen weiteren Tag verpassen würde. Sofort hob ich die Hand und schwor beim Koran und bei Allah, dass ich keine Minute mehr fehlen würde.

Am selben Tag ging ich zu Hisham, den ich wegen der Baustellenarbeit auch lange nicht mehr gesehen hatte. Ich fragte, ob sein Angebot mit der Fotografie noch immer gelte. Es galt. Und so saß ich nun doch in seinem Laden und fotografierte Menschen, die Passbilder oder sonstige Aufnahmen brauchten. Aber nur zweimal wöchentlich, weil wir kaum Geld damit verdienten. Also hatte er mir zwanzig Prozent von quasi nichts angeboten. Dennoch war ich ihm dankbar, weil es mich auf andere Gedanken brachte. Den Rest der Woche arbeitete ich nach der Schule auf dem Einäugigen-Basar als Träger. Aber auch hier waren die Plätze rar. Qamers Geschäfte hatten die Anzahl der Tagelöhner in die Höhe schießen lassen, und sie alle konkurrierten jetzt mit mir.

Ich dachte oft darüber nach, die Schule doch ganz abzubrechen und Vollzeit zu arbeiten. Aber jeder in meinem Alter, der nicht die Schule oder die Universität besuchte, musste Wehrdienst leisten. Vierundzwanzig Monate lang hatte man dann als Soldat dem Vaterland zu dienen. Wer sich weigerte, wurde hart bestraft. Die Saddam-Fedajin waren ständig auf der Suche nach Verweigerern und Deserteuren. Es war eine gut ausgebildete und noch besser ausgerüstete Spezialeinheit, die es liebte, Ohren, Finger oder Zehen abzuschneiden. Die Fedajin waren bekannt für ihre schwarzen Uniformen und Sturmhauben. Angeblich waren viele Palästinenser unter ihnen, nicht nur Iraker. Man erzählte sich, sie bekämen einen so hohen Sold, dass mancher Minister neidisch sei. Udai, der älteste Sohn des Präsidenten, hatte diese Privatarmee aufgebaut.

Einmal habe ich miterlebt, wie sie zwei Männer auf dem

Fußballfeld von Hinter dem Damm bestraften. Ich wollte zur Haltestelle der Eselskarren, um nach Hause zu fahren, und sah, wie einige Männer hastig rannten und auf den Damm kletterten. Aus reiner Neugier lief ich hinterher und stellte mich oben auf den Damm. Die zwei Männer wurden von einer Menge Zuschauern, darunter viele Schulkinder, umringt, die die ganze Zeit »Feiglinge! Fahnenflüchtige!« riefen. Die Fedajin hatten anscheinend Lehrern befohlen, ihre Schulklassen zu diesem Schauspiel zu führen. Manche Männer waren maskiert und trugen Waffen, andere waren in Zivil und notierten ständig irgendetwas in dicken Ordnern. Auch ein Arzt in weißer Uniform war anwesend. Die beiden Delinquenten trugen Augenbinden und waren an die Torpfosten gefesselt. Ich schloss die Augen, als ich sah, wie sich der Arzt mit einer glänzenden Zange den beiden näherte. Obwohl ich so weit entfernt stand, hörte ich ein Knacken und Knirschen, gefolgt von ohrenbetäubendem Geschrei. Die Kinder stimmten einen Lobgesang an: »Gott ist groß, es lebe die Heimat, es lebe Saddam!« Ein Mann in olivfarbener Uniform feuerte mehrmals mit seiner Pistole in den Himmel, und einige Frauen sangen ihre Zaghruta-Laute. Wie man die Männer letztlich verstümmelt hatte, ob Ohrläppchen, Zunge, Finger, Zehen abgeschnitten worden waren, wusste ich nicht; ich hatte mich weggedreht, um nicht zu kotzen. Ich rannte auf der abgewandten Seite den Damm herunter und war dankbar, dass die Laute immer leiser wurden. Mir war übel. Zitternd ging ich weiter Richtung Haltestelle. Ich setzte mich auf einen Karren und versuchte, vor den anderen Fahrgästen meine Tränen zu verbergen.

Die Schule war also keine Option, sondern ein Muss. Nur so konnte ich weiterarbeiten und Geld verdienen, ohne zum Militär gehen zu müssen oder mich verstümmeln zu lassen. Jeden Abend kehrte ich fix und fertig von meinem anstrengenden Tag nach Hause zurück. Ich freute mich zwar über das verdiente Geld, aber jeden Morgen fiel es mir schwerer, mich aufzuraffen.

In diesem Jahr bestand ich die Abschlussprüfungen nicht und musste die zwölfte Klasse wiederholen. Qamer hatte nichts als einen Scherbenhaufen hinterlassen. Wir sahen sie fast nie und erhielten nur selten Nachrichten von ihr. Sie war irgendwie aus unserem Leben verschwunden.

Seit Mutter keine schweren Dinge mehr tragen und nur noch mit Spazierstock gehen konnte, kümmerten wir, Vater und ich, uns um das Einkaufen. Ich begriff in jener Zeit, welch harte Aufgaben Mutter gehabt hatte. Fast jede Kleinigkeit des alltäglichen Lebens war bereits eine komplizierte Sache. Wie hatte Mutter das alles allein bewältigt?

In den Lebensmittelläden herrschte das absolute Chaos. Es gab Gerüchte über das neue Öl-für-Lebensmittel-Programm. Öl auf dem Weltmarkt gegen Nahrung und Medikamente für uns. Doch irgendetwas davon im Alltag mitbekommen haben wir nicht. Die Welt bediente sich am Öl, und die versprochenen Lebensmittel landeten hier offenbar auf dem Schwarzmarkt. Einmal fehlte wochenlang das Mehl und mit ihm selbstverständlich das Brot. Wenn ich es bei irgendeinem Händler fand, war der Preis übertrieben, fast astronomisch. Dann plötzlich wurde es wieder überall angeboten, aber doppelt so teuer wie zuvor. Das Gleiche passierte mit Zucker und anderen Grundnahrungsmitteln. Selbst Reis wurde zu einer Seltenheit und so teuer wie eine Hand voll Pistazien. Dabei aßen wir ihn eigentlich zu jeder Mahlzeit außer zum Frühstück. Die staatlichen Lebensmittelmarken sprachen jeder Familie gerade einmal zwei Kilo monatlich zu. Das war ein Witz. Früher hatte Vater mindestens ein Kilo Reis täglich verputzt. Diese kleinen Mengen, die wir mit den Lebensmittelmarken monatlich bekamen, waren selten in Ordnung. Im Mehl fand sich schwarzes und braunes Ungeziefer, und der Reis war gelblich und wurde nach Stunden auf dem Herd nicht weich, sondern matschig.

Die Kochkunst meiner Mutter musste sich dieser Situation und dieser unfreiwilligen Diät anpassen, sie musste kreativ werden. Aber aus wenig lässt sich leider nicht viel machen. Es gab getrocknete Bohnen, hauptsächlich Foul, manchmal auch Linsen oder Kichererbsen. Aus dem Brei formte Mutter alles Mögliche. Sie erfand allerlei neue Gerichte, aber zufrieden war sie damit nie. Insbesondere hasste sie die Auberginen, denn sie waren neben den erwähnten Hülsenfrüchten die einzige Ware, die auf dem Markt noch bezahlbar war. Wieso gerade Auberginen? Das verstand keiner so wirklich.

Auberginen waren ein beschissenes Lebensmittel, wenn sie zur Hauptspeise wurden. Sie fraßen kiloweise Fett, denn sie saugten beim Braten das ganze Öl auf, während man es bei anderen Gerichten wiederverwenden konnte. Zudem wurden sie glitschig und weich. Das Grillen im Ofen dagegen dauerte ewig und bedeutete, dass Mutter viel mehr Gas verwenden musste, als für ein normales Gericht nötig war. Und kaum jemand konnte sich auch nur eine einzelne Gasflasche leisten. Es gab Wochen, in denen wir nirgendwo eine kaufen konnten. Um eine der grauen staatlichen Flaschen zu bekommen, die relativ günstig waren, mussten Vater oder ich stundenlang in einer langen Schlange von Menschen anstehen und warten. Dann konnte es gut sein, dass man trotzdem keine mehr bekam. Irgendwann waren wir also bereit, sechsmal so viel wie üblich zu bezahlen, um über andere Bezugsquellen an Gas zu kommen. Gegrillt hätte meine Mutter sowieso viel lieber etwas Handfestes auf Holzkohle in ihrem Steinofen im Hof. Aber Fleisch war völlig illusorisch, so als würden wir Elefanten oder Fabelwesen jagen und essen wollen. Für den Preis eines Kilos trockenen Rindfleisches erhielt man Bohnen und Auberginen für zwei ganze Wochen.

Nicht nur in der Küche wurde das Elend sichtbar, auch auf den Straßen herrschte ungeheures Leid. Es waren Massen von Menschen unterwegs, die nach Arbeit und Nahrung suchten, auch kleine Kinder. Unzählige schliefen auf den Bürgersteigen. Sogar hinter dem Damm, in der Nähe des Kanals und des Friedhofes der Namenlosen, wo es nichts als staubtrockenen Wüstenboden gab, schlugen einige Familien ihre Zelte auf. Bald kamen weitere dazu, und ein neues Viertel wuchs so rasant wie einst das Blechviertel. Man nannte es das »Zigeuner-Quartier«.

Die Stadt wirkte wie ein Springbrunnen aus Not. Egal, wohin man ging, überall jammerten und klagten die Menschen. Im Bus, auf den Gehsteigen, in der Schule, zu Hause, in Imbissen oder im Café. Es gab kein sauberes Wasser mehr, keine ausreichende Nahrung, kein Geld. Dafür seltsame Krankheiten. Viele Babys starben während oder gleich nach der Geburt oder wurden mit schweren Behinderungen geboren. Man wusste nicht, weshalb das so war. Unsere Regierung warf den Amerikanern vor, im letzten Krieg chemische Waffen eingesetzt zu haben. Eine Nachbarin, erzählte meine Mutter, habe von einer

Frau gehört, die ein Baby ohne Haut und Fleisch am Rücken bekommen habe, mit offen liegender Wirbelsäule. Es sei nach wenigen Wochen gestorben. Was Wahrheit oder Lüge war, wusste keiner mehr, aber eines stand fest: Wir hatten keine Zukunftsperspektive mehr. Jeder kämpfte nur noch ums Überleben und suchte verzweifelt nach Nahrung oder Medizin.

Die Basare wuchsen in dieser Zeit, da viele Menschen versuchten, irgendetwas zu verkaufen, um ein paar Dinar zu machen. Die Straßen und Wege waren so voll, dass die Autos nicht mehr durchkamen und sich alles staute. Ab und an schickte die Regierung einige Polizisten, die Ordnung schaffen sollten. Sie sprangen aus ihren Einsatzwagen und droschen mit Schlagstöcken auf die illegalen Verkäufer ein, zertrampelten ihre Ware und stießen die Verkaufsstände um. Man hörte Geschrei und sah fliehende Menschen, die ihre Gesundheit und irgendwas von ihren Produkten zu retten versuchten. Die Polizisten patrouillierten noch für ein paar Minuten, um ihre Präsenz zu verdeutlichen, stiegen dann wieder in ihr Auto und machten sich auf den Weg zum nächsten Basar.

Sobald sie verschwunden waren, kehrten die Verkäufer wieder zurück. Es war sehr bitter, das mitzuerleben. Ich sah solche Angriffe mehrfach. Jedes Mal fühlte ich Wut in mir hochsteigen und stellte mir vor, eine Pistole zu haben und diese Schweine zu erschießen.

Saddam, der nach dem Kuwait-Krieg irgendwelche Spiele mit Allah und dem Jenseits machte und sich als »der gläubige Präsident« bezeichnete, ließ nun uns, die jungen Menschen, jagen. Um das Zentrum herum gab es neue Polizeikontrollen. Sie suchten nach »weichen« Jungen mit Old-School-Haarschnitt und »verdorbenen« Mädchen in kurzen Röcken. Das sei westlich, nicht islamisch, und gehöre nicht zu unserer Gesellschaft. Wenn sie einen solchen Jungen erwischten, wurden ihm die Haare auf der Stelle abrasiert, dann wurde er mit einem Fußtritt entlassen. Die nackten Beine der Mädchen hingegen wurden mit roter oder blauer Malfarbe beschmiert. Ich musste höllisch aufpassen, dass sie mich nicht entdeckten, wenn ich ins Zentrum fuhr. Ich trug schließlich auch diesen Haarschnitt. Zum Glück dauerte diese Phase nur ein paar Wochen, dann zogen sich die Polizeieinheiten zurück. Ich hörte von anderen, dass der ältere Sohn des Präsidenten, der sich selbst als »Hüter der Jugend« verstand, diese Maßnahme öffentlich in seinem Jugend-TV kritisiert hatte.

Gerüchte über Gerüchte, täglich. Eine Geschichte über eine Bande aus sechs Männern machte die Runde, Menschenhändler, darunter ein Rechtsanwalt und ein Polizist. Sie hatten angeblich minderjährige Mädchen entführt und über die Grenze geschmuggelt, um sie in den Golfstaaten als Sklavinnen zu verkaufen. Einige Leute aus der Nachbarschaft behaupteten sogar, verzweifelte Familien würden eines ihrer Kinder an alte, reiche Männer verkaufen, damit sie den Rest ernähren könnten.

Einmal erlebte ich selbst mit Hisham eine solche Situation, und es schien kein Einzelfall zu sein. Es war Nachmittag. Eine schwarz verschleierte Dame betrat den Laden mit einem Mädchen. Es war höchstens dreizehn Jahre alt. Die Frau fragte Hisham, ob er ihrer Tochter einen Job geben könne. Sie würde sauber machen und sich um alles kümmern, was so anfalle. Sie beugte sich vor und sah ihm in die Augen. »Sie macht wirklich alles, was du willst. Alles.«

»Ist das Ihr Ernst?«, fragte Hisham voll Entsetzen. »Sie bieten mir ein Kind an? Schämen Sie sich! Und jetzt raus hier, bevor ich die Polizei rufe.«

»Ich bin eine wackelige Alte mit sechs Kindern. Ihr Vater hat uns verlassen. Der Schlappschwanz hat sich vor der Verantwortung gedrückt und ist abgehauen. Beim Betteln kommt nicht genug rum. Was also soll ich tun? Entweder das oder das Kind verhungert in den nächsten Monaten. Dann lieber so. Aber wenn du nicht willst – es gibt genug andere.«

»Raus!«

Die Frau stolzierte von dannen, als hätte sie ihm ein ganz normales Angebot gemacht. Das Kind hatte die ganze Zeit über völlig willenlos gewirkt und sich wie eine Puppe führen lassen. Hisham hatte Tränen in den Augen und biss sich auf die Unterlippe.

»Das Land ist echt am Ende«, sagte er und schlug einen Bilderrahmen von seiner Theke, in dem sich eine Luftaufnahme von Bagdad befand. »Wir sind nicht mehr zu retten, wenn es schon so weit gekommen ist.«

Als er sich wieder einigermaßen beruhigt hatte, erzählte er mir, dass so etwas hier schon ein paarmal passiert sei und es in der Gegend so einige Ladenbesitzer gebe, die solche Angebote dankend annähmen und Sex-Partys mit kleinen Jungs und Mädchen feierten.

Fassungslos und angewidert schüttelte ich meinen schweren Kopf. Wir schwiegen lange und räumten stumm den Laden auf. Danach machten wir Schluss und schlossen ab.

Bald sah ich meine Freunde im Palast der Miserablen wieder häufiger. Es war herrlich, die Welt draußen für ein paar Stunden einfach vergessen zu können. Die Zeit in unserer kleinen Zuflucht fühlte sich jedoch immer weniger wie ein Teil unseres Lebens an und dafür mehr und mehr so, als wären wir mit Hilfe irgendeiner Zauberformel in eine Traumwelt getreten, die nichts mit Bagdad zu tun hatte. Wir entfernten uns aus unserer Gegenwart und wurden zu neuen Menschen mit ganz anderen Problemen als Hunger, Arbeitsuche oder Krankheit. Stattdessen debattierten wir über das richtige Versmaß, schräge Metaphern oder gackerten einfach herum. Wir lachten wesentlich mehr als früher, vermutlich, weil wir sonst die ganze Zeit über geweint hätten. Doch dann kam der Freitag, an dem Miriams Platz leer blieb: Sie hatte sich dafür entschieden, endgültig nach Beirut zu ziehen. Immerhin besaß sie dort schon länger eine Wohnung. Jedoch war sie immer wieder nach Bagdad und zu uns zurückgekehrt, um oft sogar monatelang zu bleiben. Schließlich lebte ihre Familie väterlicherseits im Irak. Eines Tages jedoch war sie bei Kamal aufgetaucht und hatte ihm verkündet, dass sie nun gehen werde. Endgültig. Bevor sie abreiste, wollte sie sich noch von ihm verabschieden und liebe Grüße an uns alle ausrichten. Sie erzählte ihm, dass sie das Elend und die Gewalt in der Gesellschaft nicht länger ertragen könne.

Miriam war mit einem Libanesen verheiratet, der viel arbeitete und daher ständig unterwegs war. Was genau er eigentlich tat, hatte sie nie erwähnt. Nun wollte sie dauerhaft mit ihm in Beirut zusammenleben. Das war ein harter Schlag für uns, für ihre Freunde, besonders für Masud, den Buchhändler. Doch die Nachrichten, die uns über Miriams Leben in Beirut erreichten, wurden immer seltsamer.

Sie veröffentlichte in einem libanesischen Verlag ein Buch mit dem Titel *Unsere Schande.* Darin berichtete sie über ihre Zeit im regimetreuen Frauenverein des Irak. Sie schrieb, dass einige hochrangige Vereinsmitglieder wilde Partys mit irakischen Ministern und Generälen sowie Vertretern von ausländischen NGOs und Stiftungen gefeiert hätten. Es ging um derbe Sexskandale und ausgeklügelte Spionagearbeit. Sie erwähnte Namen von Künstlern, Autoren und Schauspielern aus der gesamten arabischen Welt und aus Europa, Männer und Frauen, die gemeinsam mit den Herrschenden im Irak all diese Dinge trieben.

Das Buch wurde im Feuilleton ausgiebig besprochen, wenn auch nur im Ausland. Masud hatte das in Erfahrung gebracht. In der irakischen Presse dagegen gab es kein Wort darüber, wie es bei solchen Themen üblich war. Aber eines war uns allen klar: Miriam hatte sich viele Feinde in allen Lagern und Ländern geschaffen und sich ein Fadenkreuz auf ihre Stirn gemalt. Nicht nur die Regierung war nun hinter ihr her, sondern selbst die Kulturszene.

Leider hatte keiner von uns ihr Werk gelesen, wir hatten nur alles Mögliche darüber gehört. Niemand traute sich, das hochbrisante Werk mitzubringen, weil es sofort auf Platz eins der Liste der verbotenen Bücher stand. Darin stünden sogar Geschichten über den Sohn des Präsidenten und seine sexuellen Abenteuer mit einigen Künstlerinnen sowie Mitarbeiterinnen des Frauenvereines. Das hatte Kamal an der Universität aufgeschnappt. Er schrieb noch immer an seiner niemals endenden Doktorarbeit.

Hisham berichtete mir, dass Masud wegen seiner Bekanntschaft mit Miriam bereits von der Sicherheitspolizei verhört und am selben Tag wieder entlassen worden sei. Daher entschieden wir, die Zusammenkünfte vorerst auf Eis zu legen. Es war zu gefährlich.

In den folgenden Wochen liefen wir uns nur noch kurz und zufällig auf dem Büchermarkt über den Weg. Ein paar Monate nach der Veröffentlichung ihres Buches erreichte uns die erschütternde Nachricht: Miriam Khalifa war tot. Sie war aus dem obersten Stockwerk eines Wohnhauses gestürzt. Ob es Selbstmord gewesen war oder ob sie gestoßen wurde, wusste man nicht. Offiziell war es ein Suizid, und die Ermittlungen wurden sofort eingestellt.

Durch ihren frühen Tod wurde Miriam in bestimmten Kreisen zu einer Art Märtyrerin für die Meinungsfreiheit. Viele verehrten sie heimlich als Heldin, weil sie die Verlogenheit der Weltverbesserer, der Kulturszene und natürlich der Regierung aufgedeckt hatte.

Als wir nach ein paar weiteren Wochen wieder anfingen, uns zu treffen, war schnell zu merken, dass die Unbeschwertheit verschwunden war. Masud tauchte nur noch selten auf. Adnan, der sowieso immer etwas ängstlich gewesen war, wenn es um kritische Meinungen ging, kam auch nicht mehr. Selbst Fatima verschwand bald, weil sie sich verlobt hatte. Also war unsere Runde rasch auf Kamal und seine Lamia, Yara, Hisham und mich zusammengeschrumpft. Dann brach uns Hisham das Herz, als er sagte: »Scheiß auf dieses verrückte Land. Ich gehe rüber nach Jordanien.«

In Amman gebe es eine UN-Asylstelle. Viele Autoren seien zurzeit dort, und einige hätten schon positive Bescheide aus Europa, Kanada und Australien erhalten.

»Alle gehen doch weg. Wer bleibt, ist verrückt. Ich suche

in Amman mein Glück. Irgendwann will ich meine Texte bei einem richtigen Verlag publizieren.«

»Und deine Familie? Was ist mit Magda und den Kindern?«, fragte Kamal.

»Ich will ein besseres Leben, vor allem für sie. Sobald ich sicher bin und die Lage geklärt habe, hole ich sie zu mir.«

»Ich kann dich verstehen, aber es versetzt mir einen Messerstich, dass du gehst. Diese Treffen hier waren unser Rettungsanker, aber wir werden weniger und weniger. Pass ja auf dich auf. Eine Flucht ist lebensgefährlich«, sagte Lamia.

Ich hatte Hisham noch nie so deprimiert erlebt wie an jenem Abend. Wie alle war er oft bedrückt und erschöpft, aber bei diesem Treffen wirkte er so verbittert und traurig wie nie zuvor. Selbst im Laden hatte er sich mir gegenüber nie so gezeigt, obwohl wir allein gewesen waren. Ich fiel aus allen Wolken, als er seinen Entschluss verkündete, weil das auch für mich völlig ohne Vorwarnung kam.

Es herrschte eine betretene Stille zwischen uns allen. Jeder konzentrierte sich auf sein Bier. Hisham und Kamal hatten Yara und mir nie erlaubt, Alkohol zu trinken, aber wegen der momentanen Lage des Landes und da es um einen Abschied ging, machten sie eine Ausnahme.

»Schreib unsere Geschichte nieder, und schreib uns einen Brief, wenn du gut angekommen bist, Hisham«, sagte Kamal. »Wir müssen wissen, wie es dir geht, und die Welt muss erfahren, was hier im Lande wirklich vor sich geht.«

»Glaubst du ernsthaft, dass sich irgendwer da draußen für unsere Probleme interessiert? Wir sind doch nur eine schnelle Zeitungsschlagzeile oder eine Kurzmeldung in den Nachrichten wert. Die seltsamen Eingeborenen dieses fernen Unruhestaates, den man ›Irak‹ nennt. Die Leute hören doch seit Jahrzehnten nur von Krieg und Problemen. Das ist für die ganz normal und wie Hintergrundrauschen. Genauso wie wir uns nicht mehr wundern, wenn wir afrikanische Kinder mit Wasserbäuchen und Fliegen im Gesicht sehen. Man stumpft ab. Wieso sollte unsere Geschichte irgendwen jucken, der gerade gemütlich im warmen Kaffeehaus in Wien oder Zürich sitzt und seine fette Torte mit einem Kaffee runterspült? Der schlägt die Zeitung zu und hat uns vergessen.«

Er leerte seine Bierflasche und starrte auf die Landkarte des Irak, die an der Wand hing. Keiner wollte etwas sagen. Kamal brach irgendwann das Schweigen.

»Lass uns zusammen singen.« Er holte seine Laute und begann zu spielen. Traurige südirakische Lieder über Verlust und Heimweh. Ich saß neben Yara und merkte, wie sie ihre Hand auf meine legte. Vermutlich hatte sie gemerkt, dass ich mich hundeelend fühlte. Ich war dankbar für diese Berührung. Ich konnte mir nicht vorstellen, ohne Hisham weiterzumachen. Er war ein Teil meines Lebens geworden. Die letzten Jahre mit ihm waren unendlich wichtig für mich gewesen, und von jetzt auf gleich sollte diese Zeit nun enden.

Ich fuhr an diesem Abend allein nach Hause. Hisham wollte noch weiter zu anderen Freunden, von denen er sich auch verabschieden musste.

Auf dem Weg zurück ins Blechviertel dachte ich für einen Moment darüber nach, es wie Hisham zu machen. Einfach abzuhauen. Vielleicht könnte ich auch meiner Familie aus dem Ausland finanziell helfen. Aber das Ganze kam mir unmöglich vor. Ein Reisepass, so hatte ich gehört, kostete viel Geld und das Visum für Jordanien dreihundert Dollar zusätzlich. Wenn man

Pech hatte, wurde man direkt an der Grenze aus irgendeinem Grund verhaftet. Schließlich sah es Saddam nicht gerne, wenn seine Sklaven das Land verließen. Woher sollte ich so viel Geld nehmen? Aber selbst wenn ich es gehabt hätte, wie hätten meine Eltern das alles hier allein überleben sollen?

Ich saß im Bus, schloss die Augen und stellte mir vor, der Bus würde durch Paris fahren, am Eiffelturm vorbei. Nach einer Weile machte ich die Augen wieder auf und sah aus dem Fenster eine Statue von Saddam, durch deren Schatten wir gerade fuhren.

NOCH IMMER BIN ich alleine hier, in dieser düsteren Zelle. Seit Tagen habe ich keine Brötchen mehr. Irgendjemand soll zu mir kommen. Bitte. Sie lassen mich einfach verhungern. Ich habe versucht, mit irgendwem zu reden. Ich habe geredet, aber keiner hat geantwortet. Ich hatte gehofft, dass noch irgendein anderer Patient hier ist, doch in den anderen Zellen sitzt schon längst keiner mehr. Haben wir den Krieg verloren und keiner weiß, dass ich mich hier befinde?

DREIZEHN

Eigener Platz

Am nächsten Tag sah ich Hisham zum letzten Mal. Er war allein zu Hause. Schweigend tranken wir Tee miteinander. Dann sagte er, ich solle seinen Job auf dem Büchermarkt übernehmen. Er habe bereits mit dem Besitzer des Schreibwarenladens gesprochen. Ich solle ihm jeden Freitag die Gebühren für den Platz vor seinem Geschäft bezahlen, die Bücher müsse ich nicht hin und her schleppen, sondern könne sie im Laden lagern.

»Überleg es dir! Du weißt, wo die Druckerei ist, von der du die Kopien holen kannst.«

»Wann fährst du?«, fragte ich.

»Am Donnerstag. Es ist wichtig, dass du meinen Platz sofort für dich reservierst. Sonst kommt jemand anderes und nimmt ihn.«

»Ich danke dir, mein Freund.«

»Nimm noch diese Tüte mit Büchern mit. Geh am Freitag auf den Markt und verkauf sie. Der Preis steht immer auf der letzten Seite des Buches. Das wird dir das nötige Startkapital bringen, um Nachschub zu ordern.«

»Das mache ich.«

»Okay. Dann war es das wohl.«

»Danke für alles, Hisham. Danke.«

»Ich danke dir, Shams.« Er hatte Tränen in den Augen und wir umarmten uns.

»Pass auf dich auf.«

»Du auch.«

Am Freitag war ich ganz früh auf dem Büchermarkt und sprach mit dem Besitzer des Ladens, der Abu Qaiser hieß. Er knöpfte mir achthundert Dinar ab und sagte, der Platz gehöre ab heute nur mir. Sollte ich den Platz auch unter der Woche haben wollen, koste er an jenen Tagen fünfhundert Dinar.

»Ich brauche ihn nur freitags.«

»Abgemacht.«

Ich legte Zeitungen auf den Boden und verteilte die Bücher darauf, dann saß ich auf dem kleinen Hocker, den ich mir von Abu Qaiser ausgeliehen hatte. Traurig wartete ich auf meinen ersten Kunden. Aber sobald ein paar Interessierte auftauchten, änderte sich meine Stimmung. Ich plauderte ausgelassen mit den Menschen, die nach neuen Werken suchten. Ich interessierte mich wirklich für sie. Jemanden von einem Buch zu überzeugen war wie eine Sucht. Ich kam mir wie ein religiöser Missionar vor, der mit Feuereifer die Lehren des Koran an Ungläubige weitergeben will. Ich war stolz auf meine ersten Verkäufe und fühlte mich, als hätte ich meine Bestimmung gefunden. Shams, der Buchhändler.

Irgendwann an diesem Tag kam sogar Yara vorbei. Sie wollte nachschauen, ob Hisham noch da war und wie es mir ging. »Wow, das nenne ich mal einen Aufstieg. Dein eigener Platz auf dem Büchermarkt! Das ist toll, Shams.« Sie kaufte einen Gedichtband von einem syrischen Dichter, gab mir das Geld und sagte: »Was hältst du davon, wenn ich dich später abhole und wir spazieren gehen?«

»Sehr gerne«, antwortete ich.

Als Yara am späten Nachmittag wieder vorbeikam, hatte ich nur noch acht Bücher übrig, die ich zusammen mit dem Hocker im Schreibwarenladen von Abu Qaiser ließ. Wir schauten noch ein bisschen die Stände der anderen Verkäufer an, dann verließen wir den Markt.

Wir gingen zur Märtyrer-Brücke und betrachteten von dort den Fluss und die Umgebung. Auf der Brücke, die die beiden Ufer des Tigris miteinander verbindet, war es immer beeindruckend, auf das andere Bagdad zu gucken. Denn drüben gab es saubere Straßen, glänzende Hochhäuser, gepflegte Gebäude. Auch die Menschen zogen sich elegant an, und die Autos waren keine knatternden Schrottmühlen. Eine Gegend ohne Müll, Eselskarren oder Verkäufer auf dem Bürgersteig. Dass es überhaupt einen richtigen Bürgersteig gab, war für mich bereits ein Wunder. Wieso nur bin ich nicht dort geboren worden?

Auf der Brücke saßen Menschen, die weder zum Hier noch zum Dort gehörten: In Schwarz gekleidete Frauen, schmutzige Kinder und alte Männer bettelten oder verkauften irgendetwas. Ich wollte nicht länger über Bagdad nachdenken und darüber, dass auf der anderen Seite des Flusses die Mittelschicht, die Reichen, die Regierungsanhänger lebten. Ich war mit einem hübschen Mädchen unterwegs. Das war mir in diesem Moment wichtiger. Wir schlenderten ziellos herum und plauderten miteinander.

»Wollen wir zu mir nach Hause? Eine Pause machen und etwas trinken?«, fragte Yara.

»Und deine Eltern?«

»Ach komm, du bist doch nicht der Imam. Meine Eltern sind offene Menschen und meine Freunde jederzeit herzlich willkommen.«

Es machte mich glücklich, allein mit Yara unterwegs zu sein. Sie trug an diesem Tag ein weißes Hemd und eine Brille und sah sehr schlau aus. Das wirkte auf mich äußerst anziehend, aber irgendwie war ich auch etwas eingeschüchtert. Das änderte sich, als ich merkte, dass die Blicke der jungen Verkäufer, an denen wir vorbeispazierten, voll Neid für mich und voll Bewunderung für Yara waren. Ich gockelte umher wie ein stolzer Hahn, der alle Hühner im Stall schon bestiegen hatte. In einer Nebenstraße blieben wir vor einem Haus mit einer blauen Holztür stehen. Ich war verblüfft. Mir war klar gewesen, dass es Yaras Familie gut ging, aber das?

Yara schloss auf. Es gab einen großen Garten mit Pflanzen, eine mannshohe Voliere mit Kanarienvögeln und eine weiße Hollywoodschaukel. Das Haus war wirklich riesig. Zwei Etagen voll guter Möbel, Bilder an den Wänden, Skulpturen. Alles war blitzblank und glänzte wie meine Augen in diesem Moment.

»Hmmm, keiner da, vermutlich sind meine Eltern gerade unterwegs«, sagte sie. »Werden schon wiederkommen. Bestimmt essen sie gerade in ihrem Lieblingsrestaurant.«

Yara führte mich über die Treppe ins Obergeschoss.

»Das ist ja wie ein Museum oder ein Hotel. So eine Villa habe ich noch nie von innen gesehen.«

»Das ist keine Villa, sondern ein ganz normales Haus. Das ganze Blech und der Schrott in deinem Viertel haben dir den Kopf vernagelt. Wenn du Villen sehen willst, dann geh mal eine halbe Stunde lang die Straße runter. Die Parteibonzen, die haben die richtig fetten Hütten. Aber es ist nett hier, und ich bin dankbar, dass wir so leben können.«

Yaras Zimmer war nicht so ordentlich und sauber wie der Rest des Hauses. Viele Sachen lagen wild herum. Klamotten, Kassetten, Blätter und Bücher. Die Wände waren voll mit Plakaten von westlichen Musikern und Schauspielern, die ich nicht kannte. Am meisten beeindruckte mich, dass Yara überhaupt ein eigenes Zimmer hatte.

Sie ging kurz in die Küche und brachte uns zwei Flaschen Bier, Brot, Gurken und ein paar Nüsse auf einem großen Teller. Sie legte eine Kassette in den Rekorder und ließ einen Sänger über die Liebe jammern. Wir saßen zusammen auf ihrem Bett, aßen, tranken und rauchten eine Zigarette. Yara fragte mich über mein Leben aus. Sie war sehr aufmerksam und interessiert, wollte erfahren, was ich bislang an den Freitagabenden noch nicht erzählt hatte. Ich erzählte ein paar typische Blechviertel-Anekdoten von überraschenden Müllfunden, Messerstechereien oder Liebesdramen in der Nachbarschaft, die Yara alle sehr faszinierten.

»Das ist eine fremde Welt für mich. Ich war bisher noch nicht mal in Saddam City, geschweige denn in Hinter dem Damm oder bei euch im Viertel. Meine Eltern haben es verboten, und ich hatte auch tatsächlich Schiss. Ich meine, was du so erzählst, gibt mir ja auch allen Grund dazu.«

»So wie du angezogen bist mit engen Jeans und einem Hemd, du würdest im Blechviertel eine Revolution auslösen. Oder man würde die Amerikaner um Hilfe bitten, weil alle denken würden, ein Alien sei gelandet.«

»Alien? Na, vielen Dank.«

»Oh, äh, nein. So war das nicht gemeint. Ich mag deinen Stil und dass du so anders aussiehst. Du bist wirklich hübsch, aber im Blechviertel sind die Leute hart. Die würden augenblicklich auf die Straße gehen, dich mit verdorbenen Tomaten bewerfen und als ›Zigeunerin‹ oder so beschimpfen.«

Sie rückte näher an mich heran, und ich griff nach ihrer Hand. Yara küsste mich vorsichtig auf die Lippen. Es war wie ein Test, ob ich zurückschrecken würde, aber stattdessen legte ich die Arme um sie und wir ließen uns ins Bett sinken. Wir streichelten uns. Ich hatte keine Erfahrung im Küssen, aber ich machte einfach das nach, was sie machte, auch wenn ich mir ungelenk vorkam. Aber es schien Yara zu gefallen. Wir kuschelten miteinander und tranken noch zwei Flaschen Bier. An ihren Berührungen und Bewegungen merkte ich, dass sie Erfahrung hatte, während ich noch nie zuvor einer Frau so nah gekommen war. Wir rieben uns aneinander, streichelten uns, und ich drückte meinen Körper an ihren. Es war wunderschön. Ich fühlte mich wie im Himmel. Irgendwann, nachdem wir eine Weile aneinandergekuschelt dagelegen hatten, bat sie mich zu gehen, weil ihre Eltern sicher gleich heimkommen würden.

»Ach, und ich dachte, sie hätten kein Problem mit deinen Freunden und alle seien herzlich willkommen«, sagte ich und musste lachen.

Sie streichelte über meine Haare, gab mir einen leidenschaftlichen Kuss und biss mir auf die Unterlippe, dass ich zusammenzuckte. »Ich will nur verhindern, dass ich dich wie ein Raubtier auffresse und sie nur noch Fellreste und Knochen von dir finden. Wir sehen uns ja wieder, Shams. Am nächsten Freitag besuche ich dich auf dem Markt. Ehrenwort!«

Als ich das Haus verließ, merkte ich, dass ich ziemlich betrunken war. Das Bier, die Zigaretten und Yaras Berührungen ließen mich schwindeln und schwanken. Dass mein erster Tag als braver Bücherverkäufer in einer leidenschaftlichen Szene wie aus einem Liebesroman enden würde, hätte ich vorher nicht einmal zu träumen gewagt.

Wie gerne hätte ich meiner Schwester von Yara erzählt, der alten Qamer, der vor dem Betrugsskandal und vor diesem elenden Jasim. Die neue Qamer tauchte mittlerweile hin und wieder bei uns in Bagdad auf und war mir vollkommen fremd. Sie war ziemlich fett geworden, trug ideenlose Klamotten und beschwerte sich die ganze Zeit darüber, dass sie kein Geld hatte. Jedes Mal schwatzte sie meinen Eltern ein paar Dinar ab und verschwand wieder. Selbst von mir hatte sie nach einer Stunde Wehklagen meine gesamten Ersparnisse ergattert. Keine Ahnung, wie es dazu kommen konnte und weshalb ich das zuließ. Vermutlich, damit sie einfach verschwand und nicht mehr zurückkam. Es fiel mir schwer, mich innerlich vollständig von meiner Schwester zu verabschieden, aber die ursprüngliche Qamer war für immer fort. Es war seltsam, mitzuerleben, wie sich ein geliebter Mensch so ändern konnte. Und ich war traurig, weil ich nun keinen Menschen mehr hatte, mit dem ich meine Geschichten und Geheimnisse teilen, niemanden, mit dem ich reden konnte. Also schrieb ich alles einfach auf, für mich, notierte die Ereignisse und Ideen auf Papier, als würde ich der alten Qamer alles erzählen. Sie war nicht meine Muse, sie wurde zu meinem Adressaten-Phantom.

Doch jetzt war Yara für mich da. Ich war richtig in sie verliebt, träumte von den kommenden Treffen mit ihr und davon, was wir miteinander tun könnten. Am folgenden Freitag saß ich auf dem Markt, verkaufte Bücher und wartete darauf, Yara wiederzusehen. Stattdessen kam Adnan vorbei, grüßte knapp und ging dann weiter, als wäre ich ein Fremder. Das verletzte mich sehr.

Nach drei Wochen war Yara immer noch nicht aufgetaucht. Eines Nachmittags spazierte ich also zu ihrem Haus, ich war unsicher und wusste nicht genau, was ich ihren Eltern sagen sollte, wenn sie mich fragten, wieso ich Yara sehen wolle. Trotzdem klopfte ich an die Tür, aber es schien niemand da zu sein.

Sollte ich es bei ihrem Onkel Kamal versuchen? Es war mir unangenehm, einfach so bei ihm aufzutauchen, obwohl wir mittlerweile ja Freunde oder zumindest gute Bekannte waren. Früher war ich immer mit Hisham da gewesen und jetzt zum ersten Mal alleine. Seit Hisham gegangen war, hatten wir uns nicht mehr im Palast der Miserablen getroffen.

Ich stand tatsächlich vor seiner Tür. Kamal öffnete und begrüßte mich sehr freundlich, als er meine Stimme erkannte. Es war seltsam, wieder hier zu sein, allein, ohne Hisham, Miriam und die anderen. Ich schaute die Wohnung genauer an, nichts hatte sich geändert. Wieso sollte sich irgendetwas ändern? Es waren ja nur ein paar Wochen gewesen, in denen ich nicht hier war. Irgendwie kam mir alles sehr lang vor.

Als ich ihn nach den beiden Schwestern fragte, wurde er ernst. »Oh, das weißt du nicht? Die ganze Familie ist letzte Woche nach Beirut gegangen, sie warten dort auf ein Visum, sie wollen dann nach Frankreich. Das war es, vermutlich kommen sie nie wieder zurück. Alle sind sie weg, auch Fatima und ihr Mann.«

Ich spürte Tränen in mir aufsteigen, und meine Stimme klang mit einem Mal, als hätte ich eine Erkältung.

»Yara, sie hat mir kein Wort davon erzählt.«

Kamal sagte nichts weiter, und ich fragte nicht weiter. Ich ging wieder. Jetzt war mir klar, dass Yara nur ein Abschlussabenteuer mit mir gewollt hatte. Etwas Aufregendes mit einem Armenkind aus dem Blechviertel. Ich dachte an ihr »Ehrenwort«, mich auf dem Markt zu besuchen. Das war das Letzte gewesen, was sie zu mir gesagt hatte, bevor ich ihr Zimmer verließ. Ich Volltrottel hatte mir Gott weiß was ausgemalt und mir Hoffnungen gemacht. Ich fühlte mich dumm, tief verletzt und unendlich alleingelassen. Alle gehen weg und lassen mich im Stich, jammerte ich. Ich nahm einen Bus und dachte kurz, dass mir Yara vielleicht einen Brief schicken würde. Dann zwang ich mich, diesen romantischen Käse zu vergessen. Ich war nicht mehr für sie als ein flinker Finger, der ihr für ein paar Minuten Spaß gebracht hatte. Mehr war es nicht. Blöde Kuh! Sofort fühlte ich mich schlecht und schuldig für meine Gedanken, Flüche und Verurteilungen, aber ich war richtig in sie verschossen gewesen und fühlte mich nun benutzt und weggeworfen.

Unterwegs nach Hause dachte ich an alles Mögliche, ich malte mir sogar aus, wie ich in der fernen Zukunft ein bekannter Autor werden würde und wie Yara auftauchen und sich das neue Buch von mir signieren lassen würde. Sie würde sich bei mir entschuldigen, und wir würden uns küssen.

Nach einigen Tagen, in denen ich kaum rausgegangen war, begab ich mich endlich ins Bad. Nach der Dusche stand ich vor dem Spiegel. Mein Gesicht sah miserabel aus, bleich, ich hatte Augenringe. »Ich muss sie jetzt vergessen«, sagte ich, »und mich auf mich selbst konzentrieren. Nur Shams.« Mein Gesicht redete weiter: »Ich habe genug eigene Probleme. Schließlich steht nächstes Jahr mein Schulabschluss an, und wenn ich ihn nicht schaffe, muss ich zum Militär. Also – ich muss meine Gefühle kontrollieren. Das Schuljahr zu schaffen wird schwer. Und vorher muss ich erst mal die Prüfung der zwölften Klasse bestehen, sonst fliege ich von der Schule. Ich werde mich ab heute wirklich reinknien, hinter die Bücher klemmen müssen, was auch bedeutet, dass meine Eltern weniger Geld haben werden. Zum Glück verdient Mutter mit ihrer Wahrsagerei nicht schlecht. Jedenfalls nicht schlecht im Vergleich zu den hungernden Nachbarn. Bei uns gibt es immerhin noch Brot mit Soße.« Ich ohrfeigte mich und befahl mir selbst: »Beweg endlich deinen Hintern und geh raus!«

Zu jener Zeit wurde mir bewusst, dass der Palast der Miserablen schon eine alte Geschichte war. Miriam wohnte im Himmelreich bei Allah, Masud zog sich zurück, Adnan hatte Angst und kam einfach nicht mehr vorbei, Hisham war in Amman, und Fatima und Yara waren in Beirut oder Paris. Langsam musste ich mich an den Gedanken gewöhnen, mich von unserem Palast für immer und ewig zu verabschieden, was mir schwerfiel.

Ich arbeitete freitags weiter als Buchhändler und versuchte, diese Momente zu genießen, besuchte unter der Woche die Schule und langweilte mich dort. Es war eine intensive und ruhige Phase, die damit endete, dass ich die zwölfte Klasse diesmal tatsächlich schaffte.

Nun waren erst mal Ferien, und ich hatte endlich etwas Zeit für mich. Ich stand als Bücherverkäufer auf dem Markt, was sich für mich nicht wie Arbeit anfühlte, traf interessante Menschen und besuchte so viele Lesungen, wie ich konnte. Ich hatte eine kostspielige Abmachung mit Abu Qaiser getroffen, dass ich nun sieben Tage in der Woche vor seinem Laden Bücher verkaufen durfte. Ich verbrachte meine Zeit fast nur noch auf dem Büchermarkt oder in der unmittelbaren Nähe. Am Anfang lohnte sich das gar nicht, da unter der Woche nur selten Kunden auftauchten. Freitag war schon immer der umsatzstärkste Tag gewesen, aber selbst da verdiente ich manchmal so wenig, dass es sich auch an diesem Tag kaum lohnte. Aber dann erfuhr ich von einer neuen Einkommensquelle.

Ich wusste, dass Hisham früher illegale Bücher oder Zeitschriften von Exil-Irakern unter der Hand verkauft hatte. Ich hatte mich bislang nie an den wirklichen Schwarzmarkt gewagt, aber für mein nächstes Schuljahr würde ich Rücklagen benötigen, um die Familie zu unterstützen. Sonst würden wir bei Brot ohne Soße landen. Wenn überhaupt. Ich musste also irgendwie erfahren, woher Hisham diese Ware bekommen hatte. Oft kamen Männer an meinem Stand vorbei und fragten nach ihm. Jedes Mal antwortete ich, ich sei sein Verwandter und würde seinen Job wie bisher weiterführen. Einige waren mutig und erkundigten sich hinter vorgehaltener Hand nach Büchern von Exilanten. Aber wie sollte ich ihre Werke herbeizaubern? Sie gehörten zu den »Feinden der Nation«, und es war gefährlich, sie anzubieten. Dennoch hatte Hisham das jahrelang gemacht und war nie aufgeflogen. Es schien mir also ein kalkulierbares Risiko zu sein.

Ich sagte jedes Mal: »Kommen Sie nächste Woche wieder!«, und nickte so selbstbewusst, als hätte ich ein Lagerhaus voll illegaler Bücher in der Hinterhand. Doch ich konnte einfach nicht herausfinden, wie Hisham an die Werke gekommen war. Auch in der Druckerei, in der ich die Kopien bekam, fragte ich nach. Der Besitzer sagte: »Shams, halt dich da raus. Davon solltest du die Finger lassen, sonst kostet dich das Kopf und Kragen.«

Je erfolgloser meine Bemühungen waren, desto geheimnisvoller kam mir Hisham mit einem Mal vor. Ich hätte ihn gern gefragt, wie er dieses Geschäft angeleiert hatte, ohne dass die Behörden das spitzgekriegt hatten. Ich ließ mich von den Warnungen nicht einschüchtern. Verbotene Ware bringt gutes Geld, und wie sonst sollte ich für das kommende Jahr etwas im Voraus sparen? Verbotene Bücher oder kein Abitur. Verbotene Bücher oder Militär. Schließlich durfte ein Gymnasiast nur einmal eine Abschlussprüfung nicht bestehen, und ich hatte bereits die zwölfte Klasse wiederholen müssen.

Doch sosehr ich mich auch bemühte und mit allerlei zwielichtigen Gestalten sprach, ich fand nichts.

Ich hatte mich schon damit abgefunden und konzentrierte mich voll und ganz auf die normalen Bücher, als an einem Freitag zwei Jungs bei mir am Stand auftauchten, die ich aus dem Blechviertel und aus Saddam City kannte. Es war seltsam, dass sich jemand von dort hier herumtrieb. Es waren Sinan, der Sohn des Imams unserer kleinen Moschee, und Saad, mit dem ich früher auf dem Mridi-Basar nach Pornoheften gesucht hatte. Beide wirkten wie Prediger: Langer Bart, Gebetskette in der Hand, und in jedem Satz kam »Allah« vor.

Ich war verwundert, freute mich aber ebenso sehr, sie zu sehen, wie sie sich freuten, mich zu sehen. Sinan kannte ich nur flüchtig, er hatte seine eigene Clique im Viertel gehabt und sich nur bei den religiösen Fanatikern auf dem Hauptplatz herumgetrieben. Saad und ich hatten uns nach der Mittelschule irgendwie aus den Augen verloren. Schließlich wohnte er weit von mir entfernt, in Saddam City. Ich wusste nur, dass er nach unserer gemeinsamen Zeit auf eine Schule für Wirtschaftslehre gegangen war.

»Mensch, Shams, das erinnert mich an alte Zeiten.«

»Ja, mein Lieber, das stimmt. Es ist so schön, dich zu sehen.«

»Ich bin überrascht, dich hier zu treffen. Du, wir müssen gleich weiter. Hast du Lust, morgen einen Tee mit mir zu trinken?«

»Ja, das wäre schön.«

»Wie wäre es um sechs im Zahawi-Café?«

»Alles klar, das machen wir.«

Die beiden verabschiedeten sich und trafen sich am Ende des Platzes mit einigen Gestalten, die wie sie aussahen. Alle hatten Bücher unter den Armen. Im Blechviertel und in Saddam City hatte ich in den letzten Jahren oft solche Gruppen gesehen. Seit ein neuer Imam namens Sadiq as-Sadr flammende Freitagspredigten in der Großen Moschee Kufa hielt, scharten sich im ganzen Land immer mehr Anhänger um ihn. Er war wie ein Guru für sie. Früher war es einem schiitischen Imam generell verboten gewesen, im Irak zu predigen. Aber mit diesem Imam änderte sich alles. Er trat ganz ungeniert öffentlich in seiner Moschee auf und verschenkte seine Reden sogar auf Kassetten. Man fand sie mittlerweile überall auf den Basaren. In Saddam City und im Blechviertel hatte er die meisten Anhänger. Er musste ein sehr mutiger Mann sein, wenn er sich als Schiit so etwas traute. Mit einem gewissen Sarkasmus entschied er sich irgendwann sogar, kein normales Gewand mehr zu tragen, sondern ein Totenhemd. Es war ihm anscheinend egal, ob er eines Tages verhaftet oder direkt vor der Moschee hingerichtet werden würde. Keiner verstand, wieso die Regierung das alles zuließ und er immer noch lebte. Keiner vor ihm hatte es geschafft, Saddam, Amerika und Israel zugleich öffentlich zu kritisieren und danach länger als zwei volle Tage zu überleben. Aber As-Sadr schien kugelsicher zu sein und wirklich von Allah beschützt zu werden.

Am nächsten Tag also traf ich Saad, der offensichtlich Teil dieser As-Sadr-Bewegung war. Mir war das nicht ganz geheuer; ich war zwar auch Schiit, hatte aber mit Religion nie viel anfangen können. Saad wollte nicht im Café sitzen, sondern lieber mit mir spazieren gehen. Schon nach wenigen Metern predigte er wie As-Sadr und versuchte mich zu missionieren. Er schimpfte vor allem über andere schiitische Gruppierungen, die sich dem Imam noch nicht angeschlossen hatten, etwa die konservativen Schiiten in Nadschaf, die sich generell aus der Politik heraushielten. Das größte Schulungszentrum der Imame, *Al-Hawza*, sei inzwischen eine »Akademie der Taubstummen«, weil niemand das Wort erhebe und alle mit Scheuklappen durch die Welt liefen. Dann redete er mit mir über die Regierung, wobei ich die ganze Zeit über weiche Knie hatte, weil er nicht gerade flüsterte.

»Wir können nicht einmal unsere heiligen Moscheen und Schreine besuchen! Ständig werden wir kontrolliert und ohne Grund festgenommen. Die Gefängnisse sind mittlerweile voll mit unseren Leuten. Auch unsere theologischen Bücher sind verboten.«

»Wieso erzählst du mir, was ich schon weiß? Was willst du von mir? Ich steige bestimmt nicht bei euch ein. Du weißt, dass ich mir nie viel aus solchen Sachen gemacht habe. Das Gymnasium muss ich zu Ende bringen, später will ich studieren, und ansonsten muss ich arbeiten.«

»Wir teilen ein gemeinsames Interesse.«

»Tun wir das? Ich habe den Eindruck, seit den Zeitschriften damals ist das vorbei, wenn ich dich so ansehe.«

»Ich meine die Bücher. Hisham hat für uns Bücher verkauft und gutes Geld dafür bekommen.«

Ich sah ihm ernst ins Gesicht. »Welche Art Bücher?«

»Stell dich nicht dumm. Natürlich verbotene Bücher. Du kriegst die Werke günstig von uns und kannst sie mit ordentlichem Gewinn weiterverkaufen. Wir wollen, dass sich unsere Ideen verbreiten, und du willst Kohle. Wir profitieren beide.«

»Und was, wenn ich hochgenommen werde?«

»Über das Risiko musst du dir im Klaren sein. Aber Hisham hat das ewig für uns gemacht, und es hat keinen gekümmert. Du hast den besten Standort auf dem Markt, und keiner wird vermuten, dass du in aller Öffentlichkeit religiöse Schriften verkaufst.«

»Das klingt jetzt nicht wirklich überzeugend.«

»Zier dich nicht so. Der Punkt ist, dass die Polizei eher nach den Typen guckt, die irgendwo verdruckst im Halbschatten stehen und Schweißperlen auf der Stirn haben. Wir haben dich in den letzten Wochen auf dem Markt beobachtet. So freudig und selbstsicher, wie du auftrittst und lauthals die Bücher anpreist, da wird kein Mensch auf die Idee kommen, dass du in der Manteltasche illegale Sachen dabeihast. Die denken, so blöd und frech zugleich ist keiner. Aber genau das ist dein Schutz. Hisham hat es vorgemacht, offensichtlich funktioniert es. Aber wenn du nicht willst, suche ich mir jemand anderen.«

»Schon gut, schon gut.« Ich hob beschwichtigend die Hände, weil ich mir diesen Auftrag nicht durch die Lappen gehen lassen konnte. Trotzdem war ich nervös und spürte, wie meine Hände leicht zitterten. »Wie genau soll das ablaufen?«

»Wir haben ein kleines Lager in einem Laden in der Büchermarkt-Straße. Das ist voll mit unseren Büchern. Wenn jemand zu dir kommt und ein Exemplar kaufen möchte, wartest du erst ein bisschen ab, holst es dann aus der Kammer und gibst es draußen in der Menschenmenge weiter. Hisham hat es so gemacht. Fünfzig Prozent hat er dafür kassiert. Das ist richtig gutes Geld, mein Freund. Du weißt, wie hochpreisig die verbotenen Sachen gehandelt werden. Nur ein kleiner Kreis von Eingeweihten weiß, dass die Bücher überhaupt im Umlauf sind, sodass dich nur jemand fragen wird, der vertrauenswürdig ist. Nicht mal Sinan weiß, dass wir das machen. Ich biete dir das an, weil wir uns so lange schon kennen und weil ich weiß, dass ich dir trauen kann.«

»Okay. Das weiß ich zu schätzen. Lass mich eine Nacht drüber schlafen.«

»Klar, tu das. Aber spätestens nächste Woche brauchen wir eine Antwort von dir. Dann zeig ich dir alles und gebe dir den Schlüssel sowie eine Liste der vorhandenen Bücher mit den Preisen dazu.«

»Ich melde mich.«

»Und, Shams, das bleibt unter uns. Kein Wort zu niemandem. Nicht einmal zu deiner Schwester.«

Offensichtlich dachte er, ich hätte noch immer Kontakt zu Qamer. Saad schien nicht zu wissen, was alles geschehen war. Dabei war das im Blechviertel und in Saddam City ja kaum zu übersehen gewesen. Aber wer wusste schon, in welch religiösen Sphären sich mein Freund damals befunden hatte.

»Ja, schon klar. Musst du mir nicht sagen. Meinetwegen könntest du dir mit einem Foto von Saddam den Arsch abwischen, wenn dir das Spaß macht. Interessiert mich nicht, was ihr treibt, solange ich dann das Geld kriege.«

In den nächsten Tagen versuchte ich, zwei Verkäufer auszuhorchen, mit denen ich mich schon oft unterhalten hatte. Sie waren früher gut mit Hisham befreundet gewesen. Aber konkrete Fragen konnte ich natürlich nicht stellen, sondern behauptete nur, ich hätte von Händlern gehört, die verbotene Bücher anbieten würden.

»Ach, das ist ganz normal. Es gibt so einige Verrückte, die das machen. Da findest du alles, von politischen Texten über Exilliteratur bis hin zu religiösem Firlefanz. Aber Finger weg davon! Das ist brandgefährlich. Du solltest nicht einmal mit irgendwem darüber reden, wie jetzt mit uns. Es gibt genug Spitzel, die dich von vorne anlächeln und von hinten erdolchen.« Einer von ihnen deutete mit dem Kopf auf die andere Straßenseite, wo ein bärtiger, weißhäutiger Mann saß und politische Werke verkaufte.

Je mehr ich über alles nachdachte, desto nervöser wurde ich. Die Aussagen darüber, wie gefährlich oder wie sicher die ganze Sache war, waren sehr widersprüchlich. Sollte ich mich darauf einlassen? Hisham hatte sich das getraut, und er war doch eigentlich sehr vernünftig. Ich war unsicher. Ich wollte noch etwas warten und vertröstete Saad, auch auf die Gefahr hin, dass er sich an jemand anderen wandte.

Die nächsten Wochen liefen miserabel. Ich verkaufte nur einen Bruchteil dessen, was ich sonst loswurde. Es war, als schubste mich eine unsichtbare Kraft in Richtung illegaler Geschäfte. Mit meinen regulären Verkäufen würde ich niemals genug verdienen, um mich und die Familie während des nächsten Schuljahrs über Wasser zu halten. Dann bliebe mir nur ein Soldatenleben. Da könnte ich mir auch gleich einen Strick nehmen.

Drei Wochen nach unserem Gespräch machte ich mich also

auf den Weg zu Saad. Er war leider nicht zu Hause, wie mir seine kleine Schwester mitteilte. Am Abend aber klopfte er dann an unsere Tür im Blechviertel, und wir gingen draußen die Gasse entlang. Mit einem Handschlag verabredeten wir uns für den nächsten Tag auf dem Büchermarkt. Zum Glück hatte er noch keinen anderen vertrauenswürdigen Verkäufer gefunden und war froh, dass ich mich gemeldet hatte.

Ich konnte die ganze Nacht über kaum schlafen, war sehr aufgeregt, hatte Angst. Aber wenn Hisham damit durchgekommen war, dann schaffte ich das auch.

Gegen Mittag erschien Saad. Nur ein, zwei Minuten von meiner Verkaufsstelle entfernt traten wir in eine enge Gasse und gingen durch ein Wohnhaus in einen Hinterhof. Dort befand sich ein alter Lagerraum. Er war fensterlos und von außen nicht einzusehen. Nachdem Saad die Tür mit zwei unterschiedlichen Schlüsseln geöffnet hatte, sah ich erst einmal nur bis unter die Decke gestapelte Kisten mit Schrott. Es sah tatsächlich wie ein Lagerraum aus, der komplett vollgestellt war. Trat man nur einen Meter in den Raum hinein, war man zu allen Seiten von Schrottkisten umgeben. Saad lächelte mir zu und schob einen der Türme zur Seite, ganz mühelos, sodass sich ein kleiner Durchgang auftat. Die Kisten waren aneinandergenagelt, um nicht umzukippen, und die unterste hatte Rollen, die auf den ersten Blick nicht zu sehen waren, weil eine Kante überstand. Es war ein perfektes Versteck. Wir drängten uns durch den Spalt, und dahinter tat sich eine neue Welt auf. Dutzende Buchkopien lagen dort in hohen Stapeln auf einem Tisch.

»Das ist es. Ich gebe dir die beiden Schlüssel. Und wenn Kunden kommen, holst du das Buch, das sie haben wollen.

Hier ist die Liste mit allen Preisen. Du streichst weg, was du verkaufst, und bekommst von jedem Exemplar die Hälfte. Abgemacht?«

Ich schlug ein. »Alles klar. Wohin mit deinem Anteil?«

»Du kannst das Geld hier in diese Kiste legen.« Er wies auf eine Metallbox, die auf dem Tisch stand.

»Und wie wissen die Kunden, dass ich es bin?«

»Keine Sorge. Sie finden dich. Wir haben auch einen Code. Nur derjenige, der ihn dir zuflüstert, gehört zu uns.«

»Einen Code?«

»*Gott ist der Zeuge. Wir sind die Botschafter.*«

Ich schwieg.

»Ist klar?«

»Okay.«

»Gott sei mit uns!«

»Hoffentlich!«

Eine Woche lang tauchte niemand auf. Ich war enttäuscht und wollte die ganze Sache schon abhaken. Aber dann kamen doch ein paar. Es waren allerdings nur sehr wenige, vielleicht drei oder vier Kunden pro Woche, und dazu noch immer die gleichen, die zudem dieselben Bücher wieder und wieder kauften. Vermutlich besorgten sie die Schriften für andere, die sich nicht trauten oder keine Zeit hatten, selbst auf den Markt zu gehen. Jedes Mal, wenn ein spezieller Kunde auftauchte, erzählte ich den Kollegen nebenan, ich müsse aufs Klo ins nächste Café. Sie kümmerten sich dann um meinen Stand. Schnell erledigte ich alles und kehrte wieder zurück. So langweilig und unaufregend dieser Handel auch war, finanziell lohnten sich selbst diese schwachen Verkaufszahlen.

Am häufigsten wurden *Unsere Philosophie* und *Unsere Wirtschaft* gekauft, zwei Schriften von Baqir as-Sadr, dem Cousin des Imams mit dem Totenhemd. Seine Schwester wiederum, Bint al-Huda, war eine Autorin, die islamische Erzählungen schrieb. Ihre *Kurzgeschichten* waren auch unter den Büchern, die ab und zu bestellt wurden. Zusammen mit ihrem Bruder war sie schon in den achtziger Jahren hingerichtet worden. Da ging es dem Imam mit dem Totenhemd heute deutlich besser.

Obwohl ich aus einer schiitischen Familie stammte und unter diesen Menschen lebte, hatte ich das Gefühl, mich nie richtig mit unserer Kultur und unserer Geschichte befasst zu haben. Ich kannte Kafka und Puschkin besser als meine Imame. Die Geschichte der Schiiten war mir immer wie eine Aneinanderreihung von hingerichteten oder eingesperrten Geistlichen erschienen.

Im Lagerraum kamen auf wundersame Weise stets neue Bücher hinzu, ohne dass ich etwas tun musste. Ich wusste nicht, wer sie dort deponierte. Aber es war gut, dass ich regelmäßig Nachschub bekam.

In den Ferien öffnete ich meinen Stand täglich und verkaufte die ganze Woche über; als die Schule begann, verkaufte ich wie zuvor nur an Freitagen. Ich gewöhnte mich wieder an den Rhythmus von Schule und Büchermarkt und war irgendwann auch beim Anbieten hochbrisanter Werke absolut tiefenentspannt. Wenn ich Schweiß auf der Stirn hatte, dann nur von der Sonne.

ICH MUSS WACH bleiben. Ich darf nicht einschlafen. Der Hunger ist tief. Ich boxe mir in den Bauch und massiere ihn. Nichts hilft.

VIERZEHN

Neue Gefechte

Im ganzen Land änderte sich plötzlich vieles. Saddam verweigerte die weitere Zusammenarbeit mit den UN-Waffeninspektoren, und der Konflikt mit den Amerikanern wurde immer schlimmer und drohte erneut zu eskalieren. Wir schimpften, die Amerikaner mahnten. Die Inspektoren brachen ihre Arbeit ab, und sobald sie das Land verlassen hatten, heulten die Luftschutzsirenen in Bagdad. Es war Winter. Ein neuer Krieg hatte begonnen: *Operation Desert Fox.*

Nachts hörten wir mehrere Explosionen. Doch es war nicht wie beim letzten Mal, diesmal sollten keine Bodentruppen ins Land geschickt werden, sondern die Kampfhandlungen ausschließlich aus der Luft erfolgen. »Ziemlich langweilig, wenn man nicht mal einen einzigen Amerikaner zu Gesicht bekommt. Hat mal jemand überprüft, ob auf den Bomben überhaupt ›*Made in the US*‹ geschrieben steht? Könnte ja jeder sein, der uns da angreift!«, scherzten manche tagsüber auf den Straßen.

US-Präsident Bill Clinton und Tony Blair, der Premierminister des Vereinigten Königreichs, wurden in unserer Presse nur als »der amerikanische Frauenheld und seine britische Schwuchtel« bezeichnet. Die beiden redeten von »intelligenten Waffen«, die zielgenau treffen würden. Das Volk sei nicht das Ziel, sondern die zum Bau von Massenvernichtungswaffen gedachten Anlagen und das Militär. Mein Vater begann, lauthals zu fluchen, als ich ihm davon erzählte: »So ein Schwachsinn!

Das hört man in jedem verdammten Krieg. Keine zivilen Opfer, nur lokale Schäden. Pah! Es wird sein wie immer. Frauen, Kinder, Ehemänner werden von den Bomben zerfetzt, und Saddam sitzt lachend in seinem Bunker. Wann werden die schlauen Amerikaner uns endlich wirklich mal helfen, indem sie das Land einfach in Ruhe lassen?« Mein Vater klang wie mein Großvater, und das fand ich amüsant.

Wir blieben also zu Hause. Meine Mutter hatte so eine Ahnung gehabt und, schon bevor die Kampfhandlungen begannen, einen Vorrat angelegt. So viel sie hatte bekommen und vor allem bezahlen können. Mehl, Reis, Öl, Bohnen und Zucker. »Es reicht für mindestens vier Wochen«, meinte sie. »Auch wenn wir jetzt pleite sind.« Meine Mutter hatte sich dafür entschieden, den Krieg diesmal kulinarisch zu besiegen. »Wenn wir schon sterben, dann wenigstens mit vollen Bäuchen.«

Der Krieg fiel mit dem Beginn des Ramadan zusammen. Nur meine Mutter fastete richtig. Vater und mir war das in dieser Situation scheißegal, und wir aßen auch tagsüber, wenn auch nicht viel. Denn wir sparten uns den Hunger natürlich auf, um am Abend gemeinsam mit Mutter zu essen.

Sonst waren wir in den Tagen des Ramadan oft gemeinsam zum Hauptplatz gegangen. Dort wurde abends nach dem Fastenbrechen eigentlich immer das Gruppenspiel *Mheibes* veranstaltet. Vater liebte das, und auch für mich war es immer eine willkommene Abwechslung gewesen. Die Frauen schauten auch zu oder unterhielten sich. Für die Kinder hatte man Rutschen und Schaukeln am Hauptplatz aufgestellt.

Beim *Mheibes*-Spiel waren die Männer in zwei Mannschaften aufgeteilt, die gegeneinander kämpften. Einer musste den Spielring in der Hand eines seiner Teammitglieder verstecken.

Aus der anderen Gruppe sollte dann jemand versuchen, den Menschen zu erraten, der den Ring versteckt hielt.

Es gab einige, die wahre Meister darin waren. Sie konnten aus zwanzig oder hundert geschlossenen Händen nur durch Beobachtung herausfinden, wer den Ring hatte. Hierbei schauten sie selten auf die Hände der Spieler, sondern immer in deren Gesichter. Keine Ahnung, wie sie das machten. Eigentlich hätten die Amerikaner und Engländer einen dieser *Mheibes*-Meister gut in ihrer Armee gebrauchen können. Er hätte den irakischen Offizieren und Geheimdienstmitarbeitern an der Nase angesehen, wer den Standort der Massenvernichtungswaffen kannte. Aber leider kamen sie nicht auf diese Idee, sondern bombardierten stattdessen irgendwelche Ziele, die angeblich strategisch wichtig waren. Daher gab es zum diesjährigen Ramadan keine *Mheibes*-Spiele, sobald es dunkel wurde, sondern Bomben.

Wir besprachen die Möglichkeit, Bagdad wieder zu verlassen und zurück in den Süden zu fliehen, zu Qamer und den Verwandten. Dort gab es nur wenige wichtige Militär- und Regierungsgebäude. Mein Vater lehnte das ab. »Im Süden wird es nie Ruhe geben. Wir bleiben hier.« Also blieben wir.

Der Krieg spielte sich nur nachts und bei Dunkelheit ab. Wir hörten die Detonationen und spürten sie. Tagsüber war alles still, sodass wir tatsächlich rausgehen und halbwegs normal leben konnten. Sogar das Teehaus Licht und einige Geschäfte hatten auf. Es war ein wirklich seltsamer Krieg. Tagsüber bemerkte man ihn nur an Rauchsäulen in der Ferne; zerstörte Armeestellungen und Gebäude sahen wir nur auf den ersten Seiten der Tageszeitungen, nicht in unserer Gegend. Obwohl es sich nachts anders anhörte. Es wurden wohl tatsächlich vor allem staatliche Gebäude getroffen. Natürlich starben auch Zivilisten, die in unseren Medien gezeigt wurden. Doch bei uns im Blechviertel hatte ich nur die Explosionen gehört. Tote gab es bei uns keine. Zum Glück dauerte der Krieg nicht lange. Gerade mal vier Tage.

Am fünften Tag begann das normale Leben wieder: der Kampf um Arbeit und das Wettrennen um Nahrung und Medizin. Wir Iraker waren Ausnahmezustände gewohnt und schüttelten sie schnell ab. Die Abendstunden verbrachten wir weiter mit meiner Mutter und ihren Ramadan-Leckereien, die in diesem Jahr vor allem aus Bohnen- oder Linsensuppe mit Brot bestanden, später gingen wir gemeinsam zum Hauptplatz. Den restlichen Ramadan über wurde wieder *Mheibes* gespielt.

Die Beschimpfungen zwischen Saddam und den UNO-Funktionären gingen nach dem Krieg weiter wie zuvor. Gebracht hatte das Ganze also nichts. Mittlerweile war jeder gelangweilt. Nach diesem neuen Krieg gaben wir vollends die Hoffnung auf, es würde sich jemals etwas ändern oder gar verbessern. Wir wollten nicht mehr, wir konnten nicht mehr und waren einfach müde. Ein guter Tag für uns war einer, an dem die Dinge nicht schlimmer wurden, als sie es ohnehin bereits waren.

Das nächste Durcheinander kam schnell, genau zwei Monate nach dem Clinton-Krieg. Es war Februar, mitten im Schuljahr, und ziemlich kalt in Bagdad. Der Imam mit dem Totenhemd wurde getötet. Die Regierung präsentierte eine kleine Gruppe von Männern, darunter waren zwei schiitische Gelehrte, einer trug einen weißen, der andere einen schwarzen Turban, die den Imam angeblich umgebracht hatten. Diese sollten bald hingerichtet werden. Es wurden auch ein paar Bilder der Trauerfeier von As-Sadr gezeigt, was sehr ungewöhnlich war; sogar der Kommandeur der irakischen Streitkräfte in Bagdad und in vier anderen Wehrbezirken nahm teil, bekundete sein herzliches Beileid im Namen des Präsidenten höchstpersönlich. Mein Vater hatte das im Teehaus Licht gesehen und sagte mir, ich solle vorsichtig sein und täglich nach der Schule schnell nach Hause zurückkehren. »Keine Arbeit, bis sich das alles wieder beruhigt hat! Verstanden?«

»Ja, Papa, mach dir keine Sorgen.«

»Ich bin froh, dass wir nicht mehr im Süden wohnen. Ich weiß nicht, was nun dort geschieht.«

Viele kauften den Nachrichtensprechern die Sache nicht ab. Auf den Straßen war die Mehrheit vorsichtiger und ängstlicher als sonst. Nur einige Mutige schimpften auf die Regierung, einfach so, im Bus oder auf den Gehwegen. Es lag eine Gereiztheit in der Luft, auch am Himmelszelt, dort zogen nur noch graue Wolken über uns hinweg. In meiner Schulklasse hörte ich von religiösen Gymnasiasten, dass in einer Moschee in Saddam City bald eine symbolische Trauerfeier stattfinden und ein wichtiger Imam predigen würde. Es erschien mir nicht wie eine große Sache, denn bis jetzt hatte es keine Ausschreitungen gegeben.

Am Freitag freute ich mich auf den Büchermarkt. Unterwegs wurde ich in Saddam City vier Mal von Polizisten kontrolliert, die bis an die Zähne bewaffnet waren. Sie suchten anscheinend in den Fahrzeugen nach Waffen. Im Zentrum hingegen lief alles gemächlich, und man sah nur vereinzelte Männer in Uniform da und dort. Der Büchermarkt selbst war wie sonst lebendig, als wäre man auf einem anderen Stern gelandet. Doch am späten Mittag änderte sich die Lage, viele wurden hektisch, einige Händler machten ihre Läden zu. Abu Qaiser flüsterte mir ins Ohr, es gebe wohl eine Straßenschlacht in Saddam City zwischen der Regierung und den Anhängern von As-Sadr. »Ich schließe ab und gehe nach Hause. Du solltest das auch tun.«

Am Busbahnhof stieg ich in den einzigen Bus, der sich noch Richtung Saddam City wagte. Der Fahrer kündigte an, nur bis zum Mridi-Basar zu fahren. Dort wohnte er offensichtlich. Auf der Fahrt herrschte eine Totenstille. Es wurde geraucht und geschwiegen. Die Gehwege waren nahezu menschenleer, es waren auch sehr wenige Fahrzeuge auf den Straßen unterwegs. Man sah nichts und hörte keine Schüsse oder Ähnliches.

Als wir in Saddam City ankamen, war zuerst noch alles ruhig. Wir rollten fast allein auf der Joader-Straße. Irgendwann sah ich einige Fahrzeuge, darunter Taxis, die schnell in Nebenstraßen aufblitzten. Männer rannten über die Straße und verschwanden dann sofort wieder. Jetzt hörte ich Schüsse. Der Busfahrer umging die Hauptstraße und fuhr durch enge Gassen, um den Gefahren zu entgehen. Schließlich hielt er einfach mitten in einer Gasse an, ließ seinen Bus stehen und sagte, es wäre besser, wenn alle schnell nach Hause gehen würden. Ich rannte sofort los. Von den Nebenstraßen aus konnte ich immer wieder kleine Ausschnitte der Joader-Straße erkennen. Dort rannten Bewaffnete hin und her. Es wurde geschossen und mit Steinen und Flaschen geworfen. Wenn ich mehrere Schüsse hörte, duckte ich mich oder presste mich eng an eine Hauswand. Ständig sah ich mich um, ob sich ein Kämpfer in meine

Richtung verirrt hatte. Ich ging erst weiter, wenn es wieder ruhiger war.

Alle Haustüren waren geschlossen. Ich sah ab und zu einige Männer, die durch Fenster oder auf den Dächern die Umgebung beobachteten. Bevor ich den Einäugigen-Basar erreichte, hörte ich eine Stimme. »Hallo, Jungeeee, waaaas ist looooos?« Es war ein alter Mann, der nur mühsam den Satz sprechen konnte. Er lag auf einer Matratze, direkt hinter einigen Mülltonnen, war bärtig, trug schmutzige Klamotten, hielt eine Klebstofftube in der Hand. Er konnte seinen Kopf kaum heben. Der Mann schien auf Droge zu sein. Zuletzt hatte ich immer wieder auch junge Leute in der Gegend gesehen, die an diesen Tuben geschnüffelt hatten. Ich blieb kurz stehen, hielt Abstand von ihm: »Eine Straßenschlacht! Es ist gefährlich. Sie sollten hier nicht bleiben!«

»Was? Oh Mann. Warum? Scheiß Bush! Kuwait, Kuwait! Warum endet dieser Krieg nicht?«

»Was?«

»Bush, Bush! Mann?«, sagte er und schnüffelte wieder an der Tube.

Der arme Mensch wusste offensichtlich nicht, dass wir schon im Jahr 1999 waren und schon bald das ganze Jahrtausend endete. »Ich muss los!«, sagte ich und rannte weiter.

Die ganze Strecke zu Fuß bis zum Damm kostete mich mehr als eine Stunde. Die Haltestelle der Eselskarren war natürlich auch leer. Ich kletterte auf die andere Seite.

Im Zigeuner-Quartier standen Jungs und Männer mit Messern und Stöcken in den Händen vor ihren Zelten und beobachteten angespannt die Umgebung. Ich hatte unglaubliche Angst und dachte die ganze Zeit über an meine Eltern, die sicherlich krank waren vor Sorge. Nach einer weiteren Stunde erreichte ich endlich das Blechviertel.

Ich sah einige Kerle am Ende der Highway-Asphaltstraße vor dem Büro der Baath-Partei stehen, manche trugen Pistolen. Doch keiner der Baathisten schien darunter zu sein. Ohne allzu offensichtlich zu starren und mich verdächtig zu machen, ging ich an ihnen vorbei. Das Teehaus und alle Läden waren geschlossen. Saber al-Yatim, der Waisenjunge, mit dem ich früher gespielt hatte, stand mit vier weiteren Jungs auf dem Hauptplatz. Er war bewaffnet. Sie stoppten mich nicht, ließen mich passieren.

Als Mutter und Vater mich sahen, weinten sie und umarmten mich und ließen mich gar nicht mehr los. Vater erzählte mir am späten Abend, dass die Baathisten der Gegend anscheinend geflohen seien. Es habe am Hauptplatz eine Schlägerei gegeben. Saber al-Yatim habe Atwan, den Boss der Partei, mit einem Messer verletzt und sei dann flink abgehauen. Die Männer von Atwan hätten daraufhin mit ihren Gewehren gefeuert, aber Saber nicht erwischt. Atwan hätten sie dann mit dem Auto weggeschafft. Mehr wusste Vater nicht, weil er sich in einem Laden versteckt hatte, bis es wieder ruhiger wurde.

»Jetzt ist Saber der neue Chef«, sagte ich.

Am nächsten Tag stürmte die Armee das Blechviertel und tötete einige Aufständische in einem offenen Kampf, der sich über Stunden hinzog. Anschließend nahmen die Soldaten unzählige Männer und Frauen fest, kontrollierten jede einzelne Gasse und suchten in den Häusern nach Waffen oder verbotenen Büchern. Von der Schlacht selbst hatte ich nicht viel mitbekommen. Vater hätte natürlich nie erlaubt, dass wir rausgingen. Ich kletterte allerdings auf das Dach unseres Hauses, um festzustellen, ob irgendwer in unsere Richtung kam. Ich sah niemanden außer andere Schaulustige auf den Dächern, hörte Schüsse und Gewehrsalven.

Zwei Tage lang blieben wir zu Hause. Erst nachdem die Soldaten unser Haus kontrolliert und für »sauber« erklärt hatten, trauten wir uns wieder, rauszugehen. Überall stand Militär. Aber die Armee blieb nicht lange. Nach einigen Tagen zogen sich die Panzer und Soldaten wieder zurück.

Mehrere Personen aus unserem Viertel hatten bei der Auseinandersetzung ihr Leben gelassen, auch der mutige Saber. Über ihn hörte man danach überall Heldengeschichten. Wie er beinah im Alleingang Saddam besiegt hätte. Er soll länger und tapferer als jeder andere gekämpft haben. Saber hatte es erwischt, andere waren verhaftet worden. Man wusste nicht, wo sie sich nun befanden. Wahrscheinlich würde man sie nie wiedersehen. Von Atwan erfuhr man zunächst auch nichts. Einige behaupteten, er habe die Messerstiche nicht überlebt und bald werde ein neuer Boss bei uns auftauchen. Doch Atwan hatte scheinbar mehrere Leben wie eine Katze. Er kehrte zurück, seine Pistole hing nun nicht mehr an seiner rechten Hüfte, sondern er hielt sie immerzu in seiner linken Hand, die er wegen früheren Verletzungen nur noch mühsam bewegen konnte.

Im Süden hingegen, so erzählte Qamer, als sie uns später einmal besuchte, sei der Aufstand härter als bei uns gewesen, wochenlang hätten dort die Auseinandersetzungen zwischen den Anhängern von As-Sadr und der Armee angedauert. »Es war ein echter Krieg.«

In jener Zeit begann die Sicherheitspolizei, zusammen mit der Saddam-Fedajin, überall in Bagdad Säuberungen vorzunehmen. Fast täglich hörten wir von Leuten, die festgenommen worden waren. Es gab nun unendlich viele Kontrollen in der ganzen Stadt. Es schien, als wäre unsere Regierung überfordert mit der Situation und wollte um jeden Preis alle ihre Gegner ausmerzen. Wir waren solche unruhigen Phasen gewohnt, und deshalb ging das Leben für uns relativ normal weiter. Doch den Verkauf der religiösen Bücher wollte ich nicht wieder aufnehmen. Das war mir nun viel zu gefährlich.

Ich suchte Saad, traf ihn aber nicht zu Hause an, wie beim letzten Mal. Seine Mutter sagte mir, er sei im Süden bei seinen Verwandten. Ich gab ihr die beiden Schlüssel und sagte ihr, sie gehörten ihrem Sohn.

Mein Vater, der mich bisher immer in Ruhe gelassen hatte, mischte sich nun stärker in mein Leben ein und kontrollierte ständig, was ich tat. Er hatte Angst, dass ich bei etwas Politischem mitmachen und uns damit alle ins Unheil stürzen würde. Schließlich verlangte er sogar von mir, mit der Arbeit auf dem Büchermarkt aufzuhören. »Shams, bitte, wenigstens eine Zeit lang. Irgendwann kannst du sicher weitermachen. Jetzt kümmere ich mich um das Geld, und du konzentrierst dich auf die Schule. Wenn du fleißig lernst und etwas Glück hast, kommst du irgendwann aus dieser ganzen Scheiße raus.«

Es gab nicht wirklich etwas mit ihm zu diskutieren, und so akzeptierte ich es einfach. Ich ging zu Abu Qaiser, dem ich die Gebühr für meinen Platz bezahlte, und klärte ihn über meine Situation auf. Er war verständnisvoll und versprach, zu versuchen, mir den Platz in den nächsten Ferien wieder zu vermieten.

Von Saad hörte ich nichts mehr. Er war einfach verschollen. Einmal sah ich Sinan am Hauptplatz und fragte ihn nach Saad. »Keine Ahnung!«, sagte er. »Habe gehört, er ist im Süden bei seinen Verwandten. Mehr weiß ich nicht. Wir waren auch nie die engsten Freunde.«

Irgendwie hatte ich den Eindruck, dass Sinan mir nicht die Wahrheit erzählen wollte. Er wirkte ängstlich. Erstaunlich war auch, dass er keinen Bart mehr trug und die Gebetskette in seiner Hand fehlte. War er nicht mehr religiös oder wollte er sich nur nicht mehr als Religiöser zu erkennen geben?

Jedenfalls war ich froh und erleichtert, dass Saad nicht mehr da war. Ein Problem weniger für mich. Vielleicht hatte er sich sogar ins Ausland abgesetzt, in den Iran oder so, der ja so etwas wie das gelobte Land der Schiiten war. Dort würde er mehr als genügend Ersatz-Ajatollahs für seine As-Sadrs finden. Die ganze Sache mit den »verbotenen Büchern« war für mich abgeschlossen. Es war gut, dass der Einzige, der darüber Bescheid wusste, nicht mehr da war.

Ich kümmerte mich nun um die Schule. Nachmittags kehrte ich nach Hause zurück, machte eine kleine Pause, dann lernte ich stundenlang. Auch abends saß ich im Licht der Öllampe oder der Kerze und versuchte, die arabische und englische Grammatik und ihre Regeln auswendig zu lernen. Ich musste außerdem das Theaterstück *Der Kaufmann von Venedig* von Shakespeare mehrfach lesen, um alle Details im Gedächtnis zu behalten, denn in der Prüfung sollte man ein paar Fragen darüber beantworten. An jedem verdammten Tag tat ich dasselbe, bis ich in den Schlaf sank.

Ich traf mich ab und zu mit drei Jungs aus unserer Gasse, die auch die Abiturprüfung schreiben mussten. Gemeinsam saßen wir dann draußen auf einer Decke vor der Haustür und lernten, während unsere Mütter uns immer wieder Wasser, Tee, Gebäck oder Sandwiches brachten.

Die Fächer Mathematik und Wirtschaft waren diejenigen, in denen ich Hilfe von den anderen benötigte. Ich konnte grundsätzlich mit Buchstaben umgehen, aber nicht mit Zahlen. Wenn irgendwelche Ziffern oder Zahlen in einem Text auftauchten, fühlte ich mich erledigt und verlor jede Orientierung. Das war immer so gewesen, ich hatte in Mathematik immer schlechte Noten gehabt. Ein wahrer Albtraum. Nur in Fächern wie Religion, Literatur oder in Sprachen war ich derjenige, dessen Hilfe die anderen brauchten. In Geschichte und Geografie konnte ich mich ebenfalls ganz gut über Wasser halten. Physik und Chemie waren für mich natürlich auch eine Last gewesen, weshalb ich mich schon in der elften Klasse nicht für naturwissenschaftliche Fächer, sondern für die Geisteswissenschaften entschieden hatte. Somit würde ich auch später nur solche Fächer an der Universität studieren können, wenn ich die Prüfung bestehen würde. Das war ein großer Vorteil.

Monatelang verbrachte ich also die Zeit damit, für alle Fächer zu lernen. Es gab keinen Raum für irgendetwas Kreatives, ein reines Auswendiglernen. Es war eine intensive Zeit, in der ich tatsächlich nichts anders tat, als mich auf die Prüfung vorzubereiten.

An dem Tag, an dem ich von meiner letzten Prüfung nach Hause zurückkehrte, sammelte ich alle Schulhefte zusammen, steckte sie in einen Karton und trug ihn rüber zur Müllhalde. Ich stand davor, rauchte eine Zigarette und warf den Karton dann einfach weg. Ich wusste, dass ich diese Papiere nie wieder brauchen würde. Das war die letzte Abschlussprüfung in der

Schule gewesen. In jenem Moment hatte ich das Gefühl, bereits alles vergessen zu haben, was ich in den letzten Monaten gelernt hatte. Es war wahrlich eine Befreiung, diese Horror-Unterlagen einfach wegzuwerfen.

ICH KANN NICHT mehr aufstehen. Mir ist immer schwindlig. Wie lange werde ich gegen den Tod ankämpfen müssen? Alles in mir ist bereit.

FÜNFZEHN

Anderes Ufer

Ich schaffte mein Abitur. Ein Wunder! Wenn auch eines, an dem ich fleißig mitgearbeitet hatte. Nun wollte ich unbedingt Literatur studieren, aber das war nicht meine Entscheidung. Jeder, der studieren wollte, bekam vom Bildungsministerium ein Fach und einen Platz an einer Universität zugewiesen. Ob man diesen wollte oder nicht, das interessierte keinen. Ich bekam eine Zulassung an der Mustansria-Universität und sollte Geschichte auf Lehramt studieren. Es hätte mich schlimmer treffen können, wobei ich mich nicht gerade gut in Geschichte auskannte. Zu viele Zahlen, zu wenige Metaphern für meinen Geschmack.

Ich schrieb mich also an der Universität ein, indem ich allerlei Papierkram ausfüllte, und hielt wenig später ungläubig meinen Studentenausweis in der Hand. Ich blickte auf mein Foto, das noch aus Hishams Laden stammte, und dachte, dass ich einen guten Studenten abgab. Ich war stolz, dass ich so weit gekommen war. Trotz meiner Liebe zur Literatur gefielen mir sogar die ersten Veranstaltungen in Geschichte ganz gut, und ich fügte mich in mein Schicksal. Nach wenigen Wochen mochte ich das Fach geradezu.

Zunächst fühlte ich mich ein bisschen verloren. Es war etwas viel auf einmal. Die große Universität, die zahlreichen Kurse, die volle Bibliothek, das zu erlernende Wissen, die vielen Kommilitonen und Kommilitoninnen aus allen Schichten der Gesellschaft.

An der Kleidung konnte man erkennen oder zumindest vermuten, wer woher kam. Diejenigen, die saubere Markenkleidung trugen, stammten selbstverständlich aus dem Zentrum und den wohlhabenden Vierteln. Die mit den geflickten Klamotten wie ich kamen aus den Armenvierteln. Wir bildeten eine eigene Gruppe, und jeder kannte uns. Es gab ständig Missverständnisse, an denen wir merkten, dass wir aus völlig unterschiedlichen Welten stammten. Einmal behauptete eine Kommilitonin, dass bei ihr zu Hause im Adhamiyah-Viertel der Strom nie länger als vier Stunden ausfalle.

»Lebt ihr im Irak?«, sagte einer aus Saddam City. »Ich bin froh, wenn wir vier Stunden täglich Strom haben.«

»Im Blechviertel haben wir überhaupt keinen Strom, wir haben nur den lieben Gott«, scherzte ich. »Er leuchtet wie eine Birne in unser Leben, er unterhält uns wie ein Fernsehstar, er kümmert sich wie ein Kühlschrank darum, dass unser Essen nicht so schnell vergammelt.«

Viele meiner Kommilitoninnen verunsicherten mich, sie waren ganz anders als die Mädchen im Blechviertel oder in Saddam City. Einige trugen Jeans wie Yara, andere schminkten sich elegant, und viele sahen aus wie die Frauen in Qamers Magazinen. Die Mehrheit von ihnen trug weder einen Schleier noch das lange, schwarze Abaya-Überkleid. Einige feierten ihre Geburtstage in der Cafeteria der Universität und gingen auf Partys, ins Kino, fuhren selbst Auto oder hatten einen eigenen Chauffeur. Es war eine völlig andere Welt. Offensichtlich führte viel Geld zum Vergessen der Traditionen, während sie in den ärmeren Vierteln am Leben erhalten wurden. Zum Glück konnte jeder im Irak kostenlos an der Universität studieren.

Obwohl ich gerne so ein Mädchen als Freundin gehabt

hätte, hat keine sich je für mich interessiert. In Wahrheit hatte ich nicht irgendeine, sondern eine bestimmte Studentin im Auge. Sie hieß Majada und studierte Französisch. Sie hatte ihr eigenes Auto, parkte direkt vor dem Haupttor der Universität und schlenderte oft in farbigen Kleidern umher wie eine Prinzessin aus dem Wunderland. Jedes Mal, wenn ich sie sah, musste ich an eine kleine Fee denken, die einen Zauberstab in der Hand hielt. Auf allem, was sie mit ihm berührte, wuchsen bunte Blumen, Statuen wie die vor der Eingangstür wurden plötzlich lebendig. Ihre Lebensfreude war ansteckend, und sie verbreitete immer eine positive Stimmung.

Aber Majada kannte mich überhaupt nicht. Wir waren uns nie wirklich begegnet, und sie wusste vermutlich nicht einmal von meiner Existenz. Ich hatte sie nur aus der Ferne beobachtet, aber das hatte ausgereicht, um mich unsterblich in sie zu verlieben. Mit Sicherheit war ich nicht der Einzige, der von Majada träumte. Dafür war sie zu einzigartig. Obendrein war sie auch noch die Tochter eines bekannten Schönheitschirurgen, was für einige sicherlich schon ein Grund dafür war, sich für sie zu interessieren. Ihre Freundinnen stammten allesamt aus den wichtigen Familien der Stadt, und eine war hübscher als die andere. Aber Majada überstrahlte sie alle.

Ich fühlte mich klein und war davon überzeugt, gar nicht der richtige Umgang für Majada zu sein. Wie hätte eine solche Beziehung auch funktionieren sollen? Ich trug jeden Tag dieselben einfachen Klamotten und Schuhe, die schon drei Jahre alt und durchgelaufen waren. Sie hing mit elegant gekleideten Jungs herum, die Gel in den Haaren hatten und Aftershave trugen. Ich war ein Südiraker aus dem Blechviertel, mein Vater ein Straßenverkäufer und meine Mutter eine Wahrsagerin. Wie sollte jemand wie ich mit diesen Wohlstandskindern zusammenfinden? Wer würde sich schon mit mir abgeben wollen? Ich irrte mich. An einem Freitag auf dem Büchermarkt sprachen mich zwei der wohlhabenden Mädchen an.

Nachdem ich das Abitur geschafft hatte, hatte ich meine Verkaufsstelle tatsächlich von Abu Qaiser zurückbekommen, der nun aber mehr Geld wollte und jeden Freitag tausend Dinar von mir kassierte. »Du studierst mit uns, oder?«, fragte eine langhaarige Schönheit, die meine Bücher durchsah. Ein anderes Mädchen begleitete sie. Sie stellten sich als Miriam und Hanan vor. Beide studierten ebenfalls Geschichte. Ich hatte sie auch schon mal gesehen, aber nie mit ihnen gesprochen.

Wir plauderten ganz ungezwungen miteinander. Ich war sehr überrascht. Sie erzählten von einem wöchentlichen Treffen, an dem viele Kommilitonen teilnähmen. Einige würden literarische Texte vorlesen, andere Musik machen oder über gesellschaftliche Probleme diskutieren. Sofort dachte ich natürlich an den Palast der Miserablen. »Oh, schön!«

»Schreibst du?«, fragte Hanan, die sehr kurzes Haar hatte.

»Nur für mich selbst.«

»Ach komm. Bring doch einen Text mit!«

»Wo trefft ihr euch denn?«

»Nächstes Mal bei mir zu Hause«, sagte Miriam und nannte mir ihre Adresse.

Sie wohnte in einem großen Haus mit einem noch viel größeren Garten in der nobelsten Gegend von Bagdad. Dreizehn Studenten kamen an diesem Abend. Auf einem Tisch im Garten waren Getränke und Knabbereien angerichtet. Alle Gäste setzten sich auf Stühle und Sessel. Am Anfang lasen zwei Jungs und ein Mädchen ihre Texte vor. Ich bekam fast gar nichts von der Lesung mit, weil ich unentwegt versuchte, nicht allzu offensichtlich das Mädchen zu mustern, das mir direkt gegenübersaß. Es trug hautenge Jeans und ein bauchfreies T-Shirt. Plötzlich aber verkündete Miriam, dass nun ich an der Reihe sei, meinen Text vorzulesen. Alle jubelten und feuerten mich an.

Ich hatte mich extra auf diesen Tag vorbereitet und das laute Lesen geübt. Meine beste Kurzgeschichte, die ich in all den Jahren geschrieben hatte, wollte ich vortragen. Ich war sehr aufgeregt. Die Geschichte, die ich vorlas, handelte von unseren Essensfunden in der Moschee während des Krieges, als wir noch in Herzliche Hölle wohnten. Als die Erzählung mit dem Gespräch zwischen meiner Mutter und dem Imam über den Bananensirup endete, sah ich klatschende Hände und strahlende Gesichter. Irgendwer klopfte mir auf die Schulter.

»Ein genialer Text«, sagte jemand.

»Ist das wirklich so abgelaufen damals? Unglaublich.«

Sogar das Mädchen mit dem freien Bauch sagte: »Du hast echt Talent.«

Wenn ich in den folgenden Tagen jemanden aus der Gruppe auf dem Universitätsgelände wiedertraf, unterhielten wir uns kurz. Wir mochten uns, aber es war nicht zu verleugnen, dass wir unterschiedlich tickten. Alle anderen waren junge Leute, die nie Geldsorgen hatten. Die noch nie arbeiten mussten. Die nie Hunger hatten. Ich war neidisch und wünschte mir, so unbeschwert wie sie zu sein. Sie sprachen von Strandurlauben, redeten über Tanznächte in Clubs oder Musikfestivals, von denen ich noch nie etwas gehört hatte.

Einmal lachte Hanan mit einigen Jungs über mich in der Cafeteria, weil ich mit einem offensichtlich weltberühmten Lied nichts anfangen konnte. »Das darf nicht wahr sein, dass du das nicht kennst! Hast du die letzten Jahre auf dem Mars verbracht?«

»Wie heißt das noch mal?«

»*Where The Streets Have No Name.*«

»Das klingt, als handelte es vom Blechviertel«, machte ich sofort einen Witz, und alle lachten mit. »Da gibt es auch keine Straßennamen.«

»Ach Shams, du bist echt ein Außerirdischer. Wir müssen dir noch so viel beibringen!«

Tatsächlich fühlte ich mich anders, aber ich genoss es irgendwie auch, der Besondere zu sein. Ich war dankbar, so viel Neues entdecken zu dürfen, auch wenn ich mich oft unsicher fühlte. Für die anderen galt ich jedenfalls als harter Hund, der viel erlebt hatte.

Sie redeten oft von Dingen, von denen ich noch nie gehört hatte. Wörter wie »Rechner« hörte ich, »Internet«, »Chat« und »E-Mail«. Man könne von Bagdad nach London oder Berlin »elektronische Briefe« schicken, die in »Echtzeit« dort ankämen. Ich wollte am liebsten laut loslachen. Es gebe sogar Geräte, mit denen man überall telefonieren könne, wo man wolle. Einfach dort, wo man gerade stehe.

Für die Reichen war es ein großes Glück, dass Saddam sich seit dem Embargo nur noch für Geld interessierte. Jeder, der wollte, konnte das Land verlassen. Früher waren alle Gefangene des Staates und die Grenzen dicht gewesen. Aber seit das Embargo galt, legte man Geld auf den Tisch und durfte Urlaub machen oder ganz abhauen.

Einige aus meiner neuen Gruppe kannten all diese Geräte schon und hatten sie gesehen. Sie waren im Ausland gewesen und konnten sich problemlos ein teures Visum leisten. Sie behaupteten, diese Dinge existierten in vielen anderen arabischen Ländern bereits. Wir seien völlig abgeschnitten von der Welt, erzählten sie, wir lebten auf dem Stand von vor dreißig Jahren.

Ich genoss diese aufregende Gesellschaft meiner neuen Freunde. Ich fand das alles sehr interessant. Aber am meisten interessierte ich mich immer noch für Literatur. Auf einem unserer Treffen las ich ein Gedicht vor, das ich in der Zeit verfasst hatte, als ich erfahren hatte, dass Yara nach Paris gegangen war.

Das Gedicht kam gut an, und das bedeutete mir viel. Unsere Leserunde ging an diesem Abend über in eine richtige Party, und nach und nach kamen immer mehr Gäste. Mädels und Jungs tanzten wild zusammen, und viel Alkohol wurde getrunken. Gegen Mitternacht verließ ich die Feier, weil ich mich unwohl fühlte. Ständig dachte ich daran, den letzten Bus in Richtung Blechviertel erwischen zu müssen, weil ich nicht genug Geld hatte, um ein Taxi zu bezahlen.

Einige Monate vergingen, in denen ich brav zur Universität ging, mich mit meinen Freunden traf und freitags nach wie vor Bücher auf dem Büchermarkt verkaufte. Aber bald hatte ich das Gefühl, dass ich nicht länger so verschwenderisch meine Zeit totschlagen durfte. Statt zu saufen oder Lesungen im kleinen Kreis zu veranstalten, die immer in lange Abende ausarteten, sollte ich besser Geld verdienen. Ich wollte unabhängiger von meinen Eltern werden und sie entlasten. Aber das war äußerst schwierig. Als Träger auf dem Basar konnte ich nicht arbeiten, weil ich zu dieser Zeit in der Universität war. Außerdem wollte ich mir nicht den Rücken kaputt machen. Sonst hätte ich ein Problem gegen ein anderes eingetauscht. Ich brauchte eine Arbeit, die ich ab dem frühen Abend machen konnte.

Ich probierte aus, Bücher auf dem Hauptplatz des Blechviertels zu verkaufen, aber das funktionierte überhaupt nicht. Manche blätterten zwar mal ein Buch durch, legten es dann aber gleich wieder weg, als wüssten sie gar nicht, was man damit anfängt.

Mein Vater kam schließlich mit einer guten Idee um die Ecke. »Mädchenhaar-Zuckerwatte«, sagte er. »Ich habe einige gesehen, die sie in Saddam City verkaufen. Alle Kinder sind süchtig danach und rennen diesem Zeug hinterher. Hier gibt es noch keinen, der das macht. Ich richte dir einen Wagen her. Diese Drehgeräte, mit denen man die Watte macht, gibt es günstig zu kaufen. Ich habe mich schon schlau gemacht. Wenn du von der Uni kommst, ruh dich kurz aus, dann zieh dich um, nimm den Wagen und verkauf Zuckerwatte am Hauptplatz. Deine Bücher kannst du ja danebenlegen, falls doch mal jemand eines will. Dann hast du zwei Geschäfte in einem.«

»Mädchenhaare und Romane«, sagte ich. »Das klingt gut.«

Eine Woche später hatte ich einen Wagen mit allem, was man brauchte, um Zuckerwatte herzustellen. Vater hatte alles besorgt und einen schönen Wagen gezimmert, es war ein echtes Kunstwerk. »Mädchenhaare« stand sogar in blauer Farbe auf einer Seite des Wagens, dabei konnte mein Vater ja nicht gut schreiben. Ein Lackierer vom Hauptplatz habe ihm geholfen, erzählte er mir stolz.

Es war kinderleicht, die Watte zu formen. Das Gerät erledigte praktisch alles selbst. Ich musste nur den Zucker und die Farben einmischen. Die Kinder aus dem Viertel freuten sich riesig über die neue Süßigkeit und zogen ihre Mütter und Väter an den Händen zu meinem Wagen. Es war sehr ansteckend, wie die Kleinen lachten, wenn ich ihnen die Stöcke mit dem bunten Zuckergarn gab. Die Eltern freuten sich zwar nicht so sehr, aber manchmal blätterten sie in den Büchern, die neben mir auf dem Boden lagen. Mädchenhaare und Romane, das war eine gute Kombination.

Mir selbst waren die Mädchenhaare viel zu süß, aber ich mochte das Gefühl, wie sich die Watte im Mund komplett auflöste. Manchmal griff ich also doch in die Mädchenhaare und schob mir ein paar davon in den Mund. Genau das tat ich auch in dem Moment, als ich eines Abends eine schwere Hand auf meiner Schulter spürte.

ICH TASTE MEINE Nase ab. Sie ist weich – wie die von Opa Marzoq.

SECHZEHN

Zeit der Bouteille

Es ging alles rasend schnell. Handschellen klickten, mir wurden die Augen verbunden, Polizisten warfen mich in ein Fahrzeug. Ich lag auf dem Boden eines Transporters, eine Tür wurde zugeschoben, ich zitterte. Ich hörte, dass mindestens ein Mensch mit mir im Laderaum saß. Als ich ihn ansprach, kam die Antwort rasch in Form eines heftigen Schlags ins Gesicht. »Halt's Maul, Dummkopf.« Ansonsten bereitete es ihm offensichtlich großen Spaß, immer wieder auf meinen Hinterkopf einzuschlagen, wenn ich mich auch nur ein wenig bewegte.

Ich hatte keine Angst vor den Polizisten, sondern vor dem, was folgen würde, wenn wir dort ankämen, wo wir hinfuhren. Es konnte sein, dass sie mich in ein Gefängnis steckten oder dass sie mich einfach exekutierten. Dazwischen konnte ich mir nichts vorstellen. Irgendwie versuchte ich, mich an die Hoffnung zu klammern, dass alles nur ein Missverständnis war. Woher ich diese Hoffnung nahm, wusste ich nicht, aber sie beruhigte mich.

Alles Mögliche ging mir durch den Kopf. Ich suchte nach einem Grund, aus dem ich hier in diesem Wagen lag. Ich konnte es mir nur so erklären, dass ich irgendwann mal in einem unbedachten Moment ein falsches Wort gegen die Regierung hatte fallenlassen. Ich war zuletzt unvorsichtig geworden, auch an der Universität. Vielleicht hatte mich einer der neuen Freunde verraten. Bei Saddam konnte schon ein einzelnes Wort Grund genug für eine Hinrichtung sein. Manchmal brauchte es auch gar keinen Grund. Ich wusste nicht, was es sonst sein konnte. Niemand wusste von den Büchern. Saad war schon lange weg. Auch Qamers Geschichte war ausgestanden. Was hatten sie gegen mich in der Hand? Die Fahrt schien ewig zu dauern.

Als der Wagen endlich hielt, war alles still bis auf das Atmen neben mir. Die Tür ging auf, und der Polizist stieß mich raus. Ich stolperte, stürzte aber nicht. Sie schubsten mich vorwärts, und wir gingen in schnellem Tempo weiter. Feste, steife Schritte waren um uns herum zu hören, als marschierten Soldaten in der Nähe. »Seid bereit, immer bereit!«, riefen sie.

Ich hörte eine Metalltür, die geöffnet wurde, dann ging es eine Treppe hinunter. Ein paar Meter geradeaus. Ich spürte eine seltsame Kälte. Plötzlich packte mich jemand am Arm. »Setz dich!« Der Atem war mir sehr nah. Der Mensch war Raucher. Eine Zigarette zu rauchen, das wäre jetzt das Richtige. Das war mein Gedanke. Ich wurde auf einen harten Stuhl gedrückt, auf dem ich dann lange saß.

Irgendwann spürte ich eine unendliche Müdigkeit und hatte den Eindruck, ohnmächtig zu werden. »Gefangener Shams Hussein. Aufstehen!« Ich stand auf und wurde wieder vorwärtsgeschubst. Ein paar Schritte nur. Eine Tür wurde geschlossen. »Hier ist er!« Man drückte mich wieder auf einen Stuhl. Dann war alles still. Hier war es wärmer als zuvor. Es roch weniger muffig. Ich hörte das Knarzen von Holz, als beugte sich jemand in einem Stuhl vor oder stützte sich auf einem Schreibtisch ab. Außerdem hörte ich das Blättern von Papier, das kratzende Geräusch eines Stiftes. Dann hörte ich einen knacksenden Nackenwirbel, als ob sich jemand dehnte und streckte.

»Soldat, warum habt ihr Dummköpfe ihm denn die Augen verbunden? Warum habt ihr dieses Würstchen denn gefesselt?

Shams ist doch kein Schwerverbrecher, sondern nur als Zeuge hier.«

Man befreite mich von den Handschellen und nahm mir die Augenbinde ab. Ich brauchte einige Zeit, bis ich wieder klar sehen konnte. Alles war gleißend hell, und ich kniff die Augen zusammen, dabei baumelte nur eine einfache Glühbirne von der Decke. Ich rieb mir die schmerzenden Handgelenke, damit das Blut und das Gefühl in meine Finger zurückkehrten. Ein Mann in Zivil saß vor mir an einem Tisch. Er war älter als ich, vielleicht vierzig. Er trug ein weißes Hemd. Trotz des dicken und breiten Schnurrbarts sah er nicht bedrohlich aus, er lächelte, hatte seltsame Augen, schwarz, schaute mich so an, als ob er ein Wissenschaftler wäre, der gerade etwas Neues entdeckt hätte. Sein Stuhl war mit Leder bespannt. Vor ihm türmten sich Ordner. Mehrere Stempel und Stifthalter standen daneben. Ein großes, schwarzes Telefon. Eine Machete. Hinter ihm an der Wand hingen mehrere Fotos in Bilderrahmen. Eins von Saddam, die meisten aber von dem Offizier selbst neben Menschen in Anzügen, die mir unbekannt waren. Auf einigen erkannte ich hochrangige Minister, die ich in Zeitungen oder im Fernsehen gesehen hatte. Das musste ein wichtiger Typ sein. Ich drehte mich um, hinter mir standen zwei Soldaten. Das waren alles sehr schlechte Zeichen.

»Möchtest du etwas trinken?«, fragte der Mann mich. Mir gegenüber klang er viel freundlicher als gegenüber den Soldaten.

»Ja, bitte, etwas Wasser.«

Er gab mir ein halbes Glas zu trinken.

»Also, Shams Hussein. Wir zwei müssen uns unterhalten.«

»Ja, bitte. Wieso bin ich denn hier?«

»Genau das solltest du mir lieber freiwillig sagen. Wenn ich es dir sagen muss, ist das nicht so gut für dich. Wenn du es sagst, ist es besser für dich.«

»Was? Ich weiß nicht. Ich habe wirklich nichts gemacht. Zumindest erinnere ich mich an nichts. Und wenn, war es keine Absicht.«

Er kratzte sich am Ohr und leckte sich über die Lippen.

»Nun, da du dich noch etwas zierst, mache ich alles etwas leichter. Denn du bist mir sympathisch. Ein netter, junger Kerl, der sein ganzes Leben noch vor sich hat. Wir wollen ja nicht, dass dir etwas geschieht. Also sollten wir gemeinsam eine Lösung finden.«

Der Mann klang so verständnisvoll. Er nickte den Soldaten hinter mir zu. Einer der beiden verschwand und kam schnell wieder zurück. Mit ihm trat noch jemand in den Raum. Ich sollte mich umdrehen. Ein junger Mann steckte in einem schmutzstarrenden, blau-weiß gestreiften Pyjama und sah miserabel aus. Blaue, grüne und purpurfarbene Flecken bedeckten sein aufgequollenes Gesicht. Er konnte kaum stehen. Immer wieder machte er einen Ausfallschritt, als würde er sonst umkippen. Trotz seines entstellten Äußeren erkannte ich ihn. Es war Sinan, der Sohn des Imams der kleinen Moschee am Hauptplatz. Mein Herz schien plötzlich in meinem Hals zu pochen. Ich bekam keine Luft.

Der Verhörbeamte hielt nun die Machete in der Hand und fuhr ganz sanft mit den Fingern über die silberne Längsseite der Klinge. Er streichelte sie so zärtlich, als wäre es ein geliebtes Erbstück.

An Sinan gerichtet, sagte er: »Ist es der hier gewesen, der für Saad die illegalen schiitischen Schriften verkauft hat?«

»Ja, Herr. Das ist er.«

»Weiß er von deiner Organisation?«

»Ja, Herr.«

Sinan wurde wieder aus dem Raum gebracht. Ich betete mit aller Inbrunst zu Allah, auch wenn ich bislang nie viel auf Religion gegeben hatte. Ich war am Arsch. Das war das sichere Ende. Ich würde hier sterben, in diesem Loch.

»Da du selbst nicht reden willst, stelle ich dir jetzt einige Fragen. Und du solltest ganz genau überlegen, was du antwortest. Kennst du Saad al-Maliki?«

»Saad? Ja klar, ich war mit ihm in der Schule.«

»Dann weißt du sicher, dass er jetzt im Iran ist. Und dass er ab und zu illegal ins Land einreist und eine Rebellion gegen seine eigene Regierung anzettelt. Wir haben ein paar von diesen Spinnern schon verhaftet.«

»Was? Nein, das wusste ich nicht. Ich habe rein gar nichts damit zu tun. Seit Ewigkeiten schon habe ich ihn nicht mehr gesehen. Ich habe echt keine Ahnung, was für einen Scheiß er treibt.«

»Schwachsinn. Du warst früher Teil seiner Organisation. Du hast verbotene Bücher verkauft für die Staatsfeinde.«

»Was? Nein, ich habe Literatur verkauft, Romane, Kurzgeschichten, Gedichte, aber nicht für eine Organisation. Welche Organisation?«

»Stell dich nicht dumm. Die Dawa-Partei.«

»Nein, von denen habe ich noch nie gehört. Ich schwöre es Ihnen.«

Er sah mich enttäuscht an und wirkte sehr erschöpft, als wäre er es nach Jahrzehnten leid, ständig belogen zu werden.

»Okay, lassen wir das mit Saad. Wann hast du von Sinans Organisation erfahren?«

Einmal hatte Sinan mir gegenüber tatsächlich erwähnt, er sei Mitglied einer schiitischen Partei. Das war irgendwann auf dem Hauptplatz im Viertel gewesen. Er hatte mich kurz zur Seite genommen und mir ein paar Sachen zugeflüstert. Er hatte mich für seine Sache gewinnen wollen. Ich aber hatte sofort abgelehnt.

»Nie. Ich kenne Sinan und Saad, weiß aber nichts von irgendeiner Organisation oder Partei oder Rebellion.«

»Shams, kleiner, dummer Shams. Wir haben dich seit geraumer Zeit im Auge. Wir wissen alles über dich. Deine betrügerische Schwester, deine wahrsagende Mutter, deine rebellischen Verwandten im Süden. Dein Name ist oft gefallen. Nur wenn du mit mir redest, kann ich dir vielleicht helfen.«

»Ich weiß nur, dass beide religiös sind, aber damit wollte ich nichts zu tun haben.«

»Rede, verdammt noch mal. Was weißt du über die Organisation? Er muss doch mal etwas zu dir gesagt haben.«

Ein Aufseher schlug mir auf den Kopf und sagte: »Antworte!«

»Ja, hat er.«

»Also doch!«

»Ja, aber nur im Vorbeigehen. Auf dem Hauptplatz hat er mich kurz zur Seite genommen. In aller Öffentlichkeit. Hat irgendwas von einer religiösen Gruppierung gefaselt, die die Welt verändern will – und dass wir Schiiten zusammenhalten müssen. Ich habe gesagt, dass ich mich nicht für so was interessiere. Das war es schon. Das war alles.«

»Und warum hast du ihn nicht angezeigt? Das ist eine Straftat. Das weißt du ganz genau. Du hättest sofort zum Parteibüro gehen müssen. Du hast ihn in Schutz genommen. Das ist genauso gut, wie dabei mitgemacht zu haben. Dafür bekommst du locker drei Jahre Gefängnis. Nur wenn du jetzt als Zeuge aussagst und mir hilfst, kann ich dich in der Akte markieren und dir helfen.«

Ich knickte sofort ein. »Ja, Herr, bitte. Das mache ich. Danke, Herr!«

»Aber was nur soll ich wegen der verbotenen Bücher machen? Wie soll ich dir in diesem Punkt helfen?«

Mir war kotzübel und schwindlig. Alles drehte sich, und mögliche Antworten schwirrten in meinem Kopf wild durcheinander.

»Ich habe keine verbotenen Bücher verkauft und war auch nie Mitglied in irgendeiner Gruppe.«

»Shams!« Der Mann schrie jetzt. »Du bist in Saads Organisation sogar als Leiter der dschihadistischen Kulturabteilung vermerkt! Du steckst richtig tief in der Scheiße!«

»Was? Ich? Leiter einer Abteilung? Ich bin ein kleiner Student, der sich gerade mal mittags Falafel leisten kann. Ich verkaufe Zuckerwatte und Bücher.«

Er stand nun auf, kam um den Schreibtisch herum zu mir und hielt mir die Machete an den Hals.

»Ich will alles wissen, was du weißt. Was habt ihr geplant? Wer gehört noch zu euch? Wo lagern eure Waffen? Saad, Dawa-Partei, Hisham. Rede!«

Als Hishams Name fiel, zuckte ich zusammen.

»Hisham ist ein einfacher Fotograf, wir sind verwandt, und ich habe ihm manchmal ausgeholfen.«

»Hisham ist ein überhebliches Arschloch. Hisham spielt den großen Oppositionellen. Hisham taucht ständig in TV-Shows auf. Seit Hisham seine Familie nach Amman geholt hat, fühlt er sich unantastbar. Ständig ruft er zur Revolution auf und stellt uns und den Präsidenten als Verbrecher dar. Das sind deine Leute.«

Er drückte die Machete fester gegen meinen Hals. Ich spürte, dass sie jeden Moment in mein Fleisch einschneiden würde.

»Hishams Vater ist bei uns. Dein Vater ist auch bei uns. Sie bleiben hier, bis du mir alles erzählt hast. Es hängt allein von dir ab. Entweder machst du mit oder es wird für euch nicht gut enden. Als Nächstes hole ich deine Mutter. Und wenn ich noch Zeit übrig habe, kümmere ich mich um deine Schwester. Ich will alles wissen, über Saad, über Sinan, über Hisham und über die Organisation.«

»Herr, ich bin bereit, alles über sie zu erzählen, was ich weiß. Aber ich kann nichts erfinden, was ich nicht weiß.«

Er schaute mir nun lange in die Augen und nickte. Er nahm mir die Machete vom Hals, ging zu seinem Schreibtisch, legte einen Zettel und einen kleinen Bleistift vor mir auf den Tisch und sagte: »Schreib mir alles auf. Eine halbe Stunde hast du.« Er nahm die Machete und verließ den Raum. Die beiden in olivfarbene Uniformen gekleideten Aufseher blieben hinter mir stehen und beobachteten mich. Ich nahm den Stift und wollte irgendetwas notieren. Aber was?

Die Tür öffnete sich erneut. Ein Mann in Zivil trat ein.

»Brauchst du Hilfe beim Schreiben?«

»Ich weiß nicht, Herr, was ich schreiben soll, weil ich nichts gemacht habe.«

»Hör zu. Der Oberst hat ein gutes Herz und will dir helfen. Aber wenn er wütend wird, verarbeitet er dich zu Schaschlik. Er steht schon draußen am Schleifstein und schärft das Ding.«

Es war ein molliger Typ mit Glubschaugen, wie die eines Frosches. Er ging schweigsam im Raum hin und her, lehnte sich an die Wand und schaute mich an. Mittellange Haare, die er auf die Seite gekämmt und mit glänzendem Gel festgeklebt hatte. Sein Blick war voller Verachtung. Er betrachtete mich stumm. Ich guckte auf das Blatt Papier. Aus den Augenwinkeln sah ich, wie er mit einem Schlagstock spielte.

»Schreibst du nun endlich etwas auf?«

»Ich bin unschuldig. Ich weiß gar nichts.«

Da sprang er auf mich zu und verpasste mir einen heftigen Fußtritt, gefolgt von einem brutalen Schlag mit dem Stock. Ich flog vom Stuhl, schlug hart auf dem Boden auf. Mein Schädel dröhnte. Blut lief meine Wange hinunter.

»Bleib liegen!«, sagte der Froschaugen-Mann und beugte sich zu mir hinunter. Er sah riesig aus. Ich fühlte mich wie eine Fliege. Ich kassierte einen Faustschlag auf die Nase. Sofort tränten mir die Augen, und ich wusste nicht, ob Schleim oder Blut aus meinen Nasenlöchern lief.

»Du wirst den Tag hassen, an dem du geboren wurdest. Wirst du jetzt alles erzählen?«

Ich hatte keine Kraft mehr. »Ich … bin … unschuldig.«

Die Augen des Mannes waren feuerrot, als wären sämtliche Adern geplatzt. Er erhob sich und ging zu einem Schrank, der zur rechten Seite des Tisches stand. Die beiden Wärter übernahmen nun, und ich erhielt zahlreiche Faustschläge, Fußtritte und Ohrfeigen. Sie zerrten mich auf den Stuhl, fesselten meine Hände an die Armlehnen und die Füße an die Stuhlbeine. Dann kippten sie mich nach hinten. Mein Kopf lag auf dem Boden, meine Füße standen nach oben. Der Froschaugen-Mann stellte ein kleines graues Gerät auf den

Tisch. Es sah wie ein Kassettenrekorder aus. Die Wärter befestigten zwei weiße Klammern an meinen beiden großen Zehen, die über graue Kabel mit dem Gerät verbunden waren. Dann wurde mein ganzer Körper durchgeschüttelt, all meine Muskeln verkrampften sich, ich schrie. Die Stromstöße pressten meinen ganzen Leib, innen wie außen, zusammen, ließen ihn los und stießen dann wieder zu. Ich hatte das Gefühl zu ersticken. Ich bestand vollständig aus Schmerz. Ein paar Sekunden Pause. Dann ein neuer Biss von der Maschine. Nadelstiche, Messerschnitte, Glassplitter im ganzen Leib. Ich drohte ohnmächtig zu werden. Dann ging es von vorne los. Ich schrie, obwohl ich keine Kraft mehr hatte zu schreien. Wieder ließen die elektrischen Peitschenhiebe nach. Sofort noch ein Stromstoß, gefolgt von unwillkürlichen Zuckungen jedes Muskels, den ich im Leib hatte. Ich brüllte. Erneut eine längere Pause.

»Welche Organisation?«

»Ich bin unschuldig … unschuldig … bitte … aufhören … bitte …«

Wieder ein Stromschlag. Lange. Schlimmer als alle anderen. Meine Organe kochten, meine Augen, mein Kopf, alles brannte. Pause.

»Ich werde so viel Strom durch deinen Körper fließen lassen – wenn du eine Laterne anfasst, wird sie aufleuchten.« Alle lachten.

Ein Mann kam in den Raum. »Was habt ihr gemacht? Verfluchte Arschlöcher seid ihr. Der ist nur ein Zeuge. Das darf doch nicht wahr sein. Wieso richtet ihr ihn so zu? Wie soll er denn jetzt noch sprechen?« Ich erkannte die Stimme erst nach einer Weile. Sehen konnte ich ihn nicht. Alles war verschwommen. Er scheuchte den Froschaugen-Mann aus dem Raum. Die Wärter befreiten mich von den Fesseln.

»Schöne Scheiße. Ich war nur austreten, und schon fallen die Wölfe über dich her. Gut, dass ich zurück bin. Ich will mir gar nicht vorstellen, was sie mit dir machen, wenn ich mal einige Tage nicht da bin.«

Es brauchte mehrere Versuche, bis ich wieder sprechen konnte.

»Bitte … Herr … Ich habe … habe mir in die Hose gemacht.«

Der Mann streichelte mir über den Kopf, als würde er sich wirklich um mein Wohl sorgen. »Alles wird gut, Shams. Wir finden eine Lösung. Für heute lassen wir es. Morgen sehen wir weiter.« Dann sagte er an die Wärter gerichtet: »Männer, der Leiter der dschihadistischen Kulturabteilung, Herr Shams Hussein, hat sich angepisst. Schafft ihn von hier weg, bevor mein ganzes Büro danach stinkt.«

Als der Wärter meine Augen verband und mich aus dem Verhörraum führte, war ich unendlich erleichtert. Der Mann stieß mich vor sich her, als wäre ich eine Abfalltüte. Wir gingen zum Glück nicht weit. Am Ende ging es eine Treppe runter. Er befreite mich von der Binde und den Handschellen, gab mir einen Stoß, dann wurde hinter mir eine Tür zugesperrt.

Ich fiel auf den Boden und blieb dort sitzen. Mein Körper war so taub, dass ich fast nichts mehr spürte. Unendliche Kraftlosigkeit und Müdigkeit. Ich konnte mich kaum bewegen, da meine Muskeln noch immer krampften. Ich schaffte es kaum, den Kopf zu heben. Mich umgaben vier kahle Wände ohne Fenster. Die Tür hatte eine kleine quadratische Öffnung mit einer Metallklappe. Der Raum war klein, sehr klein, und es stank erbärmlich nach Exkrementen. In einer Ecke standen zwei Eimer. Ich konnte sehen, dass in einem ein wenig Wasser war und im anderen Scheiße. Sonst gab es zwei ausgefranste Decken und eine Schüssel aus Plastik.

Es war sehr kalt, unendlich kalt. Offensichtlich kehrte das Gefühl in meinen Körper zurück. Ich legte die Decken um meine Schultern und versteckte mich regelrecht darunter. Lange blieb ich so sitzen.

Endlich hörte ich etwas. Geräusche. Die Klappe an der Tür öffnete sich ganz kurz, und eine Hand warf etwas hinein. Drei kleine runde Brötchen landeten auf dem Boden. Dann wieder Stille.

Es dauerte nicht lange, bis mir mein eigenes Atmen wie ein tosender Sturm vorkam. Hunger hatte ich keinen. Wo mein armer Vater jetzt wohl war? Vielleicht hatte man ihn auch in eine Zelle gesteckt? Wegen meiner eigenen Dummheit. Wie hatte ich mich nur auf den Bücherverkauf einlassen können? Gott, hilf mir bitte, bitte, bitte.

Meine Augen schlossen sich gegen meinen Willen. Ich träumte wilde Dinge. Bruchstücke. Gesichter, Stimmen, Fragmente meines Lebens. Das Gefühl von Qamers streichelnder Hand auf meinem Kopf, gefolgt vom harten Schlag des Froschaugen-Mannes. Mutters Stimme, die mir aus der Hand las und Unheil verkündete. Saddam auf einem Foto an einer Wand, aus dem er sich plötzlich herauslehnte und mit einer riesigen Hand nach mir griff.

Als ich aufwachte, war meine Hose noch immer feucht. Bei

der Kälte würde sie nicht trocknen. Ich schaute lange in die von der Decke hängende Glühbirne. Sie hatte irgendeinen Fehler und summte. Ich schloss die Augen wieder und lauschte ihren Klängen. Die ganze Nacht über weinte ich.

Am zweiten Tag zitterte mein Körper schon wie wild, bevor man mich überhaupt anfasste. Der Macheten-Mann war da, diesmal begleitet von zwei Soldaten, die schwarze Masken trugen. Ihre Augen glänzten in den Schlitzen wie die von Katzen in der Dunkelheit. Selbst wenn mein Geist nicht aufgeben würde, mein Körper wäre niemals stark genug, um ein weiteres Verhör zu überstehen. Und wenn ich alles preisgab, würde ich niemals wieder freikommen.

»Setz dich, Shams!«

Der Mann blätterte lange in einem Ordner, dann sagte er: »Ich bin der Einzige hier, der auf deiner Seite ist. Ich werde deinen Vater sofort freilassen, wenn du mir alles erzählst.«

»Herr, ich habe nichts getan. Das ist die Wahrheit. Ich habe nichts Schlimmes gesagt oder gemacht. Ich habe auch nie verbotene Bücher verkauft. Ich schwöre es bei Gott!«

»Ich werde wirklich wütend, wenn man versucht, mich zu verarschen. Zwing mich doch nicht, dir wehzutun.«

Ich schwieg.

Dann kamen die Schläge. Ich fiel vom Stuhl. Fußtritte trafen mich überall. Auf einmal hörten die Maskierten auf, als ob sie eine Pause machen wollten. Sie stellten den Stuhl wieder auf und setzten mich darauf.

Der Mann am Tisch sagte: »Es ist so weit.«

Einer der Maskierten öffnete daraufhin den Reißverschluss seiner Hose, holte sein Geschlechtsteil heraus und streichelte es. Sofort stand sein Glied, ein riesiges und kräftiges Ding. Der andere Wärter hielt eine Flasche aus Glas in der Hand. Sie hatte kein Etikett. Beides wurde mir direkt vor die Nase gehalten.

»Auswählen! Was wünschst du dir?«

»Bitte. Ich habe alles erzählt. Ich bin unschuldig.«

»Ich zähle bis zehn. Wenn du keine Entscheidung treffen kannst, bekommst du beides in den Arsch.«

Ich schwieg.

»Eins. Zwei. Drei. Vier. Fünf … Sechs. Sieben. Acht. Neun … Zehn. Bouteeeeeiiille!«

Ich schloss die Augen. Sie füllten sich mit Tränen. Ein Wärter packte mich an den Haaren, ließ mich auf die Knie fallen. Wie ein Schaf kauerte ich auf dem Boden. Ich war hilflos. Einer der Maskierten drückte meinen Kopf zwischen seine Beine. Der andere entblößte mich. Ich zitterte am ganzen Körper. Dann spürte ich, wie der Maskierte versuchte, die Flasche einzuführen. Ich begann, mich stark zu wehren, bewegte mich, presste die Muskeln zusammen. Ich konnte kaum atmen, mein Körper bebte. Es war ein heftiges Schütteln.

Ich merkte, wie der Wärter nun den Kopf der Flasche genau auf den After legte und sie langsam einführte.

»Ich gebe auf! Ich erzähle alles!«

Der Maskierte holte schnell die Flasche wieder raus. Der andere befreite meinen Kopf und hielt mich an den Haaren fest. »Du wirst dich jetzt nicht hinsetzen und dir nicht die Hose hochziehen. In dieser Stellung bleibst du, bis wir fertig sind. Verstanden?«

»Ja, Herr!«

Der Macheten-Mann nahm einen Fotoapparat zur Hand und begann, mich von allen Seiten zu fotografieren. Fünf oder sechs Aufnahmen.

»Rede, und ich beende sofort das Verhör. Auch dein Vater wird heute entlassen.«

»Ja«, sagte ich. »Ich habe verbotene Bücher verkauft.«

»Na endlich. Danke, Allah!« Er hob die Arme zum Himmel.

Mir war alles egal. Ich wollte nur diesem Raum entkommen. Ich beichtete alles. Jedes noch so kleine Detail, das mir einfiel. Ich erzählte von Saad, von Sinan und vom Lagerraum.

»Zeigst du uns den Lagerraum?«

»Ja, Herr!«

»Du bist ein richtiger Schwerverbrecher mit dem Gesicht eines kleinen Bübchens.«

Obwohl mir die Bedeutung seiner Worte bewusst war, war mir gleichgültig, was er sagte. Ich wollte nur aus seinem Büro verschwinden. Es war mir egal, wohin.

»Ja. Ich weiß. Ich habe alles erzählt. Wirklich alles.«

»Ja?«

»Ich habe wirklich alles erzählt. Wirklich.«

»Unterschreib hier.«

Ich tat, was er sagte.

»Und mein Vater?«

»Er ist zu Hause. Jetzt geh und zeig den Kollegen den Lagerraum. Morgen reden wir weiter. Morgen reden wir über den Palast der Miserablen.«

ICH KRABBLE ZUR Tür. Ich könnte sofort einschlafen, kämpfe dagegen an. Es ist so weit. Ich werde niemals wieder aufwachen, wenn ich jetzt die Augen schließe. Ich sollte noch mal nach jemandem rufen. Meine Lippen bewegen sich kaum. Ich hebe meine Hand, mache eine Faust und schlage gegen die Tür.